César Rai

CESAR RAI
EL RUIDO
DEL MAR

César Rai

Título: El ruido del mar
Autor: César Rai
© 2018, César Rai
ISBN 9781549620881
Diseño de portada: Doble H
https://www.facebook.com/laberintosdetintaypapel

Para César y Cristian...

...brotes de luz

César Rai

…se veían ciertas tinieblas impenetrables que se levantaban desde el mar hasta tocar el cielo, sin notarse en ellas disminución. Estas espesas sombras estaban defendidas por un ruido espantoso, cuya causa era oculta, y que no las consideraban sino como un abismo sin fondo, o como la misma boca del infierno…

(Relato de portugueses sobre el Mar de las tinieblas)

César Rai

Prologo

César Rai

20 de abril de 1692

El péndulo osciló entre la niebla nocturna, y el hombre de la barba espesa que lo sujetaba, supo al instante que estaba en el lugar adecuado.

La luna, oculta tras una oscura condensación de nubes que anunciaban una inminente tormenta, era testigo de lo que estaba por acontecer en aquel lugar alejado de cualquier ayuda divina.

La brisa fría y libidinosa, mecía la arboleda sobre la que estaba apostado el hombre en ese momento. Pero no era una arboleda normal, tampoco el típico bosque, era selvática y frondosa; llena de peligros ocultos. Cualquiera podría haber pensado que era un lugar cercano al infierno, muy lejos del paraíso. A pesar de tener ese entorno paradisiaco, algún tipo de mal ancestral enturbiaba el entorno. El temporal que amenazaba sobre sus cabezas era tan solo la guinda que adornaba ese agrio pastel. El sortilegio que tenían que llevar a cabo allí también aderezaba al miedo, fermentándolo.

El hombre alzó la mano que no sujetaba el péndulo, hizo una señal, y un grupo de hombres surgió desde las sombras en las que aguardaban de modo furtivo. Entonces caminaron hacia una vieja cabaña de madera que yacía entre la espesura; invadida por el musgo enmohecido y un laberinto de podridas raíces de árboles tan antiguos como el mal que corría dentro de ellas.

Ligeras y finas gotas de lluvia comenzaron a acariciar la escena.

El hombre de la barba guardó el péndulo, ocultándolo en uno de los bolsillos del interior de su capa negra.

Mientras comenzaba a caminar, siguiendo los pasos de sus hombres, sintió como los relámpagos comenzaban a romper el cielo desde la cima ennegrecida del mundo.

Su bastón se hundía entre la hierba y el barro aún seco con cada paso que daba.

Cojeaba de la pierna derecha.

El bastón era peculiar; una serpiente lo enroscaba a lo largo, todo tallado en madera maciza hosca y añeja.

Eran al menos dos decenas de hombres, todos armados.

Algunos portaban grandes objetos ovalados, ocultos bajo gruesos paños de lana y cuero.

Se detuvieron ordenadamente frente a la cabaña, hasta que el hombre de la barba los alcanzó. Éste se adelantó, intentando abrir la puerta sigilosamente, pero estaba cerrada desde el interior.

Volvió a hacer señales con la mano, indicando una nueva orden.

Todo movimiento parecía estar estudiado de antemano.

Rompieron la puerta, y entraron tan rápido como el cielo era azotado por otro relámpago.

Entonces la vieron.

La mujer estaba allí, de pie frente a una de las oscuras esquinas. Un humilde vestido colonial negro la cubría, y un fino velo sombrío le arropaba el rostro.

Un fuerte olor parecido a la albahaca quemada impregnaba el ambiente, y las llamas de un frágil brasero iluminaban sutilmente el interior, danzando en un aquelarre de sombras y luces.

El hombre de la barba se apostó detrás de la mujer, a unos tres pasos de distancia. Abrió su capa negra sobre los hombros, y sacó de la camisola que un día fuera blanca, un amuleto que colgaba de su cuello. Lo posó sobre su pecho, dejando que fuera claramente visible. El talismán era una estrella de cinco puntas, de las cuales, una apuntaba en el centro hacia arriba.

– Nos persigue. – Murmuró la joven mujer; inmóvil. De voz dulce y melodiosa, la de una joven inocente.

– ¿Quién nos persigue? – Preguntó el hombre.

– El que devora el tiempo. – Susurró.

– ¿Cómo decís? – Volvió a preguntar, mirando a sus hombres. Inquieto. – ¿Quién es el que devora el tiempo? – Insistió el hombre, mientras escudriñaba cualquier peligro que pudiera surgir desde las sombras.

– El destructor de formas... Στον έξω κόσμο, η φωλιά των νεκρών.

El idioma surgió arcano y ajeno.

– ¿Habláis del cacique de una tribu de salvajes? ¿De nativos?

– El laberinto de los muertos... Ο ωκεανός του σκότους.

– ¿Es un cementerio?

El hombre no encontraba significado a ninguna de sus palabras, mientras miraba con el ceño fruncido en tono de preocupación hacia ella. No sabía si las palabras que recitaba en el desconocido idioma eran algún tipo de conjuro contra ellos.

Tan solo tenía una misión, la que le había llevado hasta allí, y debía cumplirla a toda costa.

Entonces la mujer se giró, dejando ver un rostro hermoso y juvenil, visible tras el fino velo negro.

El hombre de la barba hizo un gesto más a sus hombres, y estos se aproximaron aún más a ella. Rodeándola.

Destaparon varios de los objetos grandes que llevaban ocultos bajo los gruesos paños.

La mujer hizo un gesto obsceno al ver los espejos azogados. Soltó un grito gutural y desgarrador, que hizo explotar los espejos en miles de pedazos.

Los hombres que los sujetaban quedaron horrorizados, al ver como cientos de esquirlas de vidrio y cristal de roca se les clavaban por todo el cuerpo. Pronto empezó a brotar sangre desde todas sus heridas. Aterrados, se echaron atrás, y salieron corriendo de la cabaña, perdiéndose en la oscuridad frondosa del bosque y la niebla, que ahora era castigada y perforada por una intensa lluvia torrencial.

Poco después, pudieron oírse gritos de dolor en la lejanía.

Habían sido atacados por alguien, o por alguna extraña criatura surgida de las entrañas oscuras del bosque.

El hombre de la barba hizo otro gesto con la mano. Tambaleándose sobre su bastón. Un puñado de cristales también le había alcanzado, pero ignoró el dolor con aplomo.

Un nuevo grupo de hombres entró con más objetos. Los destaparon, rodeando de nuevo a la mujer. Ésta se quedó paralizada y en silencio al verlos, como presa de un repentino hechizo.

Mientras, uno de los hombres que sujetaban los espejos, que ahora resultaban ser de plata pulida, y sujetados por un asa a modo de escudo, miró con curiosidad uno de los reflejos. De pronto, sus ojos se volvieron negros como el azabache, y se desplomó sobre el suelo polvoriento del interior de la cabaña. Aparentemente sin vida.

– ¡Por el amor de Dios! – Gritó el hombre de la barba. – ¡Os dije que no mirarais los reflejos!

Varios hombres más se derrumbaron, junto con los espejos que sujetaban.

La joven mujer dejó ver una sonrisa diabólica tras el velo, y dirigió su mirada directamente a los ojos del hombre de la barba.

Éste dejó caer el bastón.

Entonces supo que ya era demasiado tarde.

César Rai

Spanish Town
Jamaica

César Rai

6 de junio de 1692

Al anochecer todo cambia.

El mundo se sume en las sombras y nos invade la oscuridad. La hora en la que los súcubos hacen sus artificios, bebés son secuestrados, y los perturbados andan sueltos hasta el amanecer. Ese fue el momento en el que empezó a oírse el zumbido. Pasada la media noche.

Pero eso fue al principio, unas semanas antes de todo aquello.

Todo empezó poco a poco, como un mal presagio surgido del interior de aquella vieja caracola, mezclado con el ruido del mar.

Intentó que su amigo Paulo lo escuchara en una ocasión, pero no prestó demasiada atención y decidió no volver a mencionarlo durante algún tiempo. Hasta aquella noche.

Alan y Paulo eran amigos desde tiempos vetustos. Ambos, hijos de vecinos en la antigua ciudad que en su día se llamara Villa de la Vega y más tarde, a causa de los ingleses, Spanish Town.

Aquel sonido que brotaba de la caracola era como el susurro de un ser ancestral que acecha y se acerca, reptando.

Ese eco acabó retumbando la noche anterior a todo cuanto vino después, más fuerte que nunca. Ruido como de cuerno vikingo distorsionado y que tronaba, como si en realidad lo hiciera en cada rincón de la isla.

Estremecía cuerpo y alma.

Las aves y animales se habían vuelto ligeramente agresivos desde entonces. Algo los tenía inquietos. Ellos percibían algo que los seres humanos no podían; y Alan se incluiría entre ellos en el caso de no poseer esa vieja concha de mar.

Mientras hacía su ronda de encargos por la mañana, desde bien temprano; escuchó a varios vecinos hablar sobre extraños escalofríos que les recorrían el cuerpo sin saber por qué; y todos coincidían.

Era evidente que algo estaba a punto de acontecer.

Fue un poco antes de la media noche, cuando Paulo se presentó de nuevo en su casa. Trepando como de costumbre por el viejo hibisco que estaba junto a la ventana, deslizándose a horcajadas por una de las gruesas ramas hasta llegar a su habitación.

Su tía Adriana, "mujer cristiana, conservadora y celosa de todas las costumbres sanas y puritanas que existían" ultimaba en el piso principal, los quehaceres pendientes del día, antes de irse a descansar.

Paulo le sorprendió con la caracola apoyada en la oreja izquierda, inmerso en ese rumor desconocido. Golpeó la ventana repetidas veces hasta que Alan deslizó la cortina y se dejó ver; entonces insistió en que lo acompañara.

Hizo un gesto raro al verlo con la caracola, pero siempre lo hacía.

– ¡Alan Hammett Esquivel! ¡Otra vez perdido en tu mundo! – Le dijo con sarna, recreando la típica manera de hablar de su tía cada vez que le reprendía en algo.

– Anda y vete al pairo. – Respondió Alan, y ambos rieron.

Paulo entendía el apego que Alan sentía hacia aquella vieja concha de mar, por ser un regalo de su difunto abuelo materno, cuando tan solo era un niño escuálido de mente ausente que jugaba con castillos de arena, historias de dragones y caballeros de reinos ocultos y lejanos. Pero no lograba comprender, al menos eso decía, como se pasaba las horas muertas con la oreja pegada a ese objeto. La verdad es que la escuchaba con demasiada frecuencia, desde que su abuelo los dejó. Siempre que encontraba un hueco en sus múltiples obligaciones, ya que era poco el tiempo que se dedicaba al ocio en ese lugar, a causa del grado de necesidad que imperaba en la isla; sobre todo para algunas personas de ascendencia española como él, aún atrapadas en Spanish Town. Aunque sabían que el peor de los casos era siempre para los esclavos. Seguro que cuando Fernando Garay fundó la ciudad, huía también por aquel entonces del estancamiento personal, en busca de vivencias y como no, lo más importante para la mayoría, riquezas. ¿A quién pretendía engañar? Nadie diría jamás que no a una gran riqueza, pero con lo que de verdad siempre había soñado Alan, era con la aventura.

Por otra parte, era grande el odio y la envidia que la corona inglesa tenía desde hacía mucho tiempo depositada sobre los españoles, y como no, era recíproca. Aunque eran cosas que solo Alan había hablado con su tía

Adriana, y siempre a escondidas. Él, personalmente, no tenía ningún problema político ni racial. Al menos de momento.

No era nada fácil vivir bajo el yugo de ese gobierno, siendo hijo de mujer española y soldado inglés. Pero se consolaba imaginando que cualquier gobierno apretaba fuerte la guarnición sobre el pueblo en aquellos tiempos.

Acercaba la oreja a la vieja caracola, perdiéndose en el rumor de las olas lejanas. Recordando a menudo los paseos con su abuelo a lo largo de la playa.

No sentía vergüenza alguna al reconocer que soñaba con alta mar; con salir de esa isla, a la cual no conseguía entender.

Le hacía sentir atrapado.

Claustrofóbico.

Insignificante.

Era tal el desprecio común de la escoria pirata; sobre todo la inglesa que abundaba en Jamaica; que la humillación de la ralea endogámica se hacía de un liviano contraste más llevadero en la isla para toda presencia no anglosajona.

Ignoraba que había lugares mucho peores.

Conforme iba entrando en la edad adulta, supo con certeza que la isla ya había sido atacada y tomada por tropas inglesas hacía décadas; aprovechando la casi inexistente presencia militar española en ella en aquella época. Aunque habían sido varios los intentos fallidos de tomarla anteriormente. El reino de las Españas no tenía demasiado interés en conservarla. Sobre todo, la zona de las Antillas menores. Tenían un nuevo mundo por descubrir, y muchos tesoros por encontrar o saquear a sus legítimos dueños, si es que alguien era en realidad dueño de algo o de alguien. Así que optaron por prescindir de ella. Eso ya lo sabía desde muy joven, por medio de su abuelo. Lo que no sabía es que la corona inglesa era muy astuta, y siempre buscaba anclarse en lugares estratégicos.

Después de abrir la ventana, comprobó que el zumbido era aún más audible a través de la caracola.

– Toma y escucha.

– Anda, deja eso y vámonos. Luego me lo muestras. – Le apremió Paulo.

Dejó la caracola sobre el camastro y descendió el gran árbol como de costumbre, hasta caer sobre un puñado de orquídeas rosadas. Paulo le miró extrañado, también como de costumbre, por la falta de agilidad que poseía en ese momento. Sus rasgos eran menos visibles bajo la apenas iluminada calle. Alan se levantó, intentando disimular que hubiera ocurrido tal aplastamiento a las orquídeas del hombre pobre, que así las llaman en ese lugar.

Siguió a Paulo calle arriba, sobre los adoquines oscuros de una calzada sin terminar, que en su día debieron llegar como lastre en alguna carabela española obsoleta, desde algún pequeño pueblo de la península hispánica.

– ¿Dónde me llevas? – Preguntó en susurros, mientras avanzaban entre callejuelas.

El estilo colonial que aún se conservaba no era algo que le desagradara. No sabía que pronto echaría de menos ese lugar. Que esperaría con ansia poder volver algún día.

– ¿Dónde te llevo? – Preguntó con gesto burlón. – A Port Royal, mente pantanosa.

– Espera un momento. Sabes que no me gusta aparecer por allí. – Recriminó Alan, mientras se detenía en el costado de un callejón oscuro.

– Lo sé. – Añadió Paulo, dejando al descubierto sus latentes rasgos arahuacos y mestizos, bajo una lámpara de aceite que colgaba mecida por el viento sobre sus cabezas. Estaba claro que intentaba tranquilizarle. – Se trata de tu hermano.

Seguramente se quedó paralizado.

Hacía años que no tenía noticias de él.

Una sombra se movió a lo lejos.

Era el lampista haciendo su turno, revisando las escasas lámparas encendidas en la calle principal.

Se apresuraron a seguir su camino.

Se podía distinguir una mezcla agridulce de aromas. Cacao, estofado y algunos irreconocibles olores en ese momento para Alan.

No se había parado a pensar tan siquiera en la distancia que los separaba de Port Royal, hasta que se percató de que no llegaría a tiempo para sus obligaciones del día siguiente.

– Espera Paulo. Sabes que no volveremos hasta mañana. ¿Verdad?

– ¿No quieres saber sobre tu hermano?

– Claro que sí, ya lo sabes, pero…para empezar… ¿Quién te ha dado noticias de él?

– El viejo John.

– ¿Ese chiflado?

– Sí. Ese chiflado está muy bien informado de lo que pasa en las Antillas, incluso en Europa y en el lago español de la costa oeste del nuevo mundo. Es un viejo lobo de mar. Conoce a toda alma viviente.

– Venga ya, pero sabes la distancia que hay hasta allí como para ir a pie… y hay que volver a tiempo para mañana. ¿Qué interés oculto tienes en ir allí? Además, lo que de verdad me preocupa es que todo el mundo conozca tan bien al viejo John.

– Conozco la distancia de sobra, ¿Has olvidado mi trabajo? Son unas cincuenta millas. – Paulo trabajaba en el muelle, cargando y descargando naves atracadas en el puerto. En su tiempo libre también se dedicaba a observar las madrigueras de las tortugas que abundaban sobre la bahía de Chocolate Hole. – ¿De qué te quejas? Cuando vamos a ocho ríos o a las montañas azules no pones tanta traba.

– No me has contestado. Me voy a meter en un lío.

– Te lo diré cuando sea el momento. ¿Desde cuándo te ha preocupado tanto meterte en líos?

Paulo tenía razón. Desde la drástica muerte de su abuelo, y desde que su hermano se marchara, ya no sentía ser el mismo.

Salieron del pueblo y caminaron apresuradamente durante varias horas; siguiendo un estrecho camino de tierra que utilizaban los carruajes.

Pisaron diferentes excrementos de caballos y mulas en distintas ocasiones. No se distinguía casi nada fuera de la ciudad en plena noche, y menos con la espesa capa de nubes oscuras que no preoagiaban buen tiempo.

Comenzaba la temporada de lluvias.

Después de varias horas de apresurada marcha, Paulo buscó algún tipo de señal o marca en los árboles que Alan no percibió, y acto seguido, entró en la espesura, alejándose del camino. Alan lo siguió en silencio. Pronto llegaron a un grupo de cabañas formadas de juncos y barro, junto a una inmensa plantación de caña de azúcar.

– ¿Qué hacemos aquí?

– Buscar un poco de cacao. ¿No quieres? – Alan Arqueó las cejas y asintió. Necesitaba recuperar fuerzas, y el chocolate era especial para eso.

Paulo se dirigió a un viejo granero que estaba bastante apartado del resto y llamó a la puerta, tras decir a Alan que lo esperara alejado y fuera de la vista de los aldeanos.

Se ocultó entre arbustos y vio como una mujer de color le abría la puerta.

Entró.

Después de varios minutos, surgió lentamente con un huacal entre las manos, sujetándolo por los bordes superiores.

– Toma. Ten cuidado, aún quema un poco. – Le ofreció en voz baja.

Alan aceptó y bebió lentamente.

El cacao templado con vainilla, le resultaba delicioso como la miel y el azúcar de caña. Era una de las cosas más ávidas para él dentro de aquella isla.

Tenía tantas virtudes ese lugar, que le apasionaba a veces seguir allí, que era lo único, junto a su tía Adriana, que le frenaban como un cabo enganchado a una argolla sobre el corazón de un caballo salvaje.

Si algo tenía claro, es que no importaba la etnia ni la creencia, lo bueno era bueno y lo malo era malo. Daba igual de qué color se maquillara o con qué nombre se le llamara. También sabía que la gente menos afortunada, era la que más cedía a las necesidades de las demás personas desposeídas. Su abuelo siempre le decía: *"No hay mayor maldad, que inventar la maldad."* Él insistía siempre en que no era necesario concebir un ser invisible y maléfico para culpar a alguien. Había vivido en propias carnes la inquisición. Fue hijo de verdugo en la vieja España, y cuando su bisabuelo murió prematuramente en circunstancias extrañas, según contaba su abuelo, fue obligado a partir con tan solo cinco años, hacia la nueva España. Y Alan seguía viendo día a día pruebas de las pautas inquisitorias por todas partes; leyes del fanatismo religioso. Sin contar la barbarie de los protestantes, que parecía querer echar un pulso y ganar a cada momento contra la inquisición católica. El salvajismo de los piratas, corsarios y bucaneros de aquellas latitudes no se quedaba atrás. Ni tampoco la camuflada ley y orden podridos hasta la medula de cada gobernante. Era extraño pensar en cómo después de todo, acabaron en Jamaica.

Tras beber todo el cacao, Paulo volvió al granero con el huacal.

Entonces Alan escuchó lo que le parecieron gritos de dolor y se apresuró hacia el lugar.

Abrió la puerta; que Paulo había dejado entreabierta.

Sobre un lado, yacían las ascuas que habían participado en la creación del cacao, y un enorme machete sobre ellas; junto a él, dos cazuelas, una grande y otra pequeña; la grande y abollada tenía en su interior restos de tirón de pescado; y al fondo, bajo las sombras negras zigzagueantes que se peleaban entre sí, animadas por las llamas danzantes de un puñado de velas moribundas; yacía un hombre mestizo y sudoroso entre grandes sufrimientos. Una de sus piernas se veía negra y podrida como el carbón a la altura de la rodilla, infectada de gangrena. Junto a él, varias mujeres de color le colocaban paños húmedos en la frente y otro hombre mestizo, que lo miró receloso al advertir su presencia, se acercó a las ascuas, agarró el machete humeante y volvió hacia el enfermo.

27

Paulo miró a Alan y se acercó presuroso hacia él, empujándole fuera de allí.

Nunca era agradable presenciar algo así. Por desgracia, Alan estaba demasiado acostumbrado a ese tipo de situaciones.

Paulo empezó a andar sin mediar palabra.

Alan le siguió.

Volvieron al cauce del camino, siguiéndolo de nuevo.

Un nuevo grito surgió desde la cabaña. El machete había hecho su trabajo.

– Se enfrentó a uno de los patrones de su dueño en la plantación, mientras recolectaba caña. Después intentó escapar. El castigo fue un disparo fortuito. Maldito castigo. Si sobrevive a la amputación, será un lisiado de por vida, y no sé qué será de él. Lo sacrificarán, o peor aún, terminará en los palenques de algún manglar. – Dijo Paulo mientras caminaban, claramente afectado.

Alan tenía dificultad para borrar de su mente las imágenes de crueldad o enfermedad. Paulo era bastante parecido a él en ese aspecto. Por eso, posiblemente se habían llevado siempre tan bien. Aunque Alan tenía arranques de ira que le costaba trabajo controlar en algunas ocasiones.

Paulo era hijo de una nativa arahuaca y un colono español genuino de Cáceres, con evidentes raíces portuguesas. Los ingleses no solían tener progenie con razas diferentes a la suya. Se necesitaba ser de la blancura de un cadáver para pertenecer a su gremio infame. Por suerte, algunos rompían la regla; sobre todo los piratas. Estos abundaban a raudales en Port Royal, entre tabernas, peleas y burdeles, y les daba igual absolutamente todo, siempre y cuando entrara en sus planes y les otorgara algún tipo de placer o beneficio.

Después de un buen rato, escucharon el rumor lejano de lo que parecía ser un carruaje acercándose por detrás, surgiendo de la oscuridad del camino.

Se apearon entre los matorrales para no ser descubiertos. A pesar de no estar realizando fechoría alguna, no estaba demasiado bien visto caminar de noche sin motivo alguno por allí. Había advertencias comunes. Superchería, cimarrones, y como no, supersticiones de todo tipo.

Cuando llegó a su altura, vieron que era un hombre negro sobre un pequeño carromato tirado por una mula. Éste transportaba varias cajas grandes de madera.

Paulo salió a su encuentro y habló algo que no entendió Alan, mientras marchaba a la velocidad del carro. Pronto corrió a la parte trasera, subió e hizo gestos a Alan para que lo acompañara. Suerte para ellos. Caminar hasta Port Royal desde Spanish Town de esa manera era casi una locura. Normalmente, a esas horas de la noche era algo que únicamente solían hacer los renegados, los locos, los cimarrones o cualesquiera que huyeran por algún motivo de la justicia o llevaran a cabo protervos oficios.

El hombre de mediana edad que espoleaba a la mula no abrió la boca durante todo el camino. Ellos tampoco.

Alan debió quedarse dormido de alguna manera, porque cuando abrió los ojos, ya estaban llegando a su destino.

Aún era de noche, y se escuchaba el alboroto de las tabernas desde las afueras.

Bajaron del carromato antes de llegar, agradeciendo el viaje y su amabilidad al hombre que lo dirigía.

Caminaron hacia las entrañas de la ciudad.

Pasaron por una amplia zona tranquila hasta llegar al centro, en el que se encontraban casi todas las tabernas.

Ladrones de mar salían y entraban sin descanso del interior de todas y cada una de ellas. Completamente borrachos y armando una algarabía escandalosa.

Era una ciudad grande y rica.

Las piezas de oro y plata se movían de mano en mano tan deprisa, que podrían gastarse del roce en una sola noche.

En medio de una de las calles habían colocado un tonel de vino. En cuanto descubrieron la presencia de Paulo y Alan los que lo rodeaban, los forzaron a beber una taza del tirón, entre blasfemias y gritos. Pero antes de que la cosa se pusiera fea, sucumbieron ante la oferta.

Unos golpes surgieron dentro de una taberna, y un hombre salió disparado hacia el exterior, cayendo sobre un charco de barro, frente a ellos. No se levantó, pero del interior surgieron otros dos hombres armados que llevaban presa a una joven mujer. Tras ella, otro hombre los siguió. Llevaba un objeto ovalado, grande y pesado entre los brazos, cubierto con una mantilla. Una cicatriz le cruzaba el rostro; y un sombrero negro de peregrino de ala ancha y copa alta le tapaba un pelo largo y rubio, que llevaba recogido en una coleta, revestido por una capa larga de cuello alto y negra.

La mujer se detuvo y miró hacia el lado, cruzando una mirada rápida con Alan, que se le antojó de indiferencia durante un segundo.

– ¡Vamos! ¡Isabel! No quiero más tretas. No me lo pongáis más difícil o no llegaréis a Salem con vida. – El hombre se detuvo, mientras guardaba algo en su bolsillo, que llevaba en la mano libre. – Bueno...vámonos de esta miserable isla... nos queda mucho hasta San Cristóbal. Averiguaré antes o después cómo habéis llegado hasta aquí. – Añadió con un extraño tono entre resignado y ansioso, mientras se alejaban hacia la zona del puerto.

Alan y Paulo siguieron avanzando muy diplomáticamente entre borrachos, hasta que Paulo observó un súcubo de madera tallado sobre una fachada y se detuvo frente a él.

Dentro había una multitud elevada de hombres rudos, rodeando mesas y toneles de ron y vino. Muchos de ellos abrazando mujeres de una moralidad tan movediza como la de ellos.

Paulo dio a Alan un ligero golpe en el pecho para llamar su atención y se acercaron a un hombre viejo y desaliñado, que estaba sentado frente a una mesa redonda y solitaria.

– Buenas nuevas, señor Read. – El viejo se giró y dejó ver su viejo parche de cuero negro, tapando lo que debió de ser en su día su ojo derecho; este apretaba su piel, casi fundiéndose con ella. Su cara era un mapa arrugado plagado de secretos oscuros.

– Hola joven Paul. – Él siempre llamaba así a Paulo, y ellos le llamaban señor Read, por meras formalidades. Entre ellos era el viejo John. Nunca lo habían visto ni oído intentar pronunciar palabra en otra lengua que no fuera la suya propia. Toda palabra extranjera, la adaptaba a lo que él pensara que era la forma inglesa de pronunciarla.

Percibió a Alan por el rabillo del ojo e hizo un ademán con la cabeza.

31

– Venid y hacedme compañía, no os quedéis al pairo. Joven Alan. ¿Queréis que alguna de estas damas os haga un hombre capaz? ¿Cómo vais de pólvora? – Soltó una sonrisa áspera y tosió varias veces. Alan estaba acostumbrado a ser parte del blanco de sus bromas y de la de algunos otros; sobre todo cuando habían bebido demasiado vino.

– La que me falta es la que vos lleváis dentro. – Le contestó.

El viejo John volvió a mirar a Alan, esta vez fijamente.

– Cierto, muchacho. Demasiado tabaco y ron. Siento mi pecho como una santa bárbara a punto de saltar en mil pedazos. Procurad no estar demasiado cerca cuando eso ocurra. – Esas palabras habían sonado a una especie de advertencia. – ¡Marian! ¡Una ronda de tres por aquí, preciosa!

– Señor Read. – Apremió Paulo. – Su hermano, lo que me dijo que sabía de él. ¿Qué es? – Dijo refiriéndose a Alan.

– Sí, muchacho. – Empezó a murmurar mientras le agarraba del hombro. – Vi a vuestro hermano en Tortuga hace cinco días, estaba reuniendo víveres en el barco en el que viajaba y reparando algunos problemas en el carenado. Dijo que vendría a Port Royal a solventar un asunto.

Una joven mestiza les llevó una ronda de tazas de ron.

– ¿Una es para mí? – Preguntó Paulo.

– Por supuesto, joven Paul; no estamos en Tordesillas. Tres vasos para tres hombres, la trinidad de los beatos, hay que saber repartir cuando la suerte abunda.

– ¿Qué clase de asunto? – Interrumpió Alan, mientras echaba un trago.

– Tal como digo, así fue. – Añadió el viejo John, mientras acercaba la taza a sus labios secos y hacía un gesto desagradable.

– Que raro. – Añadió Alan, mientras pensaba en ello; dejando la taza sobre la mesa.

– ¡Mal fario, muchacho! – Gritó, al tiempo que daba un golpe en la mesa con la palma de la mano. Le faltaban el dedo índice y el meñique. – ¡Mujer, traedme vino!, ¿acaso os he pedido ron en toda la noche? – Se bebió la taza de ron de un trago. – Veréis, muchacho. Habláis con John Charles Read. Mi padre sobrevivió al asalto de Spanish Town en el mil seiscientos, cuando los españoles soltaron las reses con antorchas de fuego sobre sus cuernos y rechazaron la invasión inglesa. Yo… – Se puso en pie y enseguida se tambaleó y volvió a sentarse. – Como se mueve todo, muchacho… con esta mar gruesa. Asegúrate de que todo está bien estibado y amarrado… – Le dijo en voz baja, mientras volvía a sentarse y se agarraba en la mesa con las dos manos, intentando no volcar.

Paulo y Alan lo miraron, entendiendo el estado de embriaguez en el que se encontraba el viejo.

– Vuestro hermano se sorprendió cuando le dije que vendría a Jamaica. – Continuó detallando. – A lo que él me respondió. ¡Estupendo pues! ¡Allí nos veremos! Nos encontraremos en la vieja taberna de Gordon Brown. Partiré en un par de días. Eso es lo que me dijo; mi joven amigo. – La joven mestiza le trajo otra taza de vino; él se la enarboló y engulló el contenido en otro largo trago.

– Debemos irnos ya. – Dijo Alan con cautela.

– ¡De eso nada, muchacho! ¡No hay quien leve anclas de aquí esta noche! ¡Ha bajado la marea! – Dijo, mientras le sujetaba el brazo con fuerza.

– Ya ha amanecido, señor Read. – Puntualizó Paulo.

– Está bien, muchachos. Una ronda más para desayunar y a dormir la mona. Pero aquí no. Salgamos de este burdel de mala muerte. ¡Mujer! ¡Apuntadlo en mi cuenta!

Se levantó, ondulando como una vieja y desgastada bandera agitada por el viento y caminó hacia la puerta.

– Maldición. Es más difícil abrirse paso por aquí, que navegar entre arrecifes y marismas. – Masculló, mientras chocaba una y otra vez con todo cuanto encontraba a su paso.

Port Royal
Jamaica

7 de junio

Había pasado ya un buen rato desde el despuntar de un nuevo amanecer.

Alan se sentía muy inquieto, ya que esperaba meterse en un buen lío al volver a casa de tía Adriana.

Cruzaron varias calles, pasando frente a la iglesia de Saint Paul. Advirtieron soldados apostados a ambos lados de la puerta. Alguna reunión importante se estaba llevando a cabo. Después descubrieron que el reverendo Heath, rector recién llegado a Port Royal, pasaba la mañana congregado y enfrascado en la lectura de oraciones, intentando salvar del pecado a sus feligreses más devotos o convenencieros.

Después de sobrepasarla, comenzó a doblar sus campanas. Pudieron contarse ocho en total.

No eran los únicos que salían de malos oficios a esas horas. Otros borrachos deambulaban tambaleándose. Chocando a cada lado con algún tipo de fuerza invisible que les impedía desplomarse en el suelo. Otros no habían aguantado la presión del alcohol en sus venas, y yacían desparramados en las esquinas y en los callejones de la ciudad como viejos trapos deshabitados.

Port Royal no era una ciudad para nada pequeña. Unas seis mil quinientas personas residían en ella según decían, sin contar los vaivenes de todo marinero que comerciaba o trapicheaba; y una taberna por cada diez personas, creía recordar, sin contar las clandestinas, por supuesto. High Street era ancha, y las casas que predominaban eran de tejado a doble agua de estilo colonial. En realidad, Port Royal era la ciudad perfecta donde poder huir de fanatismos religiosos que impedían la libertad de palabra, dogma y forma de vida; pero teniendo en cuenta que la vida llevada al extremo del hurto o el asesinato tanto en alta mar como en tierra adentro, estaban castigados severamente por la ley. Por algo la llamaban La Sodoma del nuevo mundo, o La ciudad del pecado.

Antes de darse cuenta Alan, el viejo John había desaparecido. Miró por todas partes. Paulo tampoco estaba. Volvió de nuevo la vista atrás y atisbó el letrero de una taberna que rezaba: Gordon Brown. Entró y los vio sentados frente a una mesa cuadrada e hinchada por la humedad y el paso del tiempo.

– ¿Has encontrado el tesoro, muchacho? ¿Dónde te llevan los vientos elíseos? – Bromeó el viejo John.

– Bueno, ya tengo claro dónde se supone que vendrá mi hermano.

– ¡Sí, señor! ¡Gordon Brown! ¡Buen marino, hasta que perdió la pierna izquierda! Bueno, aunque también perdió la chaveta.

Una mujer joven, pelirroja, pecosa y de rasgos irlandeses se acercó.

– ¡Dos de ron y una de ron; digo, una de vino y dos de ron; es decir, tres! – Pidió, mientras señalaba a Paulo, Alan y a sí mismo, al compás de lo que decía, haciéndose un lío con los dedos. Después tamborileó un poco con las manos sobre la mesa. – ¡El tres es un número mágico! – Añadió. – ¡La santísima trinidad! ¡Yo, tú y él! ¡Pasado, presente y futuro! ¡Yo y dos mujeres! ¡El tres es el número mágico!

– Un grano de café en el mío, si sois tan amable. – Dijo Alan a la mujer, mientras hablaba el viejo John. El ron no era un buen alimento después de toda una noche en vela, y necesitaba espabilarse a toda costa.

– Pues sí, joven Paul. Como os dije, este es mi plan. – Dijo señalando hacia arriba. – Ser el dueño de una cantina es mi plan de jubilación. En esta ciudad la plata se mueve como hormigas en un hormiguero en plena época estival. Aquí se agita el dinero de tal manera, que he visto como el vino, el ron y las mujeres menguan la riqueza de algunos hasta tal punto... que llegan a ser reducidos a la mendicidad. Conozco a bribones que han llegado a gastarse hasta dos o tres mil piezas de a ocho en una sola noche; y uno dio quinientas a una prostituta solo por verla desnuda en una ocasión. Como dije, me gustaría contar contigo para que me ayudes a tenerlo a flote. Estos brazos ya son viejos y endebles, y a menudo tiemblan por culpa del exceso de vino, pero tú tienes la fuerza de la juventud y la salud de un joven tigre. ¿Qué me dices? – Paulo le respondió de forma efusivamente afirmativa. Ése era, al parecer, el interés que le traía a Port Royal, trazar planes de negocios con el viejo John.

– Y tú, muchacho, ¿Cuál es tu rumbo a seguir? ¿Seguís soñando con alta mar? – Alan guardó silencio durante unos segundos y asintió inevitablemente. – Pues déjame decirte una cosa de la que aseguro tener mucho conocimiento. ¿Queréis morir en la horca? ¿De cólera? O peor aún, ¿Como el Olonés? ¡Despedazado vivo! No tienes ni idea. La vida dentro de un barco es un infierno en el mejor de los casos. Chinches. Pulgas, ratas, hepatitis, escorbuto… sin presencia alguna de mujeres, rodeado a menudo de escoria humana, de bandoleros de mar, de asesinos. Todo son leyendas blancas. No hay tesoros ocultos a tu alcance, mi joven amigo. No pienses en el oro de Atahualpa, la fortuna de Morgan, la ciudad oculta de El Dorado o Moctezuma. No busques fantasmas muchacho, o ellos te encontraran a ti… entonces ya será demasiado tarde… serás un viejo borracho y loco como yo, hundido en las marismas de la incertidumbre. ¡Sé de qué te hablo! Ser rondero no es buen asunto. Los espumadores no llevan una vida agradable. ¿Buscas aventura? ¿Circunnavegar el mundo como Elcano o Drake? Si yo pudiera volver a tu edad, sabiendo lo que sé, buscaría un oficio con mejor ventura en tierra firme.

Tras un largo rato allí; bebiendo varias tazas de ron; resistiendo historias de tesoros ocultos y aventuras inverosímiles; no muy necesarias de recordar; aunque Alan sospechaba que a Paulo lo tenían fascinado, o puede que las escuchara solo por mero interés.

Entraron varias personalidades en la taberna. Comerciantes y funcionarios locales se estaban congregando en ese momento allí. Pronto se les unió John White, presidente del consejo y gobernador interino.

Un poco de vino de ajenjo y tabaco añejo rellenaron la tertulia.

Los dos permanecieron allí, escuchando historias marítimas del viejo John; e intentando pasar desapercibidos ante tanta eminencia presente. Todos conocían las ordenanzas del año ochenta y siete, cuando la patente de corso inglesa cesó, y un patíbulo especial para las ejecuciones fue erigido, que también se lo recordaba habitualmente; y como no, los cuerpos ahorcados que colgaban frente al muelle de vez en cuando. Por suerte, al viejo John ya lo conocía casi todo el mundo allí, e incluso fuera, pero aun así, era inevitable no ser precavido ante la acusación de ser partícipe de corso. Paulo estaba tranquilo, las diferencias raciales no eran tan radicales allí. A pesar de ser un centro importante en la venta de esclavos africanos y teniendo en cuanta el color oscuro de su piel.

Casi llegado el medio día, más o menos a las once; salieron de la taberna los reunidos, y tras un largo minuto, también ellos tres.

El Sol estaba casi en su cenit y hacía bastante calor. A pesar de unas cuantas nubes negras esturreadas aquí y allá que abrían y cerraban el paso de la luz solar de vez en cuando.

Llegaron frente a la iglesia de Saint Paul.

El gobernador White y el reverendo Heath caminaban cerca de ellos, cuando bandadas de pájaros surgieron graznando por todas partes.

– ¡La tierra se mueve bajo mis pies! – Se oyó decir al reverendo Heath, alterado. – ¡Señor White! ¿Qué es esto? – En ese momento todo comenzó a moverse.

Se empezaron a oír gritos y maldiciones esparcidas en el aire.

– Tranquilícese. Es un terremoto. No tema, pronto habrá terminado. – Respondió el gobernador White.

Como si algo se hubiese enfurecido a causa de sus palabras; el temblor siguió en aumento.

La torre de la iglesia se quebró por la mitad, desplomándose en pedazos con un gran estruendo entre campanadas agonizantes.

Alan agarró al viejo John y gritó a Paulo, apremiándolo a salir de allí enseguida. El viejo John les siguió tambaleándose, y no solo a causa de la borrachera. La tierra comenzó a comportarse como el océano. Olas de mar enfurecidas que surgían de la nada empujadas por un viento diabólico; resquebrajándose y abriendo grietas que devoraban cualquier cosa que estuviera sobre ellas en ese momento. Otros eran engullidos, quedando atrapados a mitad de cuerpo, como si la tierra fuera un animal hambriento y se recreara en el gusto de sus piernas, mientras las devoraba. Era un laberinto de arenas movedizas que cambiaba bajo la ciudad.

Llegaron a High Street y se dirigieron a toda prisa a Fort Rupert. Saltando y esquivando grietas que surgían a su paso.

Tan pronto como salieron de la ciudad, la vieron aplastarse sobre sí misma, como si la infame presencia de un gigante invisible bailara sobre ella, haciéndola desaparecer entre las inmensas grietas del inframundo.

El reverendo Heath estaba junto a ellos, y no paraba de balbucear entre lamentos: ¡Es el terrible juicio de Dios! ¡Enviado para castigar a los muchos piratas, prostitutas y profanadores que llaman a Port Royal su hogar! ¡Dios está airado y nos castiga! ¡Castiga a esta ciudad por el pecado y su libertinaje!

Siguieron avanzando entre el apogeo de la destrucción.

El viejo John se había alejado y parecía totalmente sobrio de repente. Entonces, señaló con los ojos abiertos de par en par y con cara de horror hacia los restos de la ciudad.

Se giraron, sin poder creer lo que se avecinaba.

Una ola gigante entraba lentamente sobre los restos de la ciudad; arrastrando y destrozando en un torrente de barro, espuma, barcos, botes, casas y personas agazapadas; todo cuanto encontraba a su paso. Como un animal ancestral que se arrastra en busca de su presa. Entonces, Alan recordó el zumbido que llevaba unas semanas escuchando dentro de la vieja caracola. ¿Había sido una señal? ¿Un presagio?

Corrieron a toda prisa hacia Fort Rupert, la primera intención que se mencionó fue la de llegar a las montañas azules, buscando una zona elevada. Se detuvieron poco después al comprobar que el peligro no los alcanzaba.

Varias fueron las olas que se adentraron después en los restos de la ciudad, borrándola de la existencia casi por completo.

No podían abandonar a los supervivientes a su suerte, así que tras una larga discusión y un mutuo acuerdo, volvieron sobre sus pasos.

Conforme fue sucediéndose el medio día y la tarde, las aguas retrocedieron un poco. Los temblores habían cesado. La ciudad se había quedado sumergida bajo el océano casi por completo. Ni siquiera tenían alcance a Fort Charles, que parecía haber quedado en pie en un islote o cayo. Fort James había desaparecido junto con el resto de la ciudad.

Eran muchos los hombres, mujeres y niños que pasaban a su lado, buscando salir de aquella pesadilla. Unos lloraban, otros gritaban… y otros sangraban.

La mitad de High Street había desaparecido bajo el mar, la calle descendía ahora hacia un mundo submarino, una ciudad sumergida. De Thomas Street no había ni rastro. Ahora la ciudad pertenecía a las bestias marinas. Era una gigantesca lápida destinada a convertirse en coral. Varios navíos yacían volcados sobre las ruinas visibles, y un sinfín de cajones, tablones y toneles flotaban esturreados entre espuma, arena y aguas de resaca. La ciudad había muerto, y los vivos con ella, incluso el recuerdo de los muertos enterrados allí moriría del mismo modo, inclusive Morgan, que había sido según decían los galeses, mucho más que un bucanero; a pesar de haber muerto agigantado por la hinchazón, abotargado y con gota, muerto cuatro años atrás y enterrado en el cementerio de Palisadoes, desaparecería del recuerdo colectivo como la bruma en la mañana. El mismo hombre que pudo blasfemar, maldecir, beber y fornicar junto a sus camaradas en cualquier antro; o liderar una banda de delincuentes a lo largo de millas a través de junglas hostiles y pantanos… también demostró ser un astuto político con una visión amplia, superior a quienes atrajo con su peculiar magnetismo. Todo desaparecería del todo allí, en ese mismo momento.

Terminada la tarde, a punto de anochecer, varios navíos se habían acercado a la costa, y unos cuantos marineros atrevidos se aproximaban en botes, entre el amasijo de escombros flotantes hacia los restos de la ciudad; buscando supervivientes y ofreciendo ayuda.

44

Uno de los botes acogió al reverendo Heath y lo llevó a bordo del galeón The Granada, para mantenerlo a salvo.

Varios navíos se observaban en la lejanía del puerto; unos habían salido airosos del desastre y algunos habrían llegado después, siendo testigos de la destrucción.

Port Royal era una ciudad muy concurrida. También era un lugar donde se vendían muchos esclavos secuestrados en África, que allí mismo habían encontrado su sepultura antes de ser vendidos.

El gobernador White, comenzó a decir a todos los supervivientes que pasaban junto a él, que se dirigieran a una zona elevada y cercana, por si se repetía el desastre.

– ¡Viejo John! - Gritó alguien a los lejos.

Alan se giró y reconoció a su hermano.

– Tristán, amigo. Tienes la gracia del afortunado. – Dijo el viejo John con una sonrisa.

– Sí, ya lo veo. Menudo desastre. La isla se ha quedado sin su capital. Ahora tendrá un problema de identidad. – Al pronunciar esas palabras, a Alan le quedó claro en el acto que su hermano se había convertido en un hombre frío y distante desde la última vez que lo vio. Entonces lo miró y se quedó en silencio.

– Hola, hermano. – Le dijo.

Se acercó tras un titubeo y le estrechó la mano.

Sus rasgos se habían endurecido, y el cabello había comenzado a volverse blanco sobre sus sienes. Vestía capa negra larga y abierta, que entreveía una casaca de largos faldones con cuello alto y vuelo al estilo francés, todo ello sobre una camisola sin cuello blanca. Un sombrero combado de alas anchas y dobladas hacia arriba, una bolsa de cuero colgando de un cinturón junto a una llave grande y unos grilletes oxidados. Un trabuco en su vaina, una filosa bien sujeta dentro de su porta espadas, y unas polainas con hebillas sobre unas botas de punta redonda negras.

– Hola, Alan. Como te has espigado. ¿Cómo estás?

– No me quejo, podríamos estar sepultados bajo esta siniestra marea.

– ¿Qué haces aquí? ¿Cómo esta tía Adriana? Bueno, ya me contarás todo después. Ahora tenemos otras prioridades.

Estuvieron casi todo el día y la noche ayudando a personas desamparadas. Madres habían perdido a sus hijos, maridos, o ambas cosas; y hombres habían perdido del mismo modo a familiares o a seres queridos; algunos niños eran atendidos por otras personas, siendo conscientes de que sus padres habían desaparecido en la desgracia que cubría la ciudad de escombros y agua. Varios cuerpos sin vida habían sido recuperados de la marisma, y sobre algunos de ellos, personas lloraban desconsoladas.

Tan pronto como fue posible, hicieron un descanso en el que se sentaron frente a una hoguera, en la que asaron algo de pollo pinchado sobre algunos palos.

– Han pasado cinco años. – Le dijo su hermano.

– Sí, lo he estado pensando. Eso es mucho tiempo. La vida puede desaparecer en mucho menos. – Respondió Alan, sin poder evitar pensar en lo cerca que habían estado de morir esa mañana.

Se acercó el viejo John, que hasta ese momento había estado buscando lo que supusieron que sería alguna pieza de oro o plata enterrada tras el desastre, y se sentó junto a ellos.

Su hermano comenzó a contar sus vivencias, su viaje a España, pero sin darse cuenta, Alan cayó rendido de cansancio y se hundió en las fauces del sueño.

César Rai

8 de junio

Despertó al rayar el alba.

El viejo John y Paulo seguían dormidos frente a las ascuas ya humeantes de la hoguera. Demasiadas horas en vela, y demasiado ron. Tan resacosos como las aguas que se habían retraído en la oscuridad. Los primeros rayos de luz los habían estimulado en su drástico florecimiento, pero al parecer, seguía latente parte del alcohol en sus dilatadas venas, rezumando desde dentro de la piel.

El mar estaba en calma. Parte del agua había descendido unos metros hacia el océano, pero no era fácil distinguir si eran las últimas contracciones de vuelta a su cauce, o la simple bajamar.

No había esperanza alguna de que la ciudad volviera a surgir desde las profundidades.

– A buenas horas. – Dijo su hermano, mientras se acercaba desde las ruinas. – Me temo que he de partir. Hay un asunto imperioso que requiere mi completa atención. – Alan se quedó callado, pensando.

– ¿Puedo ir contigo? – La pregunta le surgió sin más.

Su hermano aguantó unos segundos en silencio.

– Deberías coger alguna muda de ropa. – ¿La respuesta era afirmativa entonces?

– No importa, ya me las apañaré. – Respondió, sabiendo que volver a casa de tía Adriana le retrasaría casi un día entero.

– Deberías avisar a tu tía de que vienes conmigo.

Tenía razón en sus palabras, pero algo le decía que tramaba una estrategia para marcharse y dejarlo en tierra firme.

– Tranquilo, yo lo haré. – Respondió Paulo, que había despertado y se desperezaba.

– Verás, Alan. Me alegro mucho de verte y comprobar que estás bien. Muy a mi pesar de saber lo que está por venir en esta ciudad, pero temo decirte que en realidad no puedes acompañarme. Es demasiado peligroso.

Alan lo miraba con los ojos abiertos cuando de repente, el viejo John soltó un grito y todos se giraron hacia él. Se acercaron corriendo para ver cuál era la fuente del problema. El viejo John tenía una bolsa en una de sus manos, y en la otra, esgrimía un puñal hacia un hombre con el rostro marcado por las severas cicatrices de un acné rebelde y un puñado de dientes podridos. Éste intentaba acercarse al viejo John con un machete.

– Atrás. Sucio bastardo. – Gritó el viejo.

– ¡Dadme la bolsa, infame añejo! ¡Os cortaré la mano a la altura del cuello si hace falta!

En ese momento, Alan y su hermano llegaron a ellos.

El hombre del machete vaciló un momento, y seguidamente después, gritó varias veces, levantando la barbilla.

Varios hombres surgieron desde el interior de un grupo de árboles, todos blandiendo cuchillos, hachas y machetes.

El hermano de Alan sacó el trabuco de su cinturón y apuntó al que amenazaba al viejo John.

– Si te mueves, te mato.

Los demás asaltantes se acercaron a él, intentando buscar la manera de arrebatarle el arma de fuego.

– No nos engañáis. No está cargada…y si lo está… seguramente la pólvora esté mojada.

– ¿Os jugáis la vida para averiguarlo?

– Te vamos a destripar. – Dijo otro. Esgrimiendo un cuchillo.

– Lo sé. Pero el primero que se acerqué terminará con los sesos esparcidos en la arena.

Todos acechaban, pero nadie se atrevía a tener por huésped una bala de plomo en la cabeza.

Entre tanto, Paulo y el viejo John se habían alejado corriendo, buscando un lugar seguro.

– Muy bien, como quieras. – Escuchó Alan que le susurraba su hermano, mientras se acercaba a él lentamente.

– Me vendrá bien la ayuda pero, te lo advierto, no será un viaje de placer. Aunque no sea el capitán, y reciba un favor especial a bordo, no tendrás un mejor trato solo por ser mi hermano.

– No te preocupes, me adaptaré.

– Eso espero, por tu bien. La vida marina no tiene nada de romántica. Deberías limpiar y evacuar tu cuerpo antes de partir; y si eres creyente de algo, encomiéndate a él, ella, o lo que sea. Nunca se sabe si el mar te devolverá a tierra con vida. Ni siquiera si te devolverá.

– Antes tendremos que salir de ésta.

Siguieron andando hacia atrás, acercándose a las ruinas de la costa. Muy despacio. Sin perder de vista a los asaltantes. Tristán seguía apuntándoles con el arma. De camino, dio órdenes a un par de hombres que ayudaban a heridos y que no se habían percatado de la situación. Corrieron hacia la orilla, empujaron el bote y subieron los cuatro en él. Se alejaron lentamente sobre el mar, viendo como ese grupo de piratas que lo había perdido todo en el terremoto y la inundación, se quedaba con ganas de atraparlos, degollarlos o algo peor. No solo habrían perdido sus pertenencias, sino que seguramente, también habrían perdido su barco. Eso los habría llevado a la desesperación y como no, eran piratas, y lo único que los piratas sabían hacer para conseguir plata, era robarla, tanto si era a vivos, como a muertos; o a vivos que aún no sabían que estaban muertos.

Alan miraba la loma por la que Paulo y el viejo John se habían alejado. Esperaba que la suerte acompañara sus pasos; y que Paulo pudiera ver desde algún lugar elevado, como salían airosos del embate. Ojalá pudiera decirle a su tía, que lo había visto alejarse junto con su hermano en un bote, completamente a salvo.

Los dos hombres bogaron durante un rato entre un cementerio de madera y espuma flotantes. Por momentos, notaban como el bote rozaba con lo que supusieron que sería el tejado de alguna casa hundida o algunos pecios; situación que resultaba muy aciaga.

– Que sonidos más desagradables. – Murmulló Alan. – Parece que estemos rozando por encima de algún cadáver.

– No andáis muy desencaminado. – Dijo uno de los dos marineros, mientras remaba y le hacía gestos con los ojos y señalaba hacia uno de los lados del bote. – Alan miró en esa dirección, y vio varios cuerpos que salían a flote, desde las entrañas del mundo submarino, entre restos y espuma turbia.

Tan pronto como llegaron al barco, se dispusieron a subir a bordo.

César Rai

El Centella

Era un bergantín entrado ya en años y pintado de negro, con una hilera de cañones en cada costado y dos palos vestidos con velas marrones teñidas por el tiempo y los golpes de mar.

Varios hombres gritaban a bordo palabras en un argot marinero que Alan no entendió. Le recordaron al viejo John, siempre con sus alusiones marineras. No era extraño que tuvieran su propio lenguaje, eran como una extraña tribu que evolucionaba ajena al resto del mundo. Eran meses dentro de una pequeña casa de madera flotando en alta mar.

Dos hombres de uniforme se acercaron a recibirlos, e hicieron las presentaciones oportunas. Mientras, los otros dos marineros que los acompañaban elevaron el bote y lo amarraron sobre el costado del barco.

Uno de los dos hombres que los recibieron, el más alto y moreno, era el capitán del navío; el otro, el segundo oficial al mando. No fueron necesarios muchos detalles para comprender que formaban parte de la flota real española. A partir de ese momento, toda palabra hablada dentro del barco fue dicha en castellano.

Su hermano susurró algo al capitán y éste gritó unas órdenes en español.

Un vaivén frenético de marineros comenzó a moverse por todas partes, y enseguida las velas estaban jugando con la fuerza del viento, alejándolos de la isla herida por el ataque del titán oceánico.

Alan se sintió eufórico en un principio a bordo de ese bergantín. Era como territorio español, una isla flotante. Estaba entusiasmado. Ni siquiera le sorprendía la rudeza de los marineros, estaba más que acostumbrado a ellos. Pronto tuvo una entrevista con el segundo de a bordo, y tras preguntarle sobre su experiencia, le dio la bienvenida a bordo del Centella, decidiendo en el momento que se acababa de convertir en el nuevo grumete. Momentos después ya estaba limpiando el camarote común de los marineros. Este estaba infectado de chinches hinchadas de la sangre de cada uno de ellos, y de ratas tan grandes como liebres.

Cuando llegó su descanso, se dirigió ansioso a proa. Observó el horizonte infinito de aguas cálidas durante un rato, entusiasmado por lo que estaba por venir.

La bandera inglesa ondeaba ligeramente a media asta.

El barlovento era suave y frío; le empujaba ligeramente hacia delante, mientras se sujetaba en el balaústre por precaución.

Había conseguido su sueño, adentrarse en el mar. Incluso se estaba familiarizando con el lenguaje marítimo.

¿Qué aventuras le depararía el futuro? Porvenir que se escondía tras el horizonte del litoral atlántico, más allá del cinturón de las Antillas.

Su hermano se acercó a él, al tiempo que sacaba un viejo catalejo de latón de una funda que colgaba de su cinturón. Comenzó a divisar el horizonte con él.

– ¿Por qué la bandera inglesa? – Le preguntó.

– Primero por cortesía... y también por precaución. Hemos estado en Port Royal, bueno... en lo que queda de ella; y ahora nos dirigiremos a otra colonia inglesa...

– Pero... ahora no estamos en guerra...

– Nunca se sabe, aún hay muchos bucaneros con patente de corso latente... pero no te preocupes, si nos descubre algún galeón de línea español, el salvoconducto que llevo en el bolsillo nos librará de cualquier malentendido.

Hubo un largo silencio.

Mientras, Alan especuló sobre en qué clase de misión estaría involucrado su hermano como para llevar tan importante documento real.

– ¿Por qué te marchaste? – Volvió a preguntar.

– Me fui en busca de una vida mejor – Respondió después de un breve silencio, mientras miraba a través del catalejo. – Tu abuelo Hernán, sirvió durante diez años como dragón de cuera en el norte de Nueva España. – Apartó el catalejo de su ojo y le miró fijamente. – Recuerdo algunas historias que contaba cuando tú eras demasiado pequeño como para recordarlas. Hablaba de una tribu de salvajes a los que llamaban Kohmahst, que atacaban una especie de fortaleza o presidio que empezaban a construir en los confines del imperio español, y que defendía el señorío de las Españas de las vastas y amplias llanuras desconocidas que se extienden hacia el norte aún sin colonizar. Esos indios, robaban y asesinaban en ataques esporádicos por sorpresa, también solían secuestrar mujeres en sus asedios. Supongo que seguirán haciéndolo. También robaban caballos, de los que pronto se hicieron uña y carne. – Mantuvo un largo silencio. – Eso es lo que busco, vivir. Cada uno debe buscar su faro en el horizonte. – Guardó silencio otra vez, mirando la extensión lejana del océano y añadió. – Hay una vida mejor, pero es mucho más cara.

Entonces, Alan se dio cuenta de lo mucho que ambos se parecían, a pesar de ser hermanos de diferente padre, la sangre de su madre era la argolla que los unía.

– ¿Cuál es nuestra dirección?

– Bueno. Es un poco difícil de explicar, en realidad no debo dar muchos detalles, pero si todo va según lo previsto, llegaremos a Salem en unos días.

– ¿Salem?

– Sí, eso he dicho. Aunque solo yo desembarcaré esta vez. Estuve allí hace unos días.

– Espera. He escuchado antes ese nombre. – Le dijo, pensando en silencio durante unos interminables segundos. Su hermano lo miró con gesto irónico, seguro que, en lo más profundo de su ser, se estaba burlando de su ignorancia. – Salem, sí… Hace dos noches. En Port royal… ¿Cómo se llamaba esa mujer?... ¡Isabel!

Su hermano abrió los ojos de par en par, cambiando su anterior gesto irónico por el de extraña sorpresa. Se acercó a él y le agarró, cerrando el puño con fuerza sobre su brazo, mientras, con la otra aún sujetaba el catalejo a la altura de su cintura.

– No menciones esas palabras a nadie, ¿de acuerdo? – Le apremió.

Alan asintió, sin tener demasiadas opciones. No comprendía el porqué de tanto secretismo de repente. Contaban con la ventaja de poder hacerse pasar por quienes quisieran, mientras nadie los reconociera. Situación de la que pretendían seguir siendo portadores. Tener como lengua materna el español, y el inglés por accidente geográfico, era una de las mejores ventajas que podían tener sobre los demás en esas latitudes.

– Entonces, supongo que es innecesario que te diga que esa tal Isabel a la que vi, era presa de tres hombres. Uno de ellos con una cicatriz enorme que le atravesaba la cara.

– ¿No tendré la suerte de que sepas hacia dónde iban? – Añadió Tristán. Aún más nervioso, mientras apretaba con más fuerza el brazo de su hermano.

– Si dejas de apretarme, puede que piense con claridad y lo recuerde entonces. – Refunfuñó Alan. Tristán le soltó el brazo y se quedó expectante. – Según dijeron, se dirigían a San Cristóbal. – Añadió Alan, mientras se masajeaba el brazo, donde su hermano le había agarrado. – Por cierto, no sé dónde está ese lugar.

Su hermano ya le ignoraba. Estaba sumergido en un mar de pensamientos, mientras observaba el horizonte en el que muchos desterraban sus pensamientos más íntimos.

– Las islas de Barlovento. – Susurró al fin. – Escucha, Alan. Hace unos días estuve en Salem buscando a una persona con un don especial. Allí me dijeron que había partido hacia Port royal; en busca de mujeres que, al parecer, habían huido de allí acusadas de actos de brujería. Está claro que el destino nos ha unido y no ha sido la casualidad. Ha sido una suerte poder contar con la información que me has prestado. Está claro que esto ha sido algo más que una coincidencia. ¿Qué probabilidades había de que presenciaras a esa mujer, escucharas su nombre y hacia dónde se dirigen? Tengo ver al capitán. Debemos cambiar el rumbo enseguida.

Pocos minutos después, todos los marineros se movían frenéticamente por cubierta.

El barco giró, cambiando su rumbo ciento ochenta grados en pocos minutos.

Caída la noche, Alan bajó al camarote común, aún estaba vacío; pero el compartimento ya parecía tener vida. La madera gruñía entre roces y quejidos. Arañazos y mordiscos de roedores y bichos se escuchaban por todas partes; como espectros que intentasen encontrar una rendija para conseguir la entrada a su mundo.

Se podía escuchar el murmullo de órdenes gritadas en cubierta. Pronto casi todos los marineros estaban allí, excepto el que hacía la primera imaginaria.

– Tenemos un polizón. – Dijo uno de los hombres. Calvo, con barba y sin apenas dientes. Alan se dio por aludido, y al parecer varios también pensaron lo mismo, porque le miraron casi a la vez. – ¡No, leñe, él no, el otro! – Refunfuñó, al tiempo que señalaba con la navaja hacia una rata que permanecía quieta en una esquina oscura; con la que justo después, comenzó a limpiarse dientes y uñas.

– ¡Atrápala, muchacho! – Gritó otro marinero. – Ayer estuvimos haciendo una batida en busca de ratas durante todo el día. Se multiplican como la peste, y nos importunan más por lo que destruyen que por lo que comen. Lo peor no son las averías que causan en la mercancía. Incluso plagan de enrataduras toda la tabla del costado, bajo la línea de flotación, la obra viva. ¿Sabes lo que es achicar el agua durante semanas por culpa de esos bichos? Imagina una vía hecha por una de esas alimañas que haga que toda la pólvora de la santabárbara se humedezca.

Alan agarró una camisola que colgaba de una de las hamacas, la abrió y la lanzó sobre el animal. Este comenzó a corretear a ciegas, entonces se arrojó sobre él y lo atrapó.

– ¿Alguien tiene hambre? – Bromeó Alan.

– Lanza eso por la borda antes de que te críe en las manos, muchacho. Y después me lavas eso, anda, que no preguntas ni nada antes de echarle mano.

Le indicaron cuál era su hamaca; la de Pedro, decían, que al parecer había muerto allí mismo a causa del escorbuto unas semanas antes. Le dio aprensión, pero debía dormir algo, apenas lo había hecho en los últimos dos días, y después de todo no se trataba de la peste negra, de la que tanto se hablaba en Europa.

– ¿Así que eres un superviviente? – Le preguntó un chico joven; de pelo negro y rizado y de piel cobriza. – El terremoto…

– Sí, me acompañó la suerte, supongo.

– Este mundo es una criatura viviente en sí mismo. – Dijo un viejo marinero desde el fondo, con voz ronca y facciones ásperas.

– Ya está otra vez el filósofo. – Refunfuñó otro marinero junto a él. – A ver si inventas algo nuevo de una vez. Siempre la misma cantata.

– El océano es como un desierto de agua y sal, y las islas son oasis en medio de ese mundo sin fin… – Siguió hablando, ignorando a su compañero. – He visitado lugares que ni imaginaríais que existen. En una de las islas vírgenes, junto a Puerto Rico, existe una bahía cuyas aguas se iluminan de noche con el brillo de las estrellas. Puedes nadar sobre ellas y ver como con cada brazada y movimiento de tu cuerpo, todo brilla de un intenso azul a tu alrededor, como el fulgor de un santo. Como si las estrellas del firmamento te rodearan, brillando y danzando en torno a ti.

– Esa historia me la conozco, Ricardo – Interrumpió de nuevo el marinero, rompiendo la magia de la historia. – ¿Cómo dices que se llama? Ah, sí. Bahía Mosquito. No quiero pensar a qué hace honor ese nombre.

– Al menos yo tengo algo que contar, Vicente; no como tú.

– No te equivoques, no me he caído de un árbol. Lo que no me gusta es vivir varado en el pasado. Pero sí que tengo historias por contar, ya lo que creo que sí… como aquella noche en el Tza Tun Tzat. – Aquello parecía haberse convertido en una batalla. ¿Quién contaría la historia más insólita? – Llevábamos días viajando a pie entre la jungla de la península de nueva España cuando los encontramos. Un grupo de nativos medio desnudos apareció aquella noche de entre las sombras, amenazando con sus primitivas armas en medio de la jungla. Tan pronto como les dimos a entender que solo buscábamos oro y plata, cambiaron su agresividad y comenzaron a atendernos muy amablemente. Era el segundo día con ellos, cuando uno de nuestros hombres, fue hallado intentando tener relaciones con una nativa. Entonces nos apresaron y despojaron de toda arma, menos de esta navaja, que llevaba metida en el cinturón, pegada al vientre. Ya no había palabras amables que sirvieran para sacarnos de aquella situación. Recuerdo que éramos unos quince hombres, y que ellos eran una tribu enorme, calculo que habría más de doscientos. Entonces, esa noche, fueron llevándonos uno a uno hacia el interior de la selva, y ninguno de mis compañeros volvía. Teníamos conocimiento de tribus caníbales o de sacrificios humanos a sus dioses paganos; y nos esperábamos lo peor. Quedábamos cuatro cuando vinieron a por mí. Me llevaron a la fuerza durante varios minutos a través de la selva oscura. Entonces vi una estructura bajo la tenue luz de la luna y de las estrellas, un edificio antiguo casi en ruinas. Entre todas las palabras que decían en su idioma, no dejaban de repetir: Tza Tun Tzat, Tza Tun Tzat. Mientras Gritaban y me rodeaban, sin parar de dar vueltas sobre mí, con la intención de desorientarme más aún, o llevando a cabo algún tipo de ritual. Me hicieron señales para que avanzara, y empujándome a punta de lanza hacia el interior de una apertura en el edificio. También gritaban las palabras: Itzam Cab Aín, Itzam Cab Aín, repetidas veces. Uno de los más ancianos me mostró un amuleto de oro que le colgaba de su cuello y me dio a entender que dentro estaba lo que tanto ansiábamos; pero yo tenía claro que aquello no era sino un empujón hacia una trampa. Me resistí, pero comenzaron a golpearme hasta que no me quedó más remedio que entrar en aquel oscuro lugar. Entonces me adentré en las entrañas de lo desconocido. Comencé a avanzar a oscuras dentro de aquella construcción. No sabía si era una tumba, la entrada a una cueva o algo peor. No tardé mucho en tener un ataque de pánico. Intenté volver, pero me había perdido. Aquello era un laberinto. Seguí deambulando entre paredes invisibles y oscuridad, cuando algo me tocó el hombro. Me alarmé enseguida, lleno de terror. Entonces eso, lo que fuera, empezó a herirme, haciéndome cortes superficiales. Empezaba a jugar conmigo, a divertirse. Por momentos notaba un olor fétido y nauseabundo, como de podredumbre. Mientras avanzaba, noté un desnivel en el suelo, aquel laberinto descendía. ¡Imaginaos! No veía nada, como si hubiera quedado ciego. Palpando las paredes para poder guiarme por esos malditos pasadizos; y aquello, lo que fuera, acechándome al tiempo que me hacía cortes por todo el cuerpo. Entonces empezó a crujir el suelo bajo mis pies, y supe enseguida que estaba en una fosa común, en un osario. La madriguera de un ser que devoraba todo cuanto allí se adentraba. El pánico había hecho presa en mí. Entonces, me quedé en silencio al salir de la zona de los huesos, escuchando. Saqué la navaja con cuidado y la desplegué. Llevaba tanto rato allí dentro, que casi podía ver el ruido. Me agaché y quedé allí agazapado, esperando, con la navaja empuñada y escondida detrás de la pierna. Entonces la criatura puso su rostro frente al mío, noté el aliento fétido y el sonido de la respiración ronca y gutural de su garganta. En ese preciso momento, extendí el brazo, y comencé a apuñalarlo repetidas veces, hasta que la sangre caliente me empapó por completo. Dejé a la criatura allí tirada, en la oscuridad de aquel mortuorio, y empecé a avanzar; esta vez buscando la forma de subir, en vez de bajar. Me llevó horas y horas, pero lo conseguí. Toda la tribu se había olvidado de nosotros. Nos habían enviado a la madriguera de una alimaña, dándonos por muertos. Salí y comencé a correr por la selva como alma que lleva el diablo. Entre oscuridad. Días más tarde llegué a la costa y la seguí, hasta que di con un asentamiento de patriotas que me ayudaron. Les dije que una tribu había masacrado a todo mi grupo. Y gracias al cielo, aquí estoy. Sigo vivo. Si había la más mínima oportunidad de salir de allí con vida, me tocó a mí. Algunos de aquellos hombres eran mis amigos, tanto como los endiablados que están aquí. Cuando pasas meses junto a un grupo de personas, se convierten en tu familia.

– Si no te conociera, hasta me creería tu historia. – Masculló el viejo. – Y en mi familia no hay nadie tan feo como tú. – Estas palabras provocaron algunas risas, incluso al hombre que había contado la historia.

Entonces alguien gritó en cubierta.

Todos subieron.

El cielo estaba cubierto de un lecho de estrellas espectacular.

El capitán y el segundo se unieron al grupo.

El marinero que había dado el aviso estaba en estribor, mirando con el catalejo hacia el frente.

– Señor, hay un farol encendido en la oscuridad. – Dijo el muchacho, mientras todos se iban acercando a él. Hizo entrega del catalejo al capitán y éste lo alzó frente a su ojo izquierdo.

– ¿Dónde lo habéis visto?

– Unos cinco grados por la amura de babor, capitán. – Dijo el marinero, mientras señalaba hacia la dirección en la que había visto la luz.

El capitán escrutó el horizonte oscuro durante unos minutos. Poco después, dio la orden de virar en esa dirección.

Un buen rato más tarde, El Centella ya estaba alcanzando a la embarcación. No parecía encallado, sino más bien a la deriva. Derelicto, como solían decir. Todos murmuraban sobre la sospecha de que iban hacia la emboscada de unos bucaneros. Se advertían las troneras de los cañones cerradas sobre una sola línea de batería. Era un navío de línea de sexta clase. Un buque concebido para ganar velocidad. El carenado también era negro, y el escaso ropaje cremoso que parecía mal guindado era peinado por una brisa que apenas lo hinchaba. No parecía tener gobierno alguno. La derrota no parecía tener sentido. Podrían estar arreglando alguna avería importante.

Ya estaban cerca de él, casi a la altura del abordaje.

Era un balandro de madera oscura y vieja, no de grandes dimensiones.

– ¡Ah del barco! – Gritó el capitán.

Una bandera Novo inglesa ondeaba en el pabellón.

Nadie contestó. Aun así, siguieron acercándose lentamente.

El capitán siguió gritando repetidas veces el mismo saludo, pero nadie aparecía ni respondía. Entonces abarloaron la nave desde estribor por su aleta de babor. Allí parados, se podía ver claramente que la cubierta estaba completamente desierta.

Varios marineros colocaron una pasarela, y otros cuantos se armaron de alabardas, estoques, dagas, espadas y algunos trabucos y arcabuces; dando más importancia a las armas blancas que a las de fuego, sabiendo que estas eran efectivas solo para un primer disparo. Volver a cargarlas requería más de un minuto; tiempo suficiente para morir en el campo de batalla, o en el caso, en la cubierta de aquel barco. El capitán hizo señales con la mano izquierda para que hicieran el abordaje en completo silencio, mientras con la otra sujetaba un arcabuz.

Tres hombres se quedaron a bordo de El Centella, junto con el segundo al mando, Eduardo Levín. Podía convertirse en un acontecimiento muy desafortunado el hecho de abandonar El Centella por completo.

The Reaper

Una vez abordado el barco, las tablas crujieron bajo sus pies como lo hacían en el Centella o en cualquier otra embarcación, mojadas por un reciente chaparrón. El silencio se escuchaba tan alto entre el oleaje, que se podían oír los quejidos de la madera y los aparejos rozándose y haciendo fricción entre sí. No era nada inusual. ¿Acaso habría una infección a bordo? ¿La peste negra había llegado al fin hasta el nuevo mundo? ¿Escorbuto? Era algo casi mucho peor que morir de un disparo o en la horca.

El capitán ordenó una separación en dos grupos; uno bajaba por la escotilla hacia la bodega y los camarotes, y el otro grupo hacia popa, hacia el camarote del capitán. Alan iba hacia popa, junto con su hermano Tristán, el capitán y cinco hombres más.

La puerta estaba entreabierta, golpeando ligeramente su marco a causa del vaivén de las olas.

Entraron.

Una figura yacía sentada frente a una mesa, cabizbaja y desaliñada, que parecía ser el capitán; y a su alrededor, todas las paredes del camarote estaban llenas de extraños símbolos y pentagramas, todos grabados sobre la madera.

El hombre estaba allí sentado, frente a la mesa. El mismo hombre que Alan había visto unas noches antes salir de aquel prostíbulo junto a dos hombres y una mujer a la que llevaban presa.

El hombre levantó la cabeza lentamente, en cuanto escuchó que la puerta del camarote se abría. Su mirada era distante y perdida en un mar depresivo y negro como el azabache. La cicatriz que surcaba su rostro era una huella de identidad inconfundible. Los pantáculos eran testigos de su calamidad, grabados en las paredes de madera junto a los pentagramas y hechizos dispersos incluso en el techo y el piso. Parecía la guarida de un lunático, esa era la impresión que causaba. Hasta que después de un buen rato, varios hombres aparecieron alterados, diciendo lo que habían encontrado en los compartimentos inferiores. El capitán salió del camarote para atenderlos.

– ¿Os encontráis bien? – Preguntó Tristán en la lengua inglesa al hombre que estaba sentado allí, ya que él y su hermano Alan parecían ser los únicos capaces de comunicarse con él en su propia lengua, al menos de manera fluida. Mientras, no dejaba de apuntarle con el trabuco.

El hombre asintió lentamente.

– ¿Qué malaventura os ha asaltado, capitán?

– Más os valdría no saberlo… y no soy el capitán. – Respondió después de unos segundos.

70

– Si necesitáis ayuda, deberíamos ser partícipes del secreto que ahoga a esta nave del tal absorbente silencio. Reconoceréis que no es algo normal en esta latitud.

El hombre agarró algo de la mesa. Una fina cadena colgó entre los dedos de su puño, justo antes de guardarlo en el bolsillo de su camisola.

Salieron del camarote y el capitán del Centella se acercó a Tristán, apartándose de los hombres que antes habían subido desde las entrañas del navío, aparentemente inquieto.

– Señor Alvarado, debo hablar con usted a solas. – Tristán se apartó unos metros sobre la cubierta junto a él y tras unos minutos, en los que el capitán hablaba con él, volvió con el arma, que todavía apuntaba al hombre misterioso.

– Tendrá que disculpar nuestra intromisión, pero ¿sería tan amable de acompañarnos... o guiarnos al menos hasta los compartimentos que están junto a la bodega?

– Como quieran. – Expresó formalmente; mientras empezaba a avanzar por cubierta y descendía por las escaleras hacia las vísceras de la nave. – Supongo que a la tripulación ya no les importará que tomen sus raciones de ron.

El capitán dio orden a varios hombres de permanecer en cubierta, y a otros cuatro para que los acompañaran abajo.

Así lo hicieron.

El interior estaba repleto de grabados astillados en las paredes, en el techo y el suelo. En cada rincón de los compartimentos.

Poco después cruzaron el umbral de una extraña mampara y vieron varias celdas colocadas una junto a la otra, frente a las cuales colgaban maderas con simbología diversa tallada en ellas. Una de las celdas estaba tapada por un gran trozo de velamen. El capitán la agarró y tiró de ella hasta que se deslizó sobre el suelo, por la propia inercia de su peso.

Una joven mujer estaba dentro, encadenada y amordazada. Su ropa estaba sucia, y el pelo grasiento se derramaba sobre su frente cabizbaja. Colgaba de las cadenas, aparentemente dormida, o quizá desmallada y, un charco de orina rezumaba bajo sus pies.

– ¿Quién es? – Preguntó Tristán.

– Una prisionera.

– Ya lo veo. ¿Cuál es el delito?

– Brujería.

Tristán tradujo la palabra en castellano para que la entendieran los presentes. Ninguno hablaba inglés, definitivamente.

Todos lo miraron sorprendidos. Después la miraron a ella.

– ¿Una bruja de verdad? – Añadió Tristán. – Supongo que eso explica todos los grabados que inundan este bajel. ¿Símbolos de protección?

El extraño asintió.

– ¿Cuál es su nombre? – Volvió a preguntar Tristán.

– Isabel Goumas.

Tristán y el capitán intercambiaron miradas tras escuchar el nombre de la joven, con su marcado acento inglés.

– Debo presentarla ante el tribunal supremo de Salem, en Nueva Inglaterra. – Continuó detallando el hombre. – Mi nombre es Derek Addams, y soy buscador de brujas en el condado de Boston. Este barco pertenece a William

Warmwood, cuñado del gobernador de Nueva York, Benjamín Fletcher, prestado para un asunto legal del tribunal supremo. No os recomiendo su apropiación.

– Mucha distancia os traído hasta aquí señor Addams, debe de ser muy valiosa. – Increpó Tristán. El hombre no añadió palabra. – ¿Qué tesoros ocultos guardará bajo su nimbo de maldad? – Susurró Tristán.

– Subamos y discutamos cómo afrontar la situación. – Dijo el oficial del bastimento.

El capitán indicó a Alan y a otro marinero que esperaran allí y comunicaran cualquier cambio en el estado de la prisionera.

Un rato después, la mujer levantó la cabeza y tosió.

– Os vi en Port Royal. – Le dijo Alan, tras asegurarse de que estaba realmente despierta.

Mientras comenzaban esa conversación, el marinero que los acompañaba se acercó a ella, pasando entre los tableros grabados que colgaban alrededor de la celda. Introdujo las manos y soltó el trapo que amordazaba su boca. Los labios de la mujer estaban agrietados y se despellejaban de manera leve.

– Tenéis sed, ¿verdad? – Le preguntó.

Ella asintió, y acto seguido, el marinero salió del compartimento.

– Ya no me veréis más allí. – Dijo en un susurro. Aparentemente aliviada de no tener ya la mordaza en la boca. – Esa ciudad se ha convertido ahora en un arrecife de muerte. – Añadió.

– Un momento, ¿Cómo…? ¿Cómo lo sabéis? Os vi marchar con el inglés… el señor… Addams… aquella noche…

73

es imposible que vierais el hundimiento de la ciudad. ¿A no ser que…?

– ¿Me visteis en Port Royal?

– Sí, y vos a mí.

Ella guardó silencio un momento, mientras le miraba pensativa.

– No os recuerdo… Cuando marché de Salem, supe que el máximo responsable de la caza de brujas en Boston, John Hathorne, juez y verdugo de Salem, había viajado hasta Port Royal para llevar a cabo sus trapicheos de turno. Son varios los motivos por los que debía morir, créeme. Lástima que me quitara el mérito ese terremoto.

– ¿Cómo sabéis que está muerto?

– No puedo saberlo… sería difícil que hubiera escapado, pero nunca se sabe. En cualquier caso, espero que no lo haya hecho.

– Yo escapé, junto a algunos más.

– Sois muy joven para comprender ciertas cosas… ¿Qué tenéis? ¿Veinte años?

– Vos no parecéis mucho mayor que yo. – Le respondió Alan, un poco extrañado. Sabía eso que solían decir, que una mujer madura mucho antes que un hombre, y era cierto, pero aun así, no parecía tener más edad que él.

– Las apariencias engañan. – Sentenció, en una mueca que parecía divertirla.

Entonces, el marinero volvió. Había resultado ser muy creyente y buen samaritano. Se acercó a la celda, pasando de nuevo entre los tablones que colgaban, e introdujo nuevamente una mano, en la que ahora llevaba un cuenco con agua. Le dio de beber cortos y lentos tragos. Alan pudo oír después, como ella susurraba unas palabras que no comprendió. De pronto, al marinero se le tornaron los ojos en blanco, se quedó tieso como el palo mayor y empezó a sufrir convulsiones sobre el suelo. Ella se relamía los labios húmedos y agrietados con restos de agua mientras lo miraba. El resto del agua del cuenco cayó al suelo, derramándose al tiempo que se mezclaba con la orina y la madera.

Alan se quedó allí parado, completamente helado de terror.

Poco después apareció Derek Addams, casualmente, y con gesto apresurado, la golpeó en la cabeza. Entonces volvió a colocarle la mordaza sobre la boca a través de los barrotes.

Las celdas eran muy estrechas, poco más que la capacidad para que entrara un hombre alto y corpulento, casi como un cajón de muerto de grandes dimensiones, formado de barrotes de hierro oxidado en vez de madera.

– Traed varios cubos de agua y echádsela encima, a ver si se disipa este hedor.

Tras vaciar varios calderos de agua sobre su cuerpo, Alan pudo ver que el pelo había despejado su frente, su rostro ahora era bastante visible. Era una mujer joven y bien parecida. En condiciones normales habría hecho las delicias de cualquier hombre a bordo de un navío o en cualquier recóndito lugar de tierra firme. Resultaba extraño que algo tan maléfico se ocultara tras un rostro tan agraciado. En realidad, era la mejor manera para ocultarse. Como los súcubos de las viejas leyendas del viejo continente. Su belleza era capaz de derretir el más frío de los glaciares masculinos. ¿Cuántos hombres habrían caído a lo largo del tiempo bajo las garras de seducción de un ser así sin ser consientes? Pensar en eso, era algo que a Alan le producía escalofríos. Existía el mal, era cierto, y él lo había descubierto en ese momento; en su forma más hermosa. El diablo puede disfrazarse de ángel de luz, recordó. Aquellas palabras que, entre tantas otras, solía recitar su tía Adriana, procedentes de la biblia, que tanto utilizaba cuando quería amonestarlo sobre algún mal adyacente. No había vuelto a saber de ella, ojalá se encontrara bien. Marcharse así, sin avisar, ni despedirse, había sido cruel e irresponsable por su parte, era consciente de ello. Por suerte, Paulo le anunciaría que estaba bien, y que había escapado ileso del hundimiento de Port Royal. Ella no sabía que estaban allí ese día. Sin duda alguna, el pobre Paulo se llevaría el sermón de su vida.

Sintió la necesidad de orinar y, tras avisar a su nuevo compañero, salió del compartimento y subió a cubierta.

El cielo estaba despejado y podían observarse claramente las estrellas, que, junto con la luz de la luna, y un par de lámparas de aceite prendidas, iluminaban la nave sutilmente.

Se acercó a popa y allí se desahogó en su necesidad.

Cuando volvía, observó que su hermano Tristán estaba cerca, sobre la línea de crujía.

Se acercó a él.

– Tristán, hermano.

– Dime, Alan.

– Todas esas estrellas de cinco puntas… ¿Qué son?

– Son pantáculos.

– ¿Y por qué están ahí?

– Verás… antiguamente el mundo era representado en algunas culturas con el número cinco, que representa la tierra, el agua, el fuego, el aire y el éter, al que muchos llaman espíritu. Por eso las cinco puntas. Es un objeto mágico, basado según algunos, en la sabiduría que un ángel reveló al rey Salomón. Es utilizado para que los espíritus obedezcan, fungiendo a la vez a su portador como talismán, preservándolo de accidentes y trayendo sobre él la protección de los ángeles y los espíritus de bien.

– Es decir, que esos símbolos nos preservan del mal.

– Así es, pero cuidado, solo con la punta central hacia arriba, invertido tiene un efecto totalmente contrario.

– Entiendo.

– Alan. ¿No te parece demasiado casual, que hayamos encontrado tan fácil el barco en el que iba la mujer que buscábamos? Es como si alguien fuera dejando migas de pan para guiarnos.

– Es extraño, sí.

– Muy extraño.

– He visto el peligro que traslada esa mujer, pero no entiendo la necesidad de llevarla para que sea juzgada, cuando podrían sencillamente ahorcarla de la verga mayor y, solucionar el problema con la brevedad de un rayo y ahorrar en medios al mismo tiempo.

Su hermano no respondió, pero tras unos largos segundos, sacó un papel doblado del interior de su casaca y se lo tendió. Era una carta de la madre del rey Carlos II de España, dirigida a él.

– Lo que dice en esa carta, no debes hablarlo con nadie. ¿De acuerdo? – Le advirtió.

César Rai

Carta de Mariana de Austria a Tristán Alvarado Esquivel,
Palacio del buen retiro,
Madrid, España.
Lunes 10 de diciembre de 1691

A vuestra merced,

Os pido que esta carta no caiga en manos ajenas y pueda acontecer indecorosa en mis palabras, ya que se trata de un asunto secreto real.

Ahora soy una mujer mayor, que poco puede hacer con su cuerpo postrado en la vejez.

Ya poco más nos queda que la gracia de nuestro señor Jesucristo.

Mi nieta murió, que era de lo poco que me quedaba por amar sobre este mundo terrenal, junto con mi único hijo aún vivo; el cual pende lamentablemente de un hilo desde hace tiempo.

Su hechizo, del que tanto se rumorea, tiene al parecer, un fundamento verídico.

El diablo se ha adentrado en mi familia y se ha instalado a sus anchas. No hay duda.

No se puede negar que la vida de mi hijo ha sido sumamente extraña y tormentosa.

Era tan solo un niño cuando la muerte de su padre, mi difunto esposo, Luis IV de España, al cual nuestro señor y padre todopoderoso tenga en su gracia eterna; lo hizo rey a la fuerza cuando contaba tan solo con cuatro años de edad. Aunque la regencia la ocupé yo hasta su mayoría de edad, ayudada por mi excelentísimo confesor jesuita, Everardo Nithard. Años después, cuando mi hijo ya cumplió los catorce años, asumió el control y poder absoluto de las Españas.

Su salud precaria comenzó a empeorar tras la muerte de su primera esposa, María Luisa de Orleans. Hace tres años volvió a contraer matrimonio con Mariana de Neoburgo, pero la salud se le escapa. El hecho de no conseguir procrear un solo hijo está haciendo mucho daño en nuestra alcurnia.

No hay día en el que mi hijo no padezca esos extraños temblores que los médicos llaman convulsiones, los cuales le comprenden todo el cuerpo. Estos, a su vez, lo dejan con suma fatiga. Con frecuencia también sufre desfallecimientos, siempre se sostiene en pie como si fuera a desmayar en cualquier momento.

Hace un tiempo, el confesor real, el excelentísimo fray Froján, comenzó a sospechar sobre algún tipo de hechizo sobre mi hijo.

Bien es cierto que, somos conocedores de que hay un grupo de monjas en Cangas de Onís que dicen, están endemoniadas y que, por su boca hablaba el mismísimo diablo.

Fray Froján estimó oportuno que sería buena cosa preguntar al diablo sobre el hechizo y su manera de curarlo. El ilustrísimo obispo de Oviedo se ha negado a tales manejos. Dice que no está hechizado, sino enfermo, y que será curado por médicos, y no por sacerdotes; si es que es el caso de que su enfermedad pueda ser sanada.

Pedí a Froján; el cual carga con toda responsabilidad; que llevara dichas andanzas a espaldas del señor obispo, y diera órdenes a fray Antonio de Cangas de Onís, que custodiaba a las monjas; que se colocara sobre el pecho un papel con los nombres de Carlos y Mariana, y preguntase al diablo si alguna de esas dos personas estaba poseída por el maligno.

Tras un primer entusiasmo de fray Antonio, que estaba convencido de que esa era su gran misión divina, puso la mano sobre las monjas y, arriba en el altar, invocó al diablo a responder.

De una de las monjas surgió una voz de ultratumba que respondió: "El hechizado es el rey Carlos. El hechizo vino a él a los catorce años, y le alcanzó con una bebida, que al tomarla destruyó en él la materia de la generación y la capacidad de administrar el reino."

El remedio propuesto por el sacerdote para acabar con el maleficio, fue que mi hijo tomase en ayunas un vaso de aceite bendito. Mi hijo así lo hizo cuando fue informado, también a espaldas del señor obispo. Pero no mejoró.

Se le exigieron entonces nuevas consultas al diablo.

Según palabras de fray Antonio, precediendo juramento del demonio por el santísimo sacramento, le preguntó en qué había dado el hechizo al rey y éste respondió: "En chocolate a tres de abril de mil seiscientos setenta y cinco."

81

Le preguntó de qué estaba elaborado y éste manifestó: "De los miembros de un hombre muerto." Le preguntó entonces cómo era eso posible, a lo que volvió a responder: "De los sesos de la cabeza para quitarle el gobierno; de las entrañas para quitarle la salud y de los riñones para corromperle la semilla e impedirle la generación." Entonces le preguntó quién fue el causante de tal embrujo: "El hechizo lo atrapó en tiempos de juventud. Los remedios de que necesita el Rey son aquellos mismos que la iglesia tiene aprobados. Lo primero, darle el aceite bendito en ayunas; lo segundo, ungirle con el mismo aceite todo el cuerpo y la cabeza; y lo tercero, proporcionarle una purga en la forma que previenen los exorcismos y apartarle de la reina. Que no haya contacto entre ellos. "Ni verla, ni verle."

Mi hijo ha empeorado mentalmente. Ahora casi no duerme, y solo ve oscuras figuras y demonios en los pasillos de palacio y, gárgolas horribles que le persiguen mientras vaga triste y enfermo.

No pretendo alimentar su tormento, por lo que os pido esto sin su conocimiento ni consentimiento.

Solo velo por su vida.

Pronto recibimos nuevas noticias del diablo de Cangas de Onís, hasta que poco después, se negó a hacer más confesiones, asegurando que Carlos estaba sano y que cambiaran su médico, que mudaran los colchones y la ropa de su cama y le sacaran lejos de Madrid.

Las historias sobre el embrujo al que había sido sometido no cesaron, y así, se tuvo noticia de que un muchacho endemoniado fue sometido a exorcismo en la iglesia de Santa Sofía, el cual detalló: "El autor del hechizo del rey ha sido una mujer llamada Isabel, vecina de la calle Silvia;

y los instrumentos del maleficio están en cierta habitación de palacio, y en el umbral de la puerta de la casa donde ella vive". Miembros inquisidores registraron el lugar y encontraron unos muñecos informes que parecían sospechosos, por lo que fueron quemados en lugar sagrado, según ceremonias del misal romano. La mujer llamada Isabel desapareció como fantasma en la oscuridad, antes de ser mediada. Lo cual nos indica su culpabilidad.

En otra ocasión, también entró en palacio una trastornada, alcanzó hasta donde estaba mi hijo Carlos. Él la contuvo, mostrándole la cruz de Cristo. Aquella mujer, que creían endemoniada, fue exorcizada, así como a otras allegadas suyas.

La receta en aceite bendito en ayunas no bastó definitivamente, y empezaron también a administrársele purgas de huesos de mártires pulverizados, a colocarle pichones recién muertos sobre la cabeza, y entrañas de cordero sobre el abdomen. Pero todos estos remedios palidecieron ante el sombrío exorcismo al que lo sometieron.

Aprovechando que los restos de nuestros antepasados estaban siendo trasladados al nuevo panteón de El Escorial, se destaparon sus ataúdes y se celebró una ceremonia en la que los cadáveres de su padre Felipe IV, sus abuelos Felipe III y doña Margarita, sus bisabuelos Felipe II y doña Ana, y sus imperiales tatarabuelos Carlos V y doña Isabel, fueron exhibidos ante el enfermo. Creyendo que así, con tal cantidad de poder reunido en un mismo lugar, se espantaría de una vez a los demonios que tanta desdicha le causan. La horrenda procesión de momias terminó con el féretro donde se pudría el cuerpo de su amada María Luisa de Orleans, y se puede apreciar claramente desde entonces, que mi hijo no se recuperó jamás de la impresión que le produjo tan espantosa visión.

Siguieron durante un tiempo las intrigas que señalaban al posible hechizo, hasta que el inquisidor general murió inesperadamente a consecuencia de una sangría. No faltaron rumores de su posible envenenamiento.

Entonces, mi yerna, consiguió que fuese designado para el cargo un hombre en el que ella depositaba toda su confianza, el obispo de Segovia, don Baltasar de Mendoza. Hombre sabio y mano de santo. Desde ese día cesaron los conjuros, exorcismos y consultas al diablo por parte de los clérigos del reino. Pero aún hay gente que piensa en que la esterilidad de mi hijo y todas sus debilidades, se deben a maleficios satánicos y no a enfermedad alguna, y en más de una ocasión ha sido sometido a diferentes prácticas exorcizantes que no consiguen otra cosa que torturarle.

La única verdad de todo esto es que, mi hijo tiene otra enfermedad añadida a este gran mal, su salud mental.

Sus confesores no saben cómo consolar sus temores al infierno, ni convencerle de que nuestro dios es bondadoso.

Por eso os encomiendo esta misión.

Nuevas consultas al diablo de Cangas de Onís aseguran que la joven Isabel, supuesta culpable y de la cual no se supo el paradero; ha llegado a nuestros oídos que huyó a las indias occidentales, hay indicios y evidencias que así lo indican; hacia un pequeño lugar lejano llamado Salem, del condado de Boston. Una aldea de colonos ingleses, granjeros humildes y creyentes a su medida, que cultivan poco más que centeno; que según cuentan, es un lugar propicio para esconderse, en la cual, al parecer, residen y se ocultan los siervos del diablo y planean una comunión satánica. El diablo de Cangas de Onís, asegura que ésa joven, es la única que puede liberar a mi hijo de tal hechizo, ya que ella fue la causante. En esa aldea, según la información que nos llega desde hace bastante tiempo por vía de nuestros espías coloniales, hay varios hombres que practican las artes zahoríes, que consisten en encontrar cosas o personas desaparecidas. Debéis dar con uno de esos hombres, y que os lleve de la manera más diplomática posible hasta Isabel Goumas.

Os lo pido a vos y os apremio a ello, porque conozco vuestra procedencia, y también tengo entendido que pasáis desapercibido entre los ingleses, al ser dotado del don de su lengua natal, al haber nacido en tierras propias, al igual que el de la nuestra, al ser descendiente de familia emigrada desde nuestra querida España, nuestra gran madre patria por gracia de dios.

Sabéis la ferviente guerra que la corona de España y el resto de españoles ha tenido contra Inglaterra durante los años pasados. Somos participes de un acuerdo de paz muy liviano por ambas partes, pero aún sigue habiendo bandidos y secretos corsarios que luchan en contra de la prosperidad de nuestro imperio en su favor. Corrompen nuestros intereses, atacando y saqueando lo que nos pertenece por esfuerzo propio y gracia de dios. Desobedeciendo desde tiempos inmemoriales, las incunables bulas alejandrinas que dieron lugar al tratado que poco después se llevó a cabo en Tordesillas. Es de suponer que no es necesario que mencione dichas cuestiones, ya que no apremian sobre el asunto de esta carta. Según he sido informada, ya son varios años los que residís entre Toledo y

Sevilla, trabajando al servicio de los asuntos de estado. Solucionáis todo aquello que no se puede solucionar de manera diplomática. Habéis sido recomendado para esta misión por diversas eminencias.

Está claro que son otros tiempos. Todo ha cambiado, pero la avaricia del hombre no; y me temo que son muchos los intereses para algunos imperios, de que la casa de Austria pierda su linaje y su reinado.

Vuestra misión está bajo secreto de confesión. Esta carta deberá ser quemada después de haberla recibido y estudiado. No puede caer en manos ajenas a las vuestras.

Se os facilitará un salvoconducto para que vayáis en calidad de mensajero real, y así daréis caza con menos complicaciones a Isabel Goumas.

Un grupo de hombres capaces se pondrá a vuestro servicio. Todos ellos al mando del capitán don Francisco de Grisel y Santos. Él se encargará de facilitar vuestro trabajo y auxiliaros en todo momento para que vuestra misión tenga éxito.

Espero en lo sucesivo, tener noticias de vuestra merced, en la mayor brevedad posible.

Que la gracia de dios sea vuestro guía y el amor de nuestra amada Virgen María os ampare en su seno de protección.

The Reaper

Seguían allí sendos barcos. Uno junto al otro, amarrados entre la oscuridad nocturna del cielo y el océano.

Pronto se acercó el capitán hasta ellos.

Alan guardó la carta dentro de uno de sus bolsillos, por pura inercia, aunque no tenía motivos para hacerlo, ya que no sabía qué tipo de información conocía el capitán sobre los asuntos reales de su hermano.

– Lo haremos pues, tal como hemos hablado. El señor Addams dice que la recompensa por ayudarle es real y considerable. Yo conozco mi misión, que es conseguir que usted cumpla con la suya, por eso lo haremos así, como usted lo ha dispuesto, pero yo les seguiré.

– Me parece lo más apropiado. – Concluyó su hermano, asintiendo.

– Bien, entonces lo mejor será descansar el resto de horas de oscuridad, preparar nuestra nueva derrota por la mañana y seguirla.

El capitán se alejó hasta sus aposentos.

– ¿Cómo harás para llevarla a España? – Preguntó Alan a su hermano.

– Nos ofreceremos a ayudarle, y cuando lleguemos a San Cristóbal, buscaremos la forma de abandonarlo allí a su suerte. Entonces volveremos con Isabel bajo nuestra custodia y la llevaremos ante la ralea de las Españas.

– ¿Y si algo sale mal?

– Bueno... en tal caso ya pensaremos en algo.

– ¿Y por qué no lo abandonamos a su suerte, tal y como lo encontramos en este barco, y nos la llevamos?

– Ahora mismo hay un tratado de paz con Inglaterra, y no nos interesa crear problemas a la corona real. Debemos hacer que parezca un accidente el hecho de abandonarlo y llevarnos a la mujer; ya de por sí, ha sido toda una suerte encontrarla de una forma tan fácil y casual. ¿No crees? Venga, llevas muchas horas despierto. Con un hombre vigilando a esa mujer creo que es suficiente, además, faltan unos minutos para el cambio de guardia. Tenemos por delante unas jornadas largas y difíciles. Mejor será que vayas a descansar un rato. Busca un coy donde poder tumbarte.

Su hermano siguió allí, mientras Alan encendía otra lámpara de aceite, que colgaba frente a la puerta del camarote del capitán, y bajaba hacia los compartimentos oscuros, en busca del camarote de tripulación. Cuando lo encontró, no se sintió demasiado bien al descubrir que le tocaría dormir solo, allí abajo, y separado solo por unas cuantas mamparas de aquella mujer, o lo que fuera ella. Aunque la vigilaba otro marinero, que le tocaba la peor parte esa noche, pero había visto de lo que era capaz con solo unas palabras extrañas, y deseaba estar lo más alejado de ella en ese momento tanto como fuera posible.

¿De qué sería capaz siendo libre? Debía hablar con el señor Addams por la mañana, y preguntarle qué clase de amuleto podría mantenerle a salvo de su magia negra, y cómo conseguir uno, si es que en realidad había algo que protegiera de verdad contra tales artificios. Estaba claro que todos esos grabados en la madera del barco debían servir para algo más que para una extraña decoración.

Registró en sus bolsillos, en busca de impedir que se le desparramara cualquier cosa de ellos al tumbarse sobre la hamaca, y encontró la carta de su hermano. Al final se la había quedado sin darse cuenta. Se la devolvería al día siguiente.

Tumbado en el coy y con la luz temblorosa del candil, apostado a un lado sobre el suelo junto a él, cayó absorto en sus pensamientos. Pronto el cansancio y el sueño le alcanzaron.

***

Despertó.

No sabía cuánto tiempo había pasado. ¿Segundos? ¿Horas?

El mundo onírico era un laberinto lleno de callejones sin salida, y con puertas a otras dimensiones del espacio y del tiempo, ajeno al conocimiento humano, donde el simple hecho de haber tenido un sueño, que había parecido durar unas horas, en realidad había durado tan solo unos segundos; y viceversa.

Escuchó unos ruidos en otro compartimento. Saltó de la hamaca; agarró el candil de aceite que había dejado prendido y lentamente, entre oscuridad y el crujir de la madera bajo sus pasos, buscó el origen de los sonidos.

Llegó al compartimento de las celdas.

Todo estaba oscuro.

El marinero que la custodiaba había desaparecido.

La jaula donde estaba la joven bruja se encontraba abierta y vacía.

Se acercó despacio, sujetando la lámpara bajo los hombros y hacia delante.

Entonces la vio frente a las paredes de una esquina.

Quieta.

El ruido volvió a surgir entre las sombras desde su izquierda. Tras las celdas. Era como el raspar de una alimaña.

Pudo apreciar una especie de portal tallado en los tablones de madera que formaban la mampara.

Un ligero haz de luz empezó a brotar desde el otro lado de las marcas del portal y pronto, los tablones comenzaron a desplazarse, abriéndose ligeramente.

Unos dedos ennegrecidos, esqueléticos y con la punta de sus dedos descarnados, que dejaban al descubierto los huesos con los que arañaban la madera desde el otro lado, asomaron sujetando el marco del portal.

El ruido era cada vez más intenso, y ahora se mezclaba con gruñidos mudos de cólera y rabia.

Las piezas de madera comenzaron a desplazarse.

Se estaban abriendo camino.

Alan empezó a retroceder en la oscuridad, cuando de pronto, chocó con algo que estaba tras él.

Giró, encontrándose cara a cara con un rostro demoniaco, el que antes había sido el de la joven Isabel. Ya no había rastro de ella, o ella era el rastro empírico de ese ser abisal y atávico que asomaba sus largos y descarnados dedos desde el oscuro umbral.

En un ligero susurro desde todas partes, surgieron las voces de un coro de niños que comenzaron a recitar una oración lentamente.

Bendita sea la luz
y la santa Veracruz
y el Señor de la verdad
y la Santa Trinidad
bendita sea el alma
y el Señor que nos la manda
bendito sea el día
y el señor que nos lo envía

Observó cómo entre la oscuridad, las sombras de decenas de niños se acercaban hacia él.

Empezó a notar como su cuerpo se zarandeaba a causa de una especie de presencia invisible.

Temblaba como nunca antes lo había hecho.

Entonces abrió los ojos.

César Rai

9 de junio

Le despertaron con un zarandeo, cuando ya toda la tripulación estaba trabajando desde hacía un buen rato.

El sueño le había parecido tan real.

¿Una premonición?

Una pesadilla generada por miedos ocultos y las fiebres de la mente.

Supuso.

El miedo a lo desconocido, a lo incomprensible, a lo que no se puede explicar.

En cuanto se desperezó, subió al exterior.

Varios hombres estaban preparando jarcias y aparejos.

Se acercó a su hermano, que estaba en la proa hablando con el capitán, el segundo del Centella y Derek.

Un hombre se le acercó, ofreciéndole un trozo de jamón salado, un poco de agua que echaba un gusto fuerte a vinagre, y le apremió para que se orientara y comenzara a hacer zafarrancho de limpieza en el The Reaper. Le sermoneó con unas cuantas palabras, diciendo que espabilara y cumpliera con sus obligaciones a bordo.

– En alta mar es necesario pescado gordo que pese poco. Cuantos más oficios conozcas, mejor para ti y para todos cuantos están a tu alrededor, a bordo de esta bañera flotante haciéndote compañía. – Le decía rápidamente. – Vuestro hermano me ha ordenado que os exhorte con el cumplimiento de las leyes dentro de este navío. Los actos como jurar, blasfemar, robar, jugar a las cartas, desnudarse o amancebarse están considerados delitos a bordo. Podríais perder el salario y vuestros bienes, ser azotado o ingresar en prisión, junto a esa bruja. Podéis incluso ser desterrado al llegar a puerto, o inclusive, ser ejecutado. No os durmáis en los laureles; mientras trabajéis y cumpláis las órdenes todo os irá viento en popa a bordo del Segador.

A pesar de llamarse realmente The Reaper, le sorprendió comprobar cómo los españoles ataban corta su costumbre de llamar a las cosas tal y como las entendían, o transponerlas libremente al castellano, y cuando los escucharon decir que aquel barco se llamaba El Segador en varias ocasiones, ni se molestaron en intentar pronunciarlo en inglés.

Le dieron un caldero con agua salina y un cepillo, y comenzó a limpiar, restregando toda la cubierta, ya que pretendía aprender de todo cuanto estaban haciendo los marineros. También, por si necesitaban en algún momento, un par de manos de más como ayuda.

Después, con el permiso del recién nombrado nuevo capitán, el señor Eduardo Levín, el segundo del Centella, o maestre de jarcia, como se le solía llamar. Alan entró en el camarote de la capitanía y comenzó a limpiar.

Había restos de sal gruesa por todas las esquinas, que se disolvieron fácilmente con el agua y el frotar del cepillo. Varias velas de cera rojas y blancas estaban colocadas de forma que le pareció bastante estratégica, las cuales apiló junto a un viejo baúl, que abrió sin consentimiento y con mucha precaución. Encontró una armadura de caballería completa, sucia y desgastada, con grabados en el acero que parecían pertenecer a un escudo heráldico castellano, y una gran cruz de color rojo sobre una especie de bandera o insignia. ¿Qué hacía una armadura española dentro de un barco inglés? España, ese reino que gobierna los mares y las indias occidentales. Reyes del Atlántico y del lago español, al que más tarde llamaron El Pacífico. La vieja España, la tierra de su difunta madre. ¿Cuántas historias podría contar esa armadura si pudiera hablar? ¿Cuántos misterios y tesoros descubiertos por los españoles descansaban en los oscuros naufragios? ¿Cuántos aún por descubrir habían quedado en el olvido? ¿Cuántos esperarían ser descubiertos? Debajo de la armadura descansaba una espada grande y desgastada. Tras el baúl, apoyados sobre la pared de madera, descansaban unos grandes objetos ovalados y cubiertos por gruesos paños de lana y cuero. Destapó uno de ellos con cuidado y descubrió que eran espejos de metal macizo. ¿Para qué tantos espejos? Mirándolos con detenimiento, observó que tenían un asa detrás, como si se tratara de escudos. ¿Eran escudos o espejos? Era algo muy extraño. Siguió hurgando, encontrando también varias botellas de vidrio y cerámica, con un líquido en su interior amarillento que se le antojó orina, ya que dentro también había objetos punzantes como alfileres y clavos doblados. Una botella con flores secas y violetas en su interior. Aquello seguramente formaba parte de algún tipo de ritual de protección contra los malos espíritus o la brujería. Los marineros eran gente muy supersticiosa. Eso lo sabía desde que era niño.

Se acercó a la mesa y junto a ella, sobre el suelo, había una cesta de mimbre con algo de basura y un pequeño cuaderno. El diario de abordo estaba allí tirado. Lo abrió y hojeó hasta los últimos días justo antes de su abordaje. En la última anotación, había una carta que hacía de separador de páginas. Escrita por un tal reverendo Samuel Parris a Derek Addams. Alan comenzó a leerla, y cuando la finalizó, siguió con las últimas anotaciones del diario de a bordo del The Reaper.

**Carta del reverendo Samuel Parris a Derek Addams,
Salem, Condado de Essex,
Massachusetts, Nueva Inglaterra.
Martes 5 de febrero de 1692**

Muy señor mío.

Estamos bajo orden de rezo y ayuno.

Tras varios ataques del enemigo de nuestro señor Jesucristo hacia nosotros sus siervos, hemos recibido confesiones de una esclava acusada de servir al diablo llamada Tituba, mujer de tez oscura, de origen africano y proveniente de Barbados, isla de las Antillas.

La mañana del veinte de enero, en la parroquia de Danvers; mi hija Betty Parris y mi sobrina Abigail Williams, niñas de nueve y once años, fueron víctimas del influjo del maligno. Comenzaron a sufrir ataques, desmayos, mordeduras a lo largo de todo el cuerpo y comportamientos aún más extraños. Se arrastraron por el suelo como serpientes, arrojaron objetos, el cuerpo les era torcido en apariencias imposibles y sufrieron convulsiones unánimes. Todo de manera portentosa y funesta.

Al ser interrogadas al respecto, ambas afirmaron que se sentían afligidas por una presencia sobrenatural, inhumana e incorpórea.

Los colonos, doctores y autoridades han dictaminado que es obra del Diablo, e instaron a las niñas a confesar quién o qué creen que es la causa de sus padecimientos. Mis pobres niñas han mencionado a Tituba, mi esclava negra que trabaja en casa; que, desde su llegada, les ha estado llenando la cabeza de cuentos y fantasías procedentes de sus creencias primitivas relacionadas con un rito pagano al que llaman judú, con apariciones y hechizos; al parecer ha estado entreteniendo desde su llegada a las niñas con historias de terror, leyéndoles la fortuna en claras de huevo y haciendo trucos de manos sencillos. Las niñas también mencionaron a otras dos mujeres: Sarah Good, una pobre pordiosera, sin casa, sin oficio ni beneficio, y Sarah Osburn, otra mujer que nunca visita a la casa del nuestro señor y que ha estado escandalizando al pueblo por sus amoríos con un mozo de labranza forastero.

En pocos días el pánico se ha esparcido por las calles. El terror y la preocupación se han propagado por la parroquia como la peste negra.

Están empezando a surgir casos parecidos. De ahí nuestra preocupación.

Me pongo en contacto con usted, sabiéndole buscador de brujas de oficio, entre otras cosas, y fiel y fervoroso sirviente de nuestro señor Jesucristo, para encomendarle una misión secreta.

Según los interrogatorios a Sarah Good y Sarah Osburn, que al principio se autoproclamaron inocentes, han mencionado a tres jóvenes mujeres desconocidas, llegadas hace unos meses a nuestra ferviente parroquia; de ahí que casi nadie sepa de su existencia. Enseñaron malas artes a las desventuradas y desaparecieron con la misma incógnita. Una de ellas se dice llamar Isabel Goumas; la segunda, Celene Antzas; y la tercera y última, Anaïs Kafkis.

No tenemos conocimiento de ellas, tan solo el divulgado por las dos mujeres. Al parecer, cuando dio comienzo este suceso, dieron información tras su captura que, bajo arduos interrogatorios, confesaron sobre su intención de abandonar Danvers y esconderse del juicio de Dios.

Hay niveles de persuasión muy eficaces. Como buen conocedor de esos métodos y algunos otros, hemos conseguido suplir un poco nuestra ignorancia e incertidumbre.

Desconocemos cómo, ni con la ayuda de quién, pero parecen haber huido de una forma inaudita. Tened en cuenta que, al parecer, son bastante propicias a buscar refugio en cuevas ocultas a simple vista y en cabañas abandonadas en medio de recónditos bosques aparentemente inaccesibles.

Predecir su paradero parece demasiado difícil, somos conscientes. Dar con su madriguera, será algo muy complicado. Por eso nos encomendamos a su destreza zahorí. Dará con el paradero exacto de las brujas huidas de Salem. Según nuestras fuentes, usted posee un don especial para encontrar agua, objetos y personas desaparecidas. Puede que sus métodos parezcan poco ortodoxos, incluso de brujería en sí para algunos de los miembros de nuestra parroquia, pero es un mal menor en busca de prevenir un mal mayor. En cualquier caso, confiamos plenamente en su intuición y criterio. Hay personas que sienten los influjos magnéticos del mundo. Espero que estos le guíen hasta ellas.

Por otro lado, decirle que será capitaneado por Blake Tombstone a bordo del Uróboros, se dirigirá en su primer destino hacia Pequeña Inagua. Si el destino les encontrara, deberán llevar a cabo la misión en el más completo de los secretos, asegurando la llegada con vida de las tres mujeres acusadas. Dentro de ese navío se transportará también mercancía extremadamente valiosa. El capitán podrá ponerle al tanto de todo en su debido momento.

Sin más, me despido hasta nuevas noticias.

P.D.

Podríais pensar innecesaria tanta explicación por mi parte, pero es de suma importancia que comprendáis con qué tipo de personas os enfrentáis.

Es importante que entendáis mi postura ante tal aciago asunto.

La vida de mi familia es mi mayor tesoro, y por la gracia de dios, que no consentiré que cualquiera que cause mal sobre ella, quede sin el castigo de la ley divina.

Es de sumo interés que las traiga con vida para que sean juzgadas por el mal cometido, o en su más nefasto defecto, le pedimos alguna prueba evidente de su muerte.

Encomiéndese a nuestro señor y Dios y verá la luz.

Le adjunto métodos para anular la hechicería que puede que no conozca.

El capitán estará también a su entera disposición en el balandro habilitado a tal efecto, llamado como ya he comentado hace unos párrafos: Uróboros. Nombre muy apropiado para su cometido.

En su mano está el martillo de brujas.

César Rai

The Reaper
Últimas anotaciones del diario de a bordo
Por el capitán Edward Wood

Martes 3 de junio de 1692

Faltan pocas jornadas de cabotaje para el ingreso en nuestro primer destino.

Navegaremos según derrota, día y noche, en la medida de lo posible.

Rumbo estable de sur suroeste.

Singladura dentro de los márgenes correctos.

Esperamos que la información recibida no sea incierta.

Miércoles 4 de junio de 1692

Navegamos en cabotaje hasta alcanzar La Florida; con una increíble velocidad media de ocho nudos con viento fresco a un largo o por la aleta. Después viramos a sur sureste cerca de Bermudas. Evitando lo máximo posible las calmas elíseas de los sargazos.

Alcanzamos las islas Bahamas a la puesta de sol, pero no haremos parada en ellas, aunque esté en derrota. Debemos reponer víveres y agua, ya que fueron insuficientes los recursos que nos prestaron. Nuestro primer destino será Jamaica, el cual es propicio para tal empresa.

Jueves 5 de junio de 1692

Atracamos a una distancia prudencial del pantalán, haciendo cabeza el ancla en el puerto de Port Royal bien entrada la tarde.

El señor Derek Addams, junto a dos navegantes bien fornidos, ha tomado un bote, y han entrado en el muelle de la ciudad portuaria.

El cometido de los que aún estamos a bordo ha consistido en recolectar víveres y agua.

La tripulación no tiene permiso para abandonar el barco después de haber terminado el trabajo de abastecimiento, ya que no podemos consentir que ningún marinero se extravíe entre tabernas, vino y burdeles.

Esperamos que su exitoso regreso a bordo no se demore demasiado.

Viernes 6 de junio de 1692

El vigía dio el aviso durante la tercera cuarta de guardia. Todos los demás dormíamos.

El señor Addams, junto a sus dos acompañantes, ha subido a bordo a una mujer. La hemos confinado en el presidio del compartimento que se habilitó para tal efecto. Se le han atado las manos, tapado los ojos y amordazado la boca, según las ordenes explicitas del señor Addams. Mal fario es ya una mujer a bordo, y mucho peor una bruja, como afirman que lo es.

Sábado 7 de junio de 1692

Levamos ancla y ciamos al despuntar el día.

La mercancía recolectada durante la tarde del día de ayer aún se sigue estibando, pero el tiempo apremia y el clima es favorable.

Hemos conseguido carne salada y salazón de pescado, cacao, habas, guisantes, arroz, queso, aceite, vinagre, algunos ajos, vino y ron.

Seguimos derrota, rumbo sureste hacia nuestro próximo destino.

Domingo 8 de junio de 1692

Escribe Derek Addams, único superviviente del The Reaper.

Algo terrible ha acontecido pasada la tarde.

Ese ente demoniaco que se oculta bajo la máscara de una joven indefensa, inocente y agraciada, al parecer ha conseguido soltar una de sus manos dentro de la celda y ha formado un sortilegio.

Gracias al cielo, yo estoy a salvo.

El pequeño amuleto de plata que cuelga sobre mi cuello me ha sido propicio. No sé si los grabados en el camarote del capitán que aquietan la magia negra han resultado efectivos, pero por la suerte de la providencia también estaba en su interior cuando todo pasó.

Dialogaba sobre temas triviales en proa junto con el capitán cuando, me pidió que le facilitara el catalejo que descansaba sobre su escritorio; así que me dirigí hacia su interior.

La tripulación ha perdido el juicio y ha comenzado a golpearse la cabeza y a infringirse heridas a sí mismos contra cualquier parte rígida del barco. Poco después se han ido lanzando por la borda uno a uno a mar abierto, incluidos los oficiales.

Todos.

Sin excepción.

No sé cómo obrar para remediar esta situación. Aunque supiera como gobernar el barco, yo solo no puedo llevarlo a cabo.

He conseguido bajar a la celda y volver a amordazar a ese esbirro de Satanás con la ayuda de mis amuletos. Esta vez me he asegurado de que no se suelte con la ayuda de varias cadenas; también he colgado alrededor de la celda varios tablones con grabados que protegen de la magia negra, que habíamos recogido para tal efecto, pero que por el nefasto error de bajar la guardia y pensarnos confiados en tener el control de la situación, no nos habíamos decidido a utilizar.

Debo hacerme de algún tipo de trapo grande o alguna vela, para tapar esa mazmorra maldita, buscaré en los compartimentos de la bodega.

Ha comenzado a llover casi entrada la noche. Esperaré a que amaine.

La lluvia ha cesado, pero sigo sin saber qué hacer.

He decidido instalarme en el camarote del capitán.

He soltado el ancla, pero garrea.

Si el destino empuja a esta nave hacia aguas sin calado, no sé si podré zafar la embarcación de tal peligroso escenario. Creo que la mejor opción es seguir a la deriva cual derelicto hasta que, la providencia me diga qué hacer o, me encuentre con otro buque en estas latitudes elíseas que sea amistoso y me socorra.

Sigo a la espera.

César Rai

The Reaper

Poco a poco, y sin ser intencionado, iba descubriendo detalles de una trama muy extraña, que inducía a un futuro poco alentador dentro de aquel barco. Tanto, que llegaba a los límites de la corona española. El señor Addams y su hermano Tristán eran los extremos opuestos de aquella historia, e Isabel Goumas era la argolla que unía el argumento. Las otras dos mujeres formaban junto a Isabel, los tres puntos de un triángulo desconocidamente blasfemo que aún no podía comprender. Encontrar a esas mujeres no iba a ser tarea fácil. Brujas conocedoras de poderes ocultos y antiguos. Siervas del mal.

Guardó en el interior de su pantalón el pequeño cuaderno junto con su carta, esperando que el señor Addams no lo echara en falta, ya que estaba aparentemente dispuesto a lanzarlo por la borda desde aquella cesta de basura.

Antes de separarse de la mesa, vio una especie de mapa enrollado con el aspecto de ser muy antiguo. Soltó el lazo y lo extendió sobre la mesa. Era la parte de un viejo mapa. Nombres de tierras y mares que no conocía, y que parecían estar escritos en lo que supuso que era latín, lengua que no entendía y en el centro, entre lo que parecían ser varios continentes, un mar sobre el que estaba escrito: POLVS ARCTICVS; y en su centro, una pequeña isla de rocas negras en la que rezaba: Rvpes nigra et altissima.

Escuchó unos golpes que se acercaban.

Pasos.

Enrolló el mapa y lo dejó tal cual lo había encontrado.

Se abrió la puerta y apareció Derek Addams, con su mirada negra y penetrante, y la cicatriz profunda e inconfundible que le cruzaba el rostro.

Se detuvo en el umbral y le miró fijamente. Después dirigió su mirada hacia la mesa y a las manos de Alan. Echó un último vistazo al camarote, a los grabados de cuchillo en los tablones que estaban por todas partes; disimulando.

– Ya he terminado de limpiar aquí, señor Addams. – Le dijo; y recogiendo el cubo, se dispuso a abandonar el camarote, pasando junto a él y desapareciendo de su vista.

Los pocos marineros del Centella que ahora pilotaban El Segador, no cesaban en su encomienda. Se notaban los años de experiencia. Hacían sus labores en un abrir y cerrar de ojos.

Los barcos se habían separado. Ahora ambos comenzaban a navegar con las velas hinchadas por una fuerte brisa.

Pronto el The Reaper avanzó por delante, maniobra claramente intencionada.

El capitán del Centella pretendía vigilar y seguir desde una distancia prudencial todos los movimientos de esa embarcación.

Alan lanzó el agua sucia del cardero y lo volvió a llenar, y con el mismo cepillo de haber limpiado la cubierta, bajó hasta los compartimentos inferiores para seguir limpiando. Miró el agua del caldero con ansias de beberla, ya que la sed que le había producido el jamón salado de la mañana, le estaba haciendo padecer durante todo el día.

Limpió el camarote de los oficiales que estaba justo debajo del camarote del capitán. Tres camastros vacíos y algunos muebles viejos y desgastados.

En el camarote común de los tripulantes, junto a una de las hamacas, sus compañeros de viaje habían dejado algunos bártulos con sus pertenencias. Después de una profunda limpieza, organizó cuanto pudo la bodega, donde descubrió que alguna vía dejaba entrar el agua de mar, ya que al probarla con el dedo para asegurarse de que no era causado por una fuga en alguno de los barriles de agua, notó que estaba salada. Dio el aviso, y después limpió la santabárbara, con mucho cuidado de no tocar nada que los pudiera hacer saltar por los aires. Terminó con la cámara de los cañones. Dejó para lo último el compartimento de las celdas, donde estaba Isabel, la supuesta bruja. Esa mujer conseguía ponerle la piel de gallina. El marinero que tuvo los ataques cuando le daba de beber se había recuperado, pero había pedido permanecer a bordo del Centella, y como es lógico, se lo habían concedido.

Pronto calló la tarde.

El mismo marinero que prestó el desayuno, repartió las raciones de la cena. Judías duras, un vaso de vino y un mendrugo de bizcocho, que habiendo repuesto víveres hacía tan solo unos días en la desaparecida Port Royal, aún quedaban.

La prima guardia la hizo Sebastián; marinero gaditano, joven y gordo, de pelo rizado y oscuro de piel, forzudo y campechano. La de la modorra la haría Eduardo; el hombre de barba canosa y de baja estatura, que era el que les repartía las raciones de comida; que resultó también hacer, aparte de su papel de marinero, el de alguacil, escribano, carpintero y algunos oficios más; por eso comprendió Alan sus palabras aquella misma mañana; sobre que se necesitaba pescado gordo que pesara poco a bordo de un barco. Parecía ser un hombre medianamente culto. La tercera guardia, la del alba, le había tocado a Alan. Que poco más sabía hacer que los recados de la gente de Spanish Town. Ayudar en la limpieza y supervisión de los campos de caña de azúcar y poco más. Aunque cocinar también se le daba relativamente bien.

César Rai

10 de junio

Le despertaron, he hizo la guardia correspondiente.

Uno de los marineros llevó a cabo el rezo de la mañana, ya que eran fervientes a encomendar sus vidas bajo el favor de los santos patrones de los marineros.

El resto de la mañana se sucedió sin problemas de ningún tipo. La travesía a través del mar de las Antillas seguía su curso.

Más tarde, se unió a los dos marineros que habían preparado la estopa y demás utensilios, e intentaron achicar el agua de la bodega. Aplicaron la estopa en la zona afectada en el intento de tapar la vía que se había creado recientemente, y de la que Alan había avisado.

Al caer la tarde, comenzaron a bordear desde la lejanía la isla de La Española.

Habían recogido la bandera inglesa en El Centella e izado la española, con su característica cruz de borgoña. Alan supuso que era como precaución, lo que no entendió fue el motivo por el que mantuvieron durante tanto

115

tiempo la inglesa a media asta, siendo un navío de la corona española.

Por su parte, el The Reaper siguió con su característica bandera de Nueva Inglaterra, que seguía ondulando en el mismo lugar en el que estaba cuando subió a bordo.

Pronto se puso el Sol en el horizonte, y todos los marineros volvieron a la rutina de nombrar las guardias nocturnas, que a partir de ese día vinieron a ser las mismas y en el mismo orden; ya que eran apenas poco más que media docena de hombres dentro del The Reaper. Su tripulación la formaban ahora su hermano Tristán; Derek Addams; Eduardo Levín, que era el segundo de El Centella, al que todos llamaban ahora "Capitán"; Sebastián, llamado "Goliat" a causa de su envergadura corporal; Darío "El viejo"; Adrián "Huesos", que parecía casi enfermo de tisis o hepatitis, con el que Alan no había intercambiado una sola palabra hasta el momento. Sobre los treinta años, alto, de nariz aguileña y delgado como una espiga. Según decían, era muy hábil con la pólvora, las armas y los cañones; y por último Alan, al que nadie había colocado un mote aun, al menos que fuera de su conocimiento.

Lo más importante según decían, era controlar la proa a cada segundo que pasaba. Por allí es por donde se acercarían a los posibles arrecifes o a tierra; donde el mayor peligro era encallar y naufragar; y después, controlar el barlovento, que sería desde allí la dirección por la cual se acercarían las tormentas, algo realmente peligroso si eran de gran tamaño. Ciclones, huracanes y tormentas eran lo más parecido a una soga al cuello en la mente de un marinero. Así que, estando de guardia, las palabras mágicas de examen obligatorio eran, proa y barlovento.

Su último pensamiento antes de conseguir conciliar el sueño, fue pedir un amuleto al señor Addams al día siguiente, en cuanto amaneciera.

César Rai

11 de junio

Cuando subió para hacer su guardia rutinaria, llovía desde hacía un buen rato, y siguió haciéndolo durante casi todo el día.

A primera hora de la mañana, cuando todos estaban ya trabajando, apareció el capitán.

– ¡Señor Hammett! – Le llamó. – He hablado con vuestro hermano, y él con el señor Addams, y hemos decidido y acordado que, a partir de ahora, seréis vos quien le proporcione una ración mínima de agua y alimentos al día a la prisionera.

– Pero, capitán. – Replicó. – No puedo acercarme de una manera tan simple a esa mujer, ya visteis lo que pasó cuando se le quitó la mordaza de la boca, con solo unas palabras hizo que ese hombre sufriera ataques.

– Mire, señor Hammett. Yo soy un fervoroso servidor de nuestro señor Jesucristo, pero hay ciertas cosas en las que no creo y no doy lugar a la superstición. Ese hombre solo sufrió un ataque. Lo conozco desde hace mucho tiempo, y desde hace mucho sé de buena fe que suele sufrir esos ataques. Es una enfermedad. No por alguna causa del demonio o de la brujería. No podemos abrir la puerta a la superchería a la primera situación desconocida. Depositad vuestra fe en Dios y él os librará de todo mal si os escucha, pero dejad la ciencia para los médicos y los estudiosos. Volviendo al tema que nos apremia. Con la ración de la mañana, pedid al señor Rasel, que es el que se encarga de la comida y el agua entre otras cosas, que os facilite una ración para esa mujer, acto seguido se la lleváis y procedéis como mejor creáis oportuno para que la ingiera. Es algo muy simple, creo que podréis hacerlo, ¿verdad? – Alan asintió, y un segundo después el capitán ya se había alejado hacia proa.

Un rato más tarde, Derek Addams pasó a su lado, cuando estaba colocando unos barriles vacíos bajo la lluvia.

– Míster Addams. – Le llamó. Éste se giró hacia Alan, mirándole fijamente, intentando ver más allá de sus ojos, como si intentara descubrir algún secreto en su mirada, o como si fuera culpable de haberle causado algún tipo de mal. Alan pensó enseguida que era solo su imaginación. Su mirada era fría y distante. Penetrante y oscura. Intensa.

– ¿Sí?, ¿En qué puedo ayudarle, señor Hammett? – Dijo finalmente; en un inglés perfecto.

– ¿Me preguntaba si hay alguna manera de procurarme alguno de esos objetos que sirven de amuleto, o de talismán, contra la magia negra? – Él se quedó quieto y en silencio durante un momento. Después, metió la mano en uno de sus bolsillos, y sacó algo que colgaba de una fina cuerda. Acto seguido, se lo ofreció.

– Aquí tenéis. Un amuleto de falo y figa. Los espejos también son muy útiles, impiden que quieran mirarse en ellos; reflejan su verdadero ser y no les gusta lo que son, o lo que ven; pero no tengo ninguno tan pequeño como para que lo uséis, y tampoco grande, aunque hubiera sido bueno traer a bordo alguno de plata pulida. Tendréis que conformaros con eso. Por cierto; ordenasteis las velas de cera que estaban en el camarote principal; y limpiasteis la sal que estaba esturreada por el suelo. ¿Qué más visteis? ¿Qué más tocasteis?

No articuló palabra. La conversación se había ido hacia un tema aparentemente incómodo. Recordó que había abierto el baúl en el que estaba la armadura, y que se había llevado el pequeño diario, junto con aquella carta dirigida a él; que había encontrado tirada dentro de la papelera de mimbre; el que mencionaba esa especie de cacería de brujas.

– No toqué nada, señor Addams. Quiero decir, nada más que no fuera limpiar y organizar, tal como se me ordenó.

– ¿Seguro? Tengo la impresión de que sabéis más de lo que reflejan vuestros ojos. – Añadió, mientras se acercaba amenazadoramente a Alan.

– Os lo aseguro, no sé de qué me habláis.

Un marinero se acercó y llamó a Alan, reclamando que le ayudara a vaciar el agua de lluvia acumulada en un barril sobre el otro, ya que había dejado de llover hacía un rato y debían tratarlos con vinagre, taparlos y bajarlos de nuevo a la bodega.

Derek se había retraído en su acción. Momento que Alan aprovechó para escurrir el bulto.

Dio un efusivo agradecimiento por el amuleto recibido, y echó a andar hacia el marinero, que esperaba junto a los barriles.

– ¿Y el vinagre?

– Olvida el vinagre, no dará tiempo a que se corrompa. Estos serán los primeros en caer.

Cuando terminaron, miró el amuleto sobre sus manos. Era un colgante de plomo, con la representación de un puño en la parte inferior del eje, y en dirección opuesta, un glande erecto. Se lo colgó del cuello. No entendía cómo un amuleto tan retorcidamente ridículo y abstracto podía proteger de la brujería. ¿Acaso le estaba tomando el pelo el señor Addams? Tenía la sensación de que algo no iba bien. Un presentimiento. La sensación de un peligro inminente. Entonces recordó la caracola, abandonada en casa de tía Adriana. ¿Volvería a verla alguna vez? Ojalá tuviera a mano esa vieja concha de mar. En ella se escuchaba aquel sonido, aquel zumbido que se hacía cada vez más audible, más cercano; como mensajero del aciago destino que le esperaba a Port Royal aquella mañana. Tenía curiosidad por saber si el ruido habría cesado tras el hundimiento de la ciudad.

12 de junio

Recibió el nuevo día mientras hacía su guardia.

Era el quinto a bordo del The Reaper y el séptimo desde que salió de Spanish Town. A pesar de estar encerrado en un espacio tan pequeño, no apreciaba claustrofobia alguna. No sentía lo mismo que los últimos años en Jamaica.

Era extraño.

El horizonte se comportaba durante todos los días como lo que era, una masa infinita de agua y sal; pero se encontraba bien viviendo en aquella casa flotante.

Seguramente se trataba de la novedad, de comenzar a hacer algo diferente con su vida. Cambiar de aires. Salir por fin de los recuerdos oscuros que habitaban sus sueños, de sus pesadillas. De navegar hacia una vida que lo llevara lejos de esa nube oscura que le perseguía dentro de su mente en aquella isla.

Pronto aludieron a Alan con una de las primeras tareas del día, que consistió en sacar el agua que había entrado en el navío durante la noche. Tuvieron que apresurarse, ya que el compartimento pronto se convertía en una sentina pestífera. Usaron las bombas de achique, como otras veces, misión realizada por el viejo Darío. El agua salía muy poco a poco de las bombas, espumeando como el infierno y hediendo como el diablo. La sentina era una especie de pozo destinado a recoger los derrames del agua de la vasijería, que estos corrían por toda la bodega entrando en contacto con varias materias, e iban recogiendo las impurezas, con el movimiento, el calor y la falta de ventilación, se corrompían y llegaban a ser un foco de infecciones si no se cuidaba de extraerla con frecuencia.

Después, al terminar, comprobaron que las velas se encontraran en perfectas condiciones. y durante el resto del día se realizaron las tareas habituales, tales como mantener las cubiertas limpias, reparar velas e izarlas cuando se les ordenaba, atar y colocar cabos, arreglar cuerdas, trepar a los palos, fregar la cubierta, y hacer diversas reparaciones.

La tarea de manejar las velas era muy dura, y requería una máxima coordinación; por ello la tripulación enseguida comenzó a entonar una canción rítmica mientras izaban, amarraban y empujaban la barra del cabrestante.

Al villano se la dan
la cebolla con el pan.
Al villano se la dan
la cebolla con el pan.

Para que el tosco villano,
cuando quiera alborear,
salga con su par de bueyes
y su arado ¡otro que tal!
le dan pan, le dan cebolla,
y vino también le dan.
Ya camina, ya se acerca,
ya llega, ya empieza a arar.

Al villano se la dan
la cebolla con el pan.
Al villano se la dan
la cebolla con el pan.

Al villano tieso, tieso,
la cebolla con el queso.
Al villano testarudo
danle pan y azote crudo.
Al villano, si es villano,
danle el pie, toma la mano.
Al villano tieso, tieso,
la cebolla con el queso.

Al villano se la dan
la cebolla con el pan.
Al villano se la dan
la cebolla con el pan.

Así pasó el resto del día, arreglos aquí y allá, remiendos y recuento de velamen y suministros, hasta que al fin llegó la noche y todos bajaron a las entrañas del navío, como hormigas entrando a su hormiguero.

13 de junio

Cuando le despertaron para hacer su guardia, subió como ya era de costumbre.

El viento había arreciado, y un grupo de nubes negras se acercaban en el horizonte, cubriendo el firmamento que se iluminaba con las estrellas y la luna llena.

Destellos relampagueantes surgían del interior del temporal, que parecía querer castigar los pecados de todos cuantos estaban a bordo de aquel animal de madera. Pronto llegó la lluvia y el sonido ensordecedor de los relámpagos.

Un rayo tocó el palo mayor, pero sin más problema que el espectáculo que lo adornó. Alan se cubrió los ojos, mientras se dirigía a una zona donde no le azotara tanto la lluvia, que llegaba desde estribor.

Empezó a escuchar golpes sobre el casco.

Se acercó hacia la popa, siguiendo el sonido de los golpes sobre el carenado del barco, se asomó, y vio entre la oscuridad mortuoria del mar y el cielo negro, como varias ramas y troncos golpeaban el casco ayudadas por la fuerza del oleaje. Agudizó cuanto pudo la vista, descubriendo que eran los restos de un navío.

Un palo mayor flotaba con sus velas enganchadas por los aparejos a la deriva.

La marejada nocturna estaba empezando a empeorar. Asomado sobre la balaustrada, algo le empujó fuerte sobre la espalda, y perdió el equilibrio.

Cayó de cabeza al mar, golpeándose con el mascarón del barco. Tragó agua y tosió hasta recuperar el aire; entonces comprendió lo que estaba pasando.

El golpe y la impresión del agua fría le impedían gritar para pedir auxilio.

Las olas se movían zigzagueantes como un caballo salvaje al ser montado por primera vez. Antes de poder reaccionar, el barco ya se había alejado demasiado.

Recobró el aliento.

Gritó y gritó, pero ya no le oían.

Siguió flotando durante minutos. Continuó gritando, esperando que, por alguna especie de milagro, el barco volviera a aparecer entre la oscuridad tras oír sus aullidos de socorro. El agua salada le golpeaba la cara sin descanso, irritándole los ojos y haciendo que la tragara continuamente, sin tiempo para tan siquiera tomar aire entre ola y ola.

Algo le golpeó la espalada y escuchó una voz que gritaba entre el ruido del mar y la tormenta.

– ¡Coged el cabo! ¡Coged el cabo!

Lo agarró con todas sus fuerzas y enseguida empezaron a tirar de él.

Se golpeó varias veces mientras le enarbolaban hacia arriba. Una vez a salvo, en la cubierta del Centella; varios hombres le atendieron, mientras uno de ellos le cubría con un paño grande para que se secara. Vomitó esporádicamente una mezcla de agua salina y bilis durante un rato, tosiendo con fuerza entre tanto. Después le llevaron ante la presencia del capitán, al resguardo de la tormenta.

– ¡Por la santísima trinidad! ¿Qué os ha pasado, Alan? ¿Cómo habéis acabado en el agua? Ha sido toda una suerte encontraros. – Dijo el capitán al verle.

– No lo tengo claro, señor. – Respondió, mientras tosía e iba recuperando el aliento poco a poco. – Estaba asomado sobre estribor, mirando qué era lo que estaba golpeando el barco durante mi guardia, cuando sentí que algo me empujó por la borda.

– ¿Algo os empujó? – Preguntó, mientras le miraba extrañado. – ¿Qué puede ser ese algo que va empujando a deshoras a marineros por la borda?

– No lo sé.

– Entonces podemos suponer que ese algo no es tal cosa. ¿Os caísteis?

– No, señor.

– No os preocupéis, joven Alan. Es algo que puede pasar fácilmente. Incluso haciendo de vientre en la tabla caen muchos marineros mal agarrados a un aparejo. Perder el equilibrio es un defecto de nuestro cuerpo... y un descuido por nuestra parte. La naturaleza y la suerte hacen el resto. Y la voluntad de nuestro señor Jesucristo, claro está, es la aguja imantada que marca nuestro norte.

– No fue un descuido. No señor. Estoy completamente seguro de ello. – Añadió, empezando a ponerse nervioso, viendo como desconfiaba de su palabra.

– En tal caso, ¿Quién podría querer lanzaros por la borda para que murierais ahogado, o devorado por las criaturas marinas?

Alan arqueó las cejas y negó con ademanes de cabeza. No lo tenía claro, pero empezaba a ver un rostro en su mente. Un posible culpable.

– Lo siento, pero no soy conocedor de afrenta con ningún marinero, capitán.

– Bueno. Supongo que querréis volver al Rupert. – Preguntó en tono de afirmación.

– Eso estaría bien, pero, con todo el respeto que os debo, señor, no es Rupert, sino Reaper, que significa Segador.

– ¿No os asusta la idea de que os vuelvan a querer lanzar por la borda en otro descuido? – Respondió el capitán, claramente ironizando sobre su desafortunada caída, e ignorando la corrección que había indicado sobre la pronunciación de la palabra Reaper.

– No, señor. En el futuro seré más cauteloso.

– Supongo que es algo que no volverá a pasaros en mucho tiempo. Hay pocas cosas que enseñen mejor a un hombre que un buen palo a tiempo.

– No lo dudo, capitán.

– Bueno. Entonces habrá que acercarse más al Segador del que habláis y hacer bandera para comunicarnos con ellos, a fin de que volváis a él.

– Gracias, señor. Se lo agradezco mucho.

– No me deis las gracias. De todas formas, debo informar a vuestro hermano de la situación. Que os hayan lanzado por la borda requiere una pequeña investigación. Es algo que se podría repetir en el futuro, y no solo con vos. Los amotinamientos suelen empezar de la manera más inusual o extraña que se os pueda ocurrir. Podéis retiraros.

Dio media vuelta y cuando cruzaba el umbral de la puerta, el capitán añadió unas palabras.

– Por cierto, señor Hammett.

– ¿Sí, capitán?

– Si seguís saliendo airoso de situaciones extremas, tendré que pensar que los santos os protegen.

Alan lo miró, pero sin responder, y salió de allí.

Estando en cubierta, uno de los marineros se acercó. Un hombre de barba blanca entrado en años.

– Mal día para pescar. – Dijo casi en un susurro a Alan.

– ¿Cómo dice?

– Viernes trece.

– ¿Qué pasa con el viernes trece?

– Hoy es viernes trece.

– ¿Y qué?

– El viernes es el día en el que crucificaron a Cristo.

– Ah, ¿sí? ¿Estabais allí aquel día?

– El trece es un número maldito.

– Veo que no os gustan las matemáticas.

– Hay una maldición en torno a este día. Y tú has estado a punto de morir.

– Menuda coincidencia entonces, ¿no creéis?

– El viernes trece de octubre del año de nuestro señor, mil trescientos siete; un grupo de caballeros templarios fue capturado, juzgado y quemado en la hoguera por el tribunal de la inquisición, y por orden del rey Felipe IV de Francia. Acusados de ser servidores del anticristo. Pero tales acusaciones eran una patraña. Los caballeros templarios poseían de un gran poder. Se dice que eran guardianes del santo grial. El último gran maestre de la orden, Jacques de Molay, gritó unas últimas palabras justo antes de morir, asfixiado en la hoguera frente a la catedral de Notre Dame: *¡Clemente y Felipe, traidores a la fe cristiana! ¡Os emplazo ante el tribunal de Dios! ¡Vos, Clemente! ¡Antes de que pasen cuarenta días habréis muerto! ¡Y vos, Felipe, también caeréis antes de que finalice este año!* Poco después, Clemente V y Felipe IV murieron, junto con el que trazó todas las leyes para darles caza y muerte, Guillermo de Nogaret.

– ¡Vaya historia! ¿Así que por ese motivo decís que el viernes trece es un día maldito? – El hombre asintió. – ¿Quemaron a toda la orden?

– No. Se dice que los caballeros que sobrevivieron se refugiaron en la isla de Chipre y en Portugal. Incorporándose muchos de ellos a las órdenes de los caballeros hospitalarios y a la de los caballeros teutónicos.

– Ahora que caigo, pensaba que el día maldito era el martes trece.

– Sí. En la cultura popular española y griega.

– ¿Por qué es maldito el número trece? – Quiso por un momento fingir un poco de interés.

– En la última cena había doce apóstoles contando a Jesús, Judas el traidor era el número trece. En el apocalipsis, el capítulo trece corresponde al anticristo y a la bestia.

– No quiero pensar demasiado en supersticiones, pueden llegar a obsesionar.

– En la cábala judía son trece los espíritus malignos, al igual que en las tradiciones escandinavas, el décimo tercer invitado en la cena del Walhalla, era el espíritu del mal. Martes debe su nombre a Marte, el dios de la destrucción, la sangre y la violencia. Según cuenta la leyenda, fue un martes trece cuando se confundieron las lenguas en la torre de babel.

– Bonita fabula. La tendré en cuenta. Gracias por vuestra lección de historia y superchería.

El hombre lo miró con frialdad, masculló unas palabras para sí mismo y se alejó de Alan.

Estaba amaneciendo, pero la lluvia seguía y el viento no amainaba.

14 de junio

El capitán dio órdenes a uno de los marineros y enseguida izaron dos banderas; una de ellas con una cruz azul sobre fondo blanco; y otra bandera dividida en vertical por los colores amarillo y azul. Al parecer la primera indicaba a otro navío de que suspendiera sus maniobras y prestara atención a sus señales; y la otra expresaba su deseo o intención de entablar comunicación con el otro navío.

El Centella fue ganando velocidad, alcanzando pronto al Segador, que parecía haber reducido la suya.

Pasada más o menos una hora, ya estaban a su altura, y El Segador también parecía haber bajado su velocidad. Alan pudo ver que también habían colocado otra bandera y, dividida en dos triángulos diagonales de color rojo a la derecha, sobre amarillo a la izquierda. Más tarde, aprendió que significaba, Hombre al agua.

Se dispuso para saltar al Segador en cuanto se unieran los barcos en paralelo.

Atisbó que en el Segador había un grupo de hombres congregados también dispuesto, y pasándose un catalejo entre ellos, observándolos.

La mirada de su hermano y los demás fue de alivio.

– ¡Hemos tenido buena captura! – Gritó el capitán del Centella mientras reía. – ¡Lástima que no podamos comerla! ¡Tiene muchas espinas!

– ¡Gracias, capitán! – Gritó su hermano, desde el otro barco.

Agarró un aparejo suelto y saltó a bordo del Centella. Acto seguido, se apartó de los demás, acercándose al capitán; tras darle a Alan un golpe sobre el hombro y sonriendo, intercambiando unas palabras.

Le pasaron un cabo con un gancho y le dijeron que se colgara de él para llegar hasta el Segador. Lo agarró, dio las gracias al capitán del Centella y saltó colgándose de la cuerda.

Gritaron varias órdenes a bordo de ambos barcos, y tras bajar banderas, comenzaron a separarse el uno del otro lentamente.

El The Reaper fue ganando velocidad, dejando atrás intencionadamente al Centella.

– Por el amor de Dios, Alan. ¿Qué ha pasado? ¿Cómo has caído al agua? Podrías haber muerto. – Empezó a espetar su hermano.

El capitán y Derek estaban a su lado. Los demás marineros manipulaban cuerdas, palos y velas.

– Caí, pero no por un descuido.

– No te entiendo.

– Podríamos hablar a solas, ¿por favor? – Sugirió.

Se apartaron de los demás, dirigiéndose hasta la popa.

Su hermano se quedó quieto y serio, esperando a que él hablara.

– Alguien me empujó.

Guardó silencio unos segundos.

– Entiendo. Sabes que puedes confiar en mí, ¿verdad?

– Claro que lo sé.

– También sabes que tengo unas órdenes que seguir en las que no me conviene demorarme.

– También lo sé.

– Y sabrás también que estás aquí bajo mi responsabilidad.

– Sí.

– Yo doy la cara por ti.

– Entiendo lo que me dices, pero no te miento. Estaba haciendo mi guardia cuando algo golpeó la obra muerta del barco. Me asomé ligeramente para ver lo que era y entonces, alguien me empujó deliberadamente.

Su hermano guardó silencio, mientras lo miraba a los ojos. Después miró hacia donde estaban todos los demás.

– Sabes lo que significa eso, ¿verdad?

– Sí. Bueno, eso creo. – Asintió.

– Si es cierto lo que dices, hay alguien que no te quiere a bordo. Pero no entiendo el motivo. No tiene sentido que te tengan celo por ser mi protegido. Debe haber algo más.

– Creo que tengo idea de quién puede ser el responsable.

– Te escucho.

– Mientras limpiaba el camarote del capitán, la curiosidad me pudo y registré algunas pertenencias, aunque no sé si pertenecen al señor Addams. Él entró, y aunque no me vio con las manos en la masa, se quedó mirándome de manera extraña. Ayer, me acusó de haber estado mirando sus pertenencias y de haber visto algo que no debería haber visto.

– ¿Y de qué se trata?

– No lo sé. He visto muchas cosas en este barco que no debería haber visto. No sé... hay una armadura de caballería española en un baúl. Encontré un cuaderno de bitácora pequeño y una carta de una eminencia de Nueva Inglaterra dirigida al señor Addams, y... ¿qué más? Ah sí, y una especie de carta marítima del polo ártico o algo así, escrita en latín.

– No lo entiendo. – Añadió su hermano. – Escucha. Haremos lo siguiente. Te comportarás como si no pasara nada, como si te hubieras caído por la borda. Pero estarás alerta, creo que intentarán hacer algo contra ti de nuevo. Mientras, vigilaremos a toda la tripulación, en especial a Derek; pero tampoco podemos descartar a los demás. No viste quién fue, por lo que podría ser cualquiera. Si vemos algo o descubrimos algo fuera de lo normal en su ya extraño comportamiento o en el de algún otro, nos lo comunicaremos, ¿De acuerdo?

Alan asintió, y acto seguido se alejó hacia algunos marineros que estaban sobre el centro de cubierta.

Recordó que no había cumplido con su cometido y fue en busca de Darío. Le pidió una ración de agua y alimento y la llevó a Isabel.

Seguía allí encadenada, amordazada y enjaulada. Ningún marinero la custodiaba en ese momento. Todos estaban arriba; trabajando.

Se acercó entre las tablillas colgantes y se detuvo frente a ella, junto a los barrotes.

– Isabel. – Ella siguió mirando el suelo, aparentemente inconsciente. Su vestido de color blanco azulado ya estaba muy lejos de serlo. Ahora era marrón y grisáceo, a causa de la suciedad. – Ahora voy a quitaros el trapo que os amordaza la boca para que podáis comer y beber algo. Espero contar con vuestro apoyo. Necesito saber que os comportareis conmigo y no causareis ningún mal.

Tras unos largos segundos, ella levantó lentamente la cabeza y le miró fijamente.

– Parpadead dos veces si estáis de mi parte. – Añadió.

Sus ojos eran negros como el azabache, su mirada felina e intensa. Entonces parpadeó una y otra vez.

Quitó la mordaza a través de los barrotes.

– Si sigo así, enfermaré.

– A partir de ahora yo me encargaré de que tengáis una comida diaria. Os quieren con vida.

Le dio agua, que bebió a sorbos pequeños, humedeciéndose los labios con la lengua. Después siguió ofreciéndole trozos de bacalao salado y judías secas.

– Masticad despacio.

– No puedo seguir así. – Recriminó. – Las manos y los pies se me han entumecido. Míralos, están ennegrecidos. Se me está cerrando el conducto del estómago, apenas puedo tragar.

– Sí, lo sé. Necesitáis también un buen baño. La manera en la que hacéis vuestras necesidades es algo atroz. – Dijo Alan, mientras miraba de soslayo un charco de orina.

– Poco de eso hago. Son varios días los que estoy en completo ayuno. Miradme, estoy quedándome en los puros huesos.

– Bueno. Orinar al menos parece que sí lo hacéis.

– Sí. Aún quedan fluidos dentro de mi cuerpo.

– Hablaré con el capitán para que os procure un baño. Pero tened en cuenta que no podemos fiarnos de vos. Acabasteis con toda la tripulación de este barco.

– ¿Cómo? No sé qué me habláis.

– Según dice el señor Addams, no solo sois bruja, sino también asesina. ¿Por qué acabasteis con la tripulación?

– Yo no he acabado con nadie en este maldito barco.

– ¿Esperáis que os crea después de haber presenciado cómo hacías que un hombre perdiera la cabeza y sufriera un sinfín de temblores?

– No me importa lo que esperéis. Como ya os dije, las apariencias engañan. Ese hombre que visteis sufrió un ataque en el que yo no tuve nada que ver. La gente enferma a veces, ¿no lo sabéis? Demasiadas veces, en realidad. La gente tiene tendencia a culpar a los indefensos de sus desgracias, o por el puro placer del entretenimiento. Deberíais preguntar a Derek Addams sobre el desvanecimiento de la tripulación, ya que solo él sigue a bordo y con vida. Suéltame, por favor. No lo soporto más.

– No puedo hacerlo. Hay órdenes de distintos reinos que reclaman vuestra entrega para ser juzgada por brujería. Al parecer son acusaciones muy grabes.

– Siempre he tenido admiradores.

– Eso no lo pongo en duda, sois una mujer muy hermosa. Contando con que ahora no estáis en vuestro mejor momento, aun así, hasta un ciego podría ver vuestra belleza.

– Es cosa de fanáticos. Si me vierais tal y como realmente soy…

– Es cierto, no os conozco. Esa es solo vuestra opinión. En Nueva Inglaterra hay orden de captura sobre vos y dos mujeres más. Y en España también. Debéis ser muy importante para que decidan emprender dos expediciones para vuestra captura. Teniendo en cuenta el dinero que se invierte en ellas.

– ¿En España? Yo no le hice nada al rey.

– Veo que sabéis de qué hablo.

– Claro que lo sé. ¿Qué esperaban? ¿Qué me quedara allí haciendo tiempo hasta que me colgaran o quemaran en vida? La acusación de la corona no tiene sentido. Son un atajo de fanáticos crédulos que solo buscan un chivo expiatorio, alguien a quien culpar. Lo único que aún los distingue de los salvajes es la palabra escrita.

– Es extraño, pero os acusan de brujería en dos lugares totalmente diferentes. ¿No os parece demasiada coincidencia?

– ¿El fanatismo religioso que gobierna al mundo no es coincidencia?

– Supongo que en parte sí. Por cierto… entre tantos lugares que hay donde elegir, ¿por qué en Nueva Inglaterra? ¿Cómo hicisteis para llegar hasta allí?

– Fui con un amigo, me acogió en su camarote.

– ¿Un capitán? Es curioso ver como a las mujeres se os da tan bien encontrar amigos.

– Que sepas que hablo contigo solo porque me traes la comida…y en cierto modo… porque me caes bien…veo algo diferente en ti.

– ¿En serio? – Alan intuyó que ella buscaba la manera de cambiar el tema de la conversación.

– Sí… otro hombre me despreciaría o maltrataría, en vez de molestarse en hablar conmigo. O se comería la comida que traes frente a mis ojos.

– O algo peor, sí. Pero… ¿Sabéis qué pienso? Que intentáis que baje la guardia para manipularme. Crecí en Jamaica, tierra de piratas y fulanas, no lo olvidéis. Son muchas las veces que me han tomado el pelo.

– No es mi intención, pero ya que pensáis eso, al menos os agradezco que seáis amable conmigo.

– No se merecen. En fin, ya os habéis comido todo. Aunque tampoco era un banquete, ¿verdad?

– Podría ser peor.

– En eso estamos de acuerdo. En fin. Lo siento, pero debo amordazaros de nuevo. – Terminó diciendo al tiempo que volvía a cubrirle la boca. Mientras lo hacía, ella lo miró fijamente a los ojos, sin apartar la mirada un segundo, sin parpadear tan siquiera. – Bueno. Veré que puedo hacer con el tema del baño, la verdad es que aquí huele realmente mal. Aunque yo tampoco huelo a rosas que digamos. Volveré en cuanto pueda. Adiós. – Y salió de allí.

El resto del día se sucedió con calma y pronto, el capitán dio permiso a todos para que dejaran todo cuanto estaban haciendo y tomaran un descanso.

Estaban sobre cubierta cuando Adrián apareció con una vihuela en las manos.

– Vaya, hombre. – Exclamó Sebastián. – Así que te la echaste, pensé que la habías dejado en El Centella. ¿Dónde la guardabas?

– Esperas que te lo diga para lanzarla por la borda en cuanto se descuide. – Refunfuñó Darío, con tono satírico.

Ambos rieron.

Adrián hizo caso omiso a los comentarios y se sentó con las piernas cruzadas sobre un rincón de cubierta. Entonces comenzó a tocar una extraña melodía lenta y con matices melancólicos, que más tarde acompañó con su voz y una letra triste cual día gris.

Estuvo aquí
Bajo lluvia y sol
Castillos de arena
Huellas de amor
Sin más sentir
Tuvo que huir
En barcos de papel
Huracán de hiel

Me convierto en un ladrón
Te acecho el corazón
Me convierto en un bufón
Que busca tu canción

No tiene fin
El misterio en ti
Espuma y hielo
Marcaron pasión
Sin más decir
Náufrago de amor
Busco la isla
Perdí la razón

Me convierto en un ladrón
Te acecho el corazón
Me convierto en un bufón
Que busca tu canción

Hubo un largo silencio en cuanto terminó la melodía.

El brillo de las estrellas se reflejaba en los ojos de todos los presentes, perdidos en un océano de recuerdos; añorando sus amores perdidos, abandonados en tierra.

– Preciosa. – Susurró Tristán.

– Adrián es un gran compositor. – Añadió Darío. – Podría ser músico real si quisiera, pero prefiere la vida del lobo de mar.

Pronto comenzó otra melodía aún más lenta y melancólica.

Yo soy La Locura
la que sola infundo
placer, placer y dulzura
y contento al mundo.
Placer, placer y dulzura
Y contento al mundo

Sirven a mi nombre
todos mucho o poco
y no, y no, no hay hombre
que piense ser loco.
Y no, y no, no hay hombre
Que piense ser loco

– Este romance es conocido. – Comentó Tristán, mientras era interpretado. – ¿A quién pertenece? No lo recuerdo en este momento.

– No se sabe. Es anónimo. Él suele interpretarlo a menudo.

– ¿Por qué no tocáis algo más animado? – Preguntó Derek. Que estaba a unos pocos metros, apartado del grupo. Todos le miraron, sin entender qué era lo que estaba diciendo en su idioma.

– Dice que le gustaría escuchar algún tipo de himno marinero. – Tradujo libremente Tristán. – Algo más alegre, supongo.

Entonces los marineros se miraron, sonriendo.

Enseguida, Sebastián empezó a dar una serie de golpes acompasados sobre la madera de cubierta, marcando un ritmo. Los demás lo fueron acompañando, imitándolo. Poco después, todos comenzaron a canturrear como si fueran una panda de borrachos después de una larga noche de festejo.

Isla sombra,
Refugio del mar.
En el fin del mundo,
Feudo libertad.
Estiba el oro,
Prepara el cañón.
Castillo de popa,
Agita el timón.
Sobre calma chicha,
Tumbas de coral.
Arrecifes distan,
Si hacen zozobrar.
Cantos de sirenas
Traen al leviatán
Nuestra es la victoria,
Contra todo mal.

Cuando terminaron, todos rompieron a carcajadas. Era evidente que había algún tipo de complicidad en todos ellos en torno a esa cantinela. El cambio de las anteriores canciones a esta última era considerable. Los marineros debían ser gente de pensamientos limpios. No dados a caer en tristeza ni melancolía. Eran muchos los días en alta mar, y se requería tener inclinaciones felices.

– Pensaba que solo cantabais himnos religiosos. – Dijo Tristán. – Y no cánticos de marcado carácter… pirata.

– Bueno, tenemos algo de repertorio, algunos cantos de diferente temperamento para cada ocasión, supongo. Y cuando no hay fieles devotos de nuestra estimada iglesia a bordo, tenemos tendencia a la vida laica. Nos otorgamos… ¿cómo diría yo…? una patente de corso melódica. – Expuso Darío, mientras se dirigía a por un caldero atado a un cabo junto a dos barriles, lo arrojaba por la borda y lo volvía a subir lleno de agua. Después se lo echó encima.

El clima era cálido, como solía serlo en las Antillas. Entonces le asaltaron deseos a Alan de hacer lo mismo. Poco después, todos lo hicieron.

Dormir con el cuerpo lleno de sal no era nada placentero, pero pronto le amonestaron, alegando que no se quejara. Peor era dormir con picaceras por falta absoluta de higiene y apestar a rata muerta, y aún mucho peor, bañarse en aguas del Mar Muerto, ya que poseía bastante más cantidad de sal que el mar de las Antillas y ninguna forma de vida crecía en él. Antes del descubrimiento de las indias occidentales por el viejo continente, no había sido algo común o normal pasar más de una semana o dos en alta mar sin atisbar tierra. Al parecer, los marineros se habían acostumbrado desde hacía muchos años a la vida prolongada en alta mar. La única precariedad era la falta de frutas, que al final acababan causando escorbuto en los marineros. Por otro lado, la conservación del agua y los alimentos también era uno de los mayores problemas. Con la modernización de los nuevos navíos que se iban construyendo, la vida a bordo de un barco era mucho más fiable, y la velocidad era increíblemente superior. Recordó entonces lo que había dicho a Isabel, que buscaría la manera de proporcionarle un buen baño. Al día siguiente, cuando amaneciera, sería una prioridad para él hablarlo con su hermano y el capitán. Lo que pudiera decir Derek al respecto no importaba. Podía decirse que, en realidad, el The Reaper estaba bajo dominio español y que, por lo tanto, en cierto modo le pertenecía. Eran muchos los barcos que los corsarios ingleses se habían apropiado ilegalmente en el pasado. También eran unos cuantos los que se negaban al cese de la patente de corso, o la continuaban de manera extraoficial, saqueando de forma ocasional a la flota de las indias.

15 de junio

Al amanecer del día siguiente. Alan observó justo al terminar su guardia, como su hermano y Derek subían a cubierta, dirigiéndose a proa mientras dialogaban. Su hermano sacó y extendió su catalejo, con el que se dispuso a otear el horizonte. Derek comenzó a colocarse su casaca, la cual llevaba sobre uno de sus brazos. Entonces Alan pudo observar entre los utensilios que colgaban de su cinturón, un catalejo de latón. Nunca había visto que lo utilizara. En ese momento le pidió el suyo a Tristán, y este se lo prestó. Era muy extraño que un marinero no utilizara nunca su catalejo, sobre todo teniendo la suerte de poseer uno propio.

Se acercó a su hermano y pidió hablar con él un momento, éste asintió y se apartaron de Derek. Le comentó el asunto de Isabel. Pedía poder tener la decencia de lavar su cuerpo, ya que estaba prisionera y no podía escapar y, aunque lo hiciera, ¿Dónde iría? Cientos de millas de agua los rodeaban. Estar abajo con ese hedor era insoportable.

Pronto reclamaron su atención para enseñarle a medir la profundidad, que ya era costumbre cada vez que no se tenía completamente claro la zona en la que se navegaba. Era evidente que, a pesar de tener cartas de navegación, sobre todo del mar de las Antillas; nunca estaba de más tener precaución en una travesía que ninguno de los que estaban a bordo, había realizado con anterioridad. Sebastián llevaba una cuerda con una piedra atada a un extremo y lo que parecía una pastilla de jabón. Agarró la piedra, rompió un trozo pequeño de jabón y lo introdujo entre un hueco que parecía preparado para ese propósito, entonces dio el resto de la pastilla de jabón a Alan y lanzó la piedra al agua; mientras con la otra mano iba soltando cuerda. Cuando hubo soltado bastante, comenzó a recogerla, al tiempo que media con el extremo de los brazos la parte mojada. Lo hizo repetidas veces hasta que terminó. Miró la parte donde había encajado el trozo de jabón.

– Dieciséis brazas limpias.

– ¿Lo has visto? – Dijo Darío, dirigiéndose a Alan. – A partir de mañana serás tú quien lo haga. Deberás tener en cuenta que la braza de cada hombre no es la misma, ya que depende del tamaño del marinero y de la longitud de sus brazos, así que deberás tener cuidado y tener en cuenta que es algo orientativo. En tu caso, como no eres alto, cuando lo hagas, ten en cuenta que tenderá a quedarse corta la braza que midas, así que apunta por lo alto.
– Alan asintió, completamente atento.

– ¿El jabón para qué es?

– Para ver si toca fondo. Con esta velocidad es difícil saber si la cuerda se destensa al tocar fondo, así que, si lo hace, al subirla se ve si el jabón está sucio o con restos del fondo marino incrustados.

– Algo tan simple para algo tan importante.

– Sí, ¿verdad? A menudo lo más simple es lo más eficaz. Se debe tener en cuenta también el tamaño de la obra viva, ya que, si lanzas más cuerda de la distancia de seguridad que necesita para no encallar, tendrás claro que, aunque no toque fondo, no hay peligro tampoco. ¿Lo entiendes? – Alan asintió. – Ahora veremos la velocidad que lleva este cachalote. – Añadió Sebastián.

Darío le pasó otra cuerda fina, que iba liada sobre una tabla. La cual llevaba muchos nudos hechos en ella, y sobre un extremo, una tablilla de madera ligada. Mientras Sebastián se preparaba, Darío se dispuso con un reloj de arena pequeño sobre las manos.

– Esto, muchacho, se llama corredera, y sirve para lo que Sebastián acaba de decir.

– ¿Para medir la velocidad del navío? – Preguntó en tono de afirmación Alan.

– ¿Preparado?

– Cuando tengas lista la ampolleta.

– ¡Ya!

Sebastián echó la corredera al agua y dejó caer la primera parte para que se estabilizara. Dejó correr el cordel libremente, pasando sobre su mano, y al sentir el primer nudo cantó ¡marca!, a lo que Darío giró la ampolleta. En ese momento empezó a caer la arena de su interior, mientras Sebastián iba contando los nudos según iban deslizándose por su mano, hasta que Darío, que aguantaba la ampolleta, en el momento que acabó de bajar toda la arena, volvió a cantar ¡marca! Sebastián volvió a agarrar el cordel con fuerza, midió la fracción de nudo que había pasado desde el último y cantó otra vez ¡Marca!

– ¡Ocho nudos y un cuarto!

– ¿Ves, muchacho? Así es como se mide la velocidad. La ampolleta tiene un tiempo de duración de unos treinta segundos. La cantidad de nudos que se deslizan durante el tiempo que tarda la arena en caer, es la velocidad que lleva el barco. Por lo tanto, ocho nudos y un cuarto equivalen a unas nueve millas por hora. Aunque todo depende de la duración de cada ampolleta, pero por norma general suelen ser como esta. Ahora bien, nueve millas por hora por veinticuatro horas que tiene un día equivalen a… doscientas dieciséis millas por día. Pero claro, el viento no es una constante, habrá horas en las que se navegue a una velocidad de doce nudos, por poner un ejemplo, y momentos en los que apenas se mueva la embarcación; que es entonces cuando hay que preocuparse. Como te habrá quedado claro, todo depende del viento. Fácil, ¿no?

Alan asintió con los ojos abiertos como platos.

– Como ves, no se puede engañar a la naturaleza. – Concluyó Sebastián.

– No se puede, no. Me estáis enseñando mucho. – Dijo Alan.

– Nunca se deja de aprender, muchacho. – Añadió Darío. – Esto son minucias comparado con las ciencias y las artes.

– Supongo que sí. – Respondió Alan. – Me tenéis que disculpar. Pero me dieron instrucciones de hacer algo y ahora que tengo el jabón entre las manos lo he recordado, debo dejaros ahora.

– De acuerdo, muchacho, no temas. – Añadió Darío. – Más tarde nos veremos. Estaremos por aquí. No creo que nos vayamos muy lejos.

Alan se apartó de ellos mientras reían, y se dispuso a buscar un caldero y algún tipo de esponja de mar, que por suerte no tardó en encontrar.

Sería sobre la media tarde cuando entró en el compartimento de las celdas. Agarró un puñado de llaves que colgaban de un clavo sobre la pared, y avanzó.

Isabel estaba allí.

Sola.

Colgando de las cadenas que la apresaban, como en otras ocasiones, tal como la dejaron desde el día que entró allí. Las piernas dobladas colgaban también sobre el suelo, sobre el charco de orina, sudor y sangre, que al parecer le había caído por las piernas y los pies. Alan se acercó sigilosamente, apartando las tablas con los grabados que colgaban frente a la celda. No quería sobresaltarla. El hedor era aún más fuerte frente a ella. Se quedó mirándola, inmóvil. No sabía si estaba viva o muerta, era difícil saberlo en eso momento, ya que no se movía lo más mínimo.

– ¿Isabel? - Preguntó.

Unos segundos después, ella levantó la cabeza lentamente.

Estaba viva.

Lo miró.

Sus ojos reflejaban una mirada completamente agotada, un reflejo de su cuerpo y de su estado de ánimo.

Alan introdujo las manos entre los barrotes y le destapó la boca.

– Voy a pedirte que me ayudes. – Añadió Alan, aparentemente aguantando el temor que le recorría el cuerpo. No dejaba de pensar en la brujería. Tenía el amuleto que le había dado Derek, pero no la certeza de que funcionara. Mucho menos pensando y teniendo casi claro, que él era quien lo había arrojado al mar a traición.

– No puedo soltarte, pero tendrás que confiar en mí. No voy a hacerte daño. Necesitaré que pongas de tu parte. Tendré que desnudarte para limpiarte. ¿Te importa?

Ella lo miró durante unos segundos largos e intensos, después asintió.

– Lo que sea con tal de limpiar la inmundicia que ciñe este cuerpo.

– Pronto te sentirás mejor en ese aspecto. Te lo prometo.

– Gracias… – Dijo ella, con la intención de terminar la frase, pero sin saber cómo. – Alan… Gracias, Alan. – Concluyó.

– No las merezco, ojalá esto lo hicieran por mí si llegara el momento de encontrarme en tu situación.

– Es más fácil de lo que piensas.

– Sí, lo imagino. Por eso lo he dicho.

Alan probó varias llaves hasta dar con la correcta y abrió la puerta de la celda. Se acercó a ella con el caldero lleno de agua marina. Agarró la esponja mojada, la movió dentro del agua, junto a la pastilla de jabón, y la acercó a la cara de Isabel.

– Es extraño que, sabiendo lo que vas a hacer, no bajen tus compañeros a mirar. – Dijo ella, mientras escudriñaba sus ojos.

– Cierto. – Respondió él, un poco inquieto. – Podría ser porque os teman. O porque no he dicho a nadie que bajaría a hacer esto. Así que, si nos apresuramos, no habrá espectáculo. – Concluyó, mientras comenzaba a pasarle la esponja mojada sobre la cara lentamente. Después sobre el cuello.

Lanzó la esponja sobre el caldero y empezó a bajarle el vestido.

El aroma del jabón comenzaba a surgir desde el cubo.

No quería mirarla, pero no lo pudo evitar.

Vio sus senos, gruesos y esbeltos. Su cuello fino, sobre unos hombros estrechos y suaves.

Ella lo miraba a los ojos, con curiosidad. Alan no pudo evitar pensar en cuántos hombres habrían disfrutado de ese cuerpo.

Pronto desechó la idea de su mente, para concentrarse por completo en lo que hacía.

Comenzó poco a poco a pasar la esponja por sus pechos, sintiendo su dureza, viendo cómo se movían con sutileza. Pronto pasó a su espalda, fina y con algunas pecas esturreadas aquí y allá. Volvió a dejar la esponja y, quitándole la ropa interior lentamente, suspiró. Ella se incorporó, temblando debido al agotamiento y le ayudó, dejando que se deslizara la prenda sobre sus piernas. Alan se había agachado en el proceso, y se encontró sin darse cuenta, con el vello púbico de su entrepierna frente a su rostro. Agarró la esponja y la deslizó por los restos de suciedad y sangre que le cubrían las caderas anchas y sobre las piernas esbeltas. Frotó entre sus muslos, lentamente y con cuidado, deslizándola después sobre sus ingles, entrepierna y sus nalgas, repitiendo el proceso un par de veces más. Refregó sus pies repetidas veces, hasta que toda la suciedad había desaparecido por completo.

– Inclina la cabeza, por favor.

Ella le obedeció.

Alan deslizó todo su pelo hacia delante y comenzó a echar agua, escurriendo la esponja sobre su cabeza, mientras la frotaba con los restos de la pastilla de jabón. Lo repitió varias veces hasta que el cabello quedó aclarado del todo. Después introdujo su vestido y demás en el caldero, y lo restregó con la pastilla hasta que pensó que era suficiente. La enjuagó, escurrió y sacudió varias veces para que se quitaran las arrugas todo cuanto fuera posible. Cuando terminó, volvió a vestirla lentamente.

– Sigue mojada, pero el clima aquí es cálido como habréis notado de sobra. Seguro que os alivia la ropa húmeda.

– Gracias, Alan. – Concluyó Isabel, mientras lo miraba a los ojos. – Gracias por ser tan amable conmigo. Tengo suerte de que seas tú quien vele por mí.

– Pero no pienses tan bien de mí. En otra ocasión, puede que no pueda controlarme tanto como ahora. Eres una mujer preciosa y no soy de piedra. Supongo que es duro estar bajo la piel de una mujer en un mundo de hombres.

– Supongo que nunca lo sabréis. Tendríais que volver a nacer dentro del cuerpo de una.

– Supongo que sí. – Concluyó Alan, mientras lanzaba los restos del agua del caldero bajo los pies de Isabel. – Nos veremos cuando os traiga de comer. – Se miraron y ella asintió.

– Acércate antes de irte. – Añadió ella, mientras lo miraba intensamente. Alan se quedó devolviéndole la mirada, inquieto. – ¿A qué esperas? ¿Qué crees que puedo hacerte que no pudiera haber hecho ya? – Alan lo hizo. – Más. – Alan se acercó más hasta estar frente a ella.

Cara a cara.

Entonces ella besó sus labios durante unos segundos. Después se apartó y lo miró. Alan había endurecido su mirada, escondiendo pensamientos extraños. Se alejó lentamente de ella.

Alan subió a cubierta dándole vueltas a un mismo pensamiento. No quería caer bajo el embrujo de esa mujer, pero todo apuntaba a que ella no parecía ser lo que decían que era. Su pensamiento para salir de ese magnetismo era pensar que el diablo se disfraza de ángel de luz. El problema era que Isabel lo deslumbrara en ese momento.

Pronto, su hermano lo rescató de sus pensamientos. Abordándolo por estribor.

– Alan. He hablado con Derek. – Le decía casi en un susurro. – Le confesé mis intenciones. No reaccionó como esperaba. No sé de qué clase de crímenes la acusarán, pero debe ser por algo muy importante.

– Tengo la sensación de que hay algún interés oculto en todo esto. Leí la carta que le envió una eminencia desde Nueva Inglaterra, la cual menciona supuestamente, el porqué de su captura. Suponiendo que sea cierto, aunque todo apunta a que es lo que dicen que es. La probabilidad de que te acusen de brujería en dos partes del mundo completamente diferentes, y separadas por todo un océano, es abismal.

– Sí. Yo también pienso que debe de haber algún interés oculto. ¿Sabes cuál fue su reacción cuando le dije que debía presentarla ante la justicia de Carlos II de España? – Alan lo miraba con interés. – Me dijo: ¿Carlos II de España? ¿Ese rey enfermo? ¿Se han vuelto locos? Ese hombre no es víctima de un hechizo, sino del envenenamiento de su endogamia familiar. Ese hombre no sabe ni quién es. Sus abuelos son al mismo tiempo sus bisabuelos, su difunto padre, Felipe IV, que estaba casado con una de sus sobrinas, era también su tío abuelo; y su madre, Mariana de Austria, es a su vez su prima. La sangre de ese rey lleva envenenándose en las venas de su familia desde hace tiempo, y no por conjuro del mal.

– En cierto modo, no parece haber dicho nada nuevo.

– Sí, lo sé. Pero además de todo eso, son tres mujeres las acusadas de brujería, a las que intentan dar captura. Hay un millón de lugares donde ocultarse, incluso dentro de un pequeño islote. Y hay un sinfín de islotes y pedruscos aún desconocidos en las Antillas. ¿Cómo espera dar con ellas? Cuando lleguemos a nuestro próximo destino, lo dejaremos a su suerte y nos llevaremos a Isabel. Nos haremos de víveres y nos dirigiremos a nuestra madre patria.

– Otra cosa más. Isabel dice que ella no es la responsable de la desaparición de la tripulación.

– Bueno, no creo que lo pregonara, si así lo fuera.

– Sí, pero ¿quién me empujó al mar? Estoy casi convencido de que fue Addams. Algo pasó, que hizo desaparecer a toda la tripulación. El mapa que encontré con esa isla, ¿cómo se llama? Ah, ya lo tengo, Rupes nigra.

– ¿Rupes nigra? Ah, ya imagino lo que habrás contemplado, un viejo mapa de Mercator. Eso es un mito, nadie ha llegado tan lejos. Esa parte del mundo está congelada. Hay demasiados mitos y leyendas, sobre todo con islas que se mueven o desaparecen.

– ¿Qué isla es esa?

– ¿Has visto alguna brújula?

– Claro.

– ¿Dónde crees que señalan?

– Pues…hacia el norte.

– Sí, el norte magnético. La brújula consiste en una aguja imantada que señala un punto del mundo, atraída por algo, ¿no?

– Sí, algo debe atraerla.

– Pues la creencia popular dice que en el Polo norte hay una gigantesca isla de rocas negras, hecha de magnetita, que es una combinación de minerales que atraen todo tipo de objeto magnetizado o de hierro. Dicen que a su alrededor hay un océano imposible de navegar, todo cuanto allí se acerque pasará por una tormenta nunca vista por el hombre. Todo metal de una nave sería arrancado de cuajo en un abrir y cerrar de ojos.

– ¿Será cierto?

– No lo sé. En este mundo hay muchos misterios ocultos. Aún buscan los ingleses el paso del noroeste, llevan demasiado tiempo intentado sin éxito dar con el estrecho de Anián.

– ¿Cómo el paso de Magallanes?

– Así es. Cada vez lo buscan más hacia el norte, pero el norte está completamente helado. Y dicen que hay islas de hielo que se mueven como si de seres vivientes se tratase.

– ¿Lo has visto?

– No. Nunca he viajado a las zonas septentrionales. Y dudo que muchos hombres hayan viajado a esas zonas y regresado para contarlo.

– Alguien debe de haber vuelto, sino, sería una fábula todo lo que dices.

– Sí, por eso he dicho que dudo que hayan sido muchos los que han vuelto. Volviendo al tema de Rupes nigra, o también llamada La Roca Negra, hay muchas islas míticas en el colectivo imaginario de la superstición popular de cada parte del mundo conocido. En Las Islas Canarias dicen que hay una isla errante llamada San Borondón, que los del norte europeo llaman desde los tiempos griegos, San Brandán; también otras como la Isla Brasil, La Isla de los demonios, Baltia, Aztlán, Buyan. Incluso aún hay marineros que piensan que California es una isla. No busques mitos. Ya engañaron a nuestros ancestros los indios de Nueva España con leyendas como El Dorado, para hacer que se alejaran los conquistadores españoles lo más lejos posible de sus pueblos.

– ¿Crees que El Dorado fue una invención para quitárselos de encima?

– Claro que sí. Aún no la han encontrado. ¿No mentirías tú para defender a tu familia cuando es evidente que los que hacen peligrar tu vida están obsesionados con el oro y la plata?

– Supongo que llegado el momento, si se me ocurriera, sí lo haría.

–Escucha. Debemos estar alerta con Derek. No podemos fiarnos. Tampoco nos conviene que piense que desconfiamos de él. Actuaremos como hasta ahora, con normalidad. Es extraño que no encontráramos signos de violencia a bordo, o rastro alguno de sangre. Cuando lleguemos a nuestro próximo destino, haremos lo que antes te he comentado. ¿De acuerdo? Y nada de hablarlo con nadie. Otra cosa. No hagas demasiada amistad con esa mujer. No sabemos de lo que es capaz. Sé lo que la pasión y la lujuria pueden hacer en el alma de un hombre. No debes olvidar que es carne de horca. Aunque posiblemente sea

quemada. Dicen que el fuego lo purifica todo, y ya cono-
ces las tradiciones de la santa iglesia.

– Entonces, no tiene importancia lo de esa isla.

– Sería muy temerario, por no decir una locura, intentar
encontrarla. En el supuesto caso de que exista. ¿Con qué
propósito podría un hombre querer hallar una isla de
roca imantada? Lo normal sería oro y plata, o incluso per-
las.

– Yo creo que algo se cierne en torno a esa isla.

– Podría ser, en el caso de que de verdad exista, pero nosotros tenemos otros planes. ¿No es cierto? – Dijo Tristán,
mientras lo miraba fijamente, intentando quitarle la idea
de la cabeza.

– Cierto.

– Ahora que has conseguido lo que tanto ansiabas, deberías poner tu rumbo en algo real. Tienes más oportunida-
des que las del resto de los hombres. Podrías ir a Inglaterra y hacer allí tu vida, o, por el contrario, venir conmigo
a España y aprender un oficio y formar una familia. O en
el más conflictivo de los casos, dedicarte al espionaje colonial para cualquiera de las dos naciones. Dispones de
varios atributos, entre ellos el de hablar dos lenguas a la
perfección. Con eso y un poco de picardía, se abre un gran
abanico de posibilidades ante ti.

– No lo sé.

– Tu brújula baila sobre el mar, Alan.

– ¿Cómo?

– Los españoles la llamaron brújula porque la relaciona-
ron con la brujería. Es decir, pensaban que estaba embrujada. Tu brújula, sin embargo, creo yo, no señala el mismo

norte que el de casi cualquier hombre sobre estas latitudes.

– ¿Qué quieres decir?

– La brújula de algunos hombres señala la aventura; en otros el amor de una mujer; en otros la riqueza; tu brújula, es decir, tu corazón. – Decía, mientras tocaba a su hermano sobre el pecho, a la altura del órgano del cuerpo del que estaba hablando. – Tu corazón, Alan, baila sobre el mar. Las agujas giran sobre sí mismas descontroladas. Espero que no te pierdas bajo el hipnotismo de las olas. Las pasiones pueden atraer más que el magnetismo de la Roca Negra a una brújula.

– Supongo que todo es cuestión de prioridades. Tú te marchaste hace mucho tiempo de Jamaica. Yo, en cambio, acabo de hacerlo. Debo encontrar mi camino.

– Empieza por ir a descansar algo esta noche. – Concluyó Tristán, mientras se apartaba. – Eres el más madrugador de todos nosotros.

Alan siguió a su hermano.

Ambos bajaron, viéndolo entrar en el pequeño compartimento que le servía de aposento; justo debajo del camarote del capitán. Cuando abrió la puerta, vio al capitán sentado sobre un camastro estrecho, junto a los otros dos vacíos que estaban junto a él. Éste se quitaba las botas y se restregaba una especie de ungüento entre los dedos de los pies, seguramente para tratar los hongos.

Al parecer, Tristán y el capitán habían compartido camarote desde el principio. Alan sabía que dormían en su camarote, junto a él otros tres marineros, pero no se había parado a pensar en quién dormía con quién entre los gobernantes de la misión, en referencia a su hermano; el

capitán, que continuaba siendo legítimamente el segundo del Centella, y Derek. El hombre que ocupaba el camarote del capitán no era el segundo del Centella, sino
Derek. Algo extraño, ya que Derek no era el que capita-
neaba el The Reaper. Los conocimientos de navegación y
la responsabilidad estaban todos depositados en Eduardo
Levín. Era un acuerdo al que habían llegado amistosa-
mente. Al menos eso era lo que parecía. O por mera y simple cortesía entre miembros de distintas naciones. A menos que lo tomaran por la fuerza y se apoderaran del navío, seguían siendo meros invitados en territorio inglés.

César Rai

16 de junio

La verdad es que Alan ya se estaba cansando de ser el primero en despertar cada mañana; pero más le valía no quejarse, o seguramente acabaría peor parado. Levantarse a media noche para hacer una guardia y volver a acostarse era mucho peor. Romper el sueño podía ocasionar trastornos serios para volver a conciliarlo.

Subía lentamente, cuando se detuvo a medio camino de cubierta. Un ligero mareo le nubló la mente. Se quedó parado unos segundos, apoyándose en los escalones. Sintió nauseas. Hacía mucho tiempo que no le pasaba eso. Continuó quieto y en silencio, esperando a que se le pasara. Se quedó pensando; y se percató de que estaba un poco más delgado que antes de emprender aquella aventura, y ya era algo difícil, porque ya estaba bastante delgado antes de subir a bordo de El Centella.

Entre el rechinar de la madera, percibió un débil roce que se escondía más allá. Aguzó los sentidos, buscando la

165

fuente del sonido. Se acercó a una mampara y pegó la oreja en ella. Un ligero ruido, como de bichos rumiando surgía desde el interior.

Termitas.

Respiró profundamente durante varios minutos, hasta que pasó el malestar. Después subió a cubierta. Fue hacia popa y, apoyándose sobre la balaustrada; mirando la distancia que iban dejando tras de sí, dejó que la brisa fresca le golpeara el rostro. La misma que empujaba el navío hacia su destino. Sintió alivio en un santiamén. Movió el cuello hacia los lados y miró hacia el firmamento. Todo era negrura salpicada por un puñado de estrellas esturreadas aquí y allá. Sin duda, la oscuridad era inmensa, y ganaba terreno a la luz con una diferencia abismal. ¿Qué habría allí? ¿Qué escondería toda esa penumbra? ¿Qué clase de ser supremo les observaría desde la inmensidad del cielo? ¿Acaso había un ser superior? No sabía con seguridad si los misterios que escondía el mundo, se hacían más pequeños o, se agrandaban a diferencia que se iban rellenando los huecos en los mapas del mundo conocido, todo cuanto seguía sin explorar por el ser humano. Cada paso más que daban hacia lo desconocido, parecía traer más preguntas que respuestas. ¿Qué pasaría cuando no hubiera tierra por descubrir? ¿Hacia dónde mirarían? ¿Hacia dónde irían?

El cielo estrellado le transportó hacia el cielo de otra época; el de un recuerdo; cuando era niño. Apenas le quedaba ya un reflejo del espejismo de su abuelo.

La última vez que lo vio estaba tumbado en la playa, bajo la oscuridad del cielo nocturno, observando el parpadeo de las estrellas. Enseñándole los nombres de algunas constelaciones como venus y la estrella polar.

166

Era extraño pensar cómo todo cambiaba a su alrededor, todo menos el firmamento. Todo se desmoronaba como un viejo velamen podrido al sol.

Recordó aquella noche. Cuando tumbado junto a su abuelo, un grupo de hombres borrachos se acercó a ellos, y uno le pisó el brazo para que no se levantara.

– ¿Creéis en dios, Señor Quiv? – Dijo uno de ellos. Su abuelo se incorporó inmediatamente al escucharlo.

A pesar de los años, Alan recordaba aquel rostro, ni siquiera la oscuridad conseguía esconder sus facciones aquella noche. Le faltaba la oreja derecha, y su nariz estaba rodeada por una cicatriz de un color extraño, como si le hubiera sido cortada y vuelta a coser de cualquier manera. Recordaba también que llamaron Quiv a su abuelo, ese extraño diminutivo del apellido que compartían junto con su madre y su hermano Tristán. Esquivel era el apellido.

– Si, así es. BarJack. Ha pasado mucho tiempo, pero está claro que no el suficiente. – Respondió su abuelo, con la mirada afilada por una sombra de oscuro rencor. – Delante de mi nieto no lo hagáis. Tened algo de decencia en mis últimas palabras.

– La decencia es para los beatos, señor Quiv. ¿Acaso es vuestra última voluntad?

– Mi última voluntad sería veros sin vida.

– Os dije que os encontraría. Decidme. ¿Dónde está Avery?

– Hace al menos un par de años que no sé nada de Henry. La última vez que lo vi empezaba a dedicarse al comercio de esclavos africanos.

– ¿De verdad? Qué lástima. Respondedme pues. ¿Creéis en dios? Sí. Ya lo sé, todos los sabemos. Claro que creéis en dios. Será mejor que os arrodilléis y le vayáis rezando. Pedidle ayuda. – Dijo mientras lo apuntaba con un viejo y desgastado trabuco. – Estaremos expectantes para ver qué es lo que viene a vuestro encuentro.

Pasaron varios minutos mientras su abuelo permanecía arrodillado, en silencio y con los ojos cerrados.

– No temas, Alan. Todo irá bien. La noche más oscura produce las estrellas más brillantes. – Le susurró a su nieto.

– ¿Lo notáis? Vuestro dios se acerca. Va montado en la bala.

Un sonido atronador retumbó a lo largo de toda la ensenada. Acompañado de la muerte, que acababa de arrebatarle la vida a su abuelo. Mientras, su cuerpo sin vida yacía sobre la arena.

El hombre sin oreja miró fijamente al niño que fue Alan en el pasado.

– Algún día entenderéis que hay cosas que matan más que la muerte, muchacho. Nunca dejéis un asunto pendiente. Algo tan simple como un cabo mal atado puede llevarte al más oscuro de los naufragios. El pasado siempre te alcanza, por mucho que intentes huir de él.

Con esas extrañas palabras, se alejó entre la oscuridad; junto con su cuadrilla silenciosa de esbirros.

Pasaron los años, y nunca llegó a comprender el motivo por el cual le arrebataron la vida a su abuelo. Tampoco hubo forma de olvidar el rostro de su asesino, ni su nombre. Su madre pareció no saber nada, y si conocía algo de información, nunca habló sobre ello, llevando cualquier secreto a la tumba. Su hermano siempre esquivó el tema a lo largo de los años. Hasta que se tornó un recuerdo amargo y borroso, casi olvidado por la fuerza de la obstinación. ¿Quién era ese hombre? ¿En que había estado metido su abuelo? Sabía que había gente capaz de matar por mucho menos que un puñado de monedas, y que, en algunos lugares, la vida valía menos que la de una gallina, al menos ellas se podían comer, ponían huevos, o si eran muy viejas, servían para hacer un buen caldo.

Cuando comenzó a amanecer, tocó la campana, como hacía cada mañana al salir el Sol.

Poco después, cuando apareció el capitán, se le comentó el asunto de las termitas. Éste pidió que le mostrara el origen del sonido.

En eso pasaron casi todo el día, rompiendo poco a poco y con cuidado la madera carcomida de la que surgía el ruido. Intentando acabar con la plaga. Si no conseguían erradicarla, acabaría perforando el casco, y llevándolos al abismo inescrutable del océano.

Había larvas gruesas como dedos gordos. Darío se comió varias, ante la mirada reacia de los demás.

– No os comáis eso, por dios y por la virgen. – Dijo Adrián.

– ¿Qué decís? – Masculló Darío. Mientras seguía cogiendo gusanos y los masticaba con la boca abierta. Las larvas le explotaban entre los dientes, salpicando su acuoso interior fuera de la boca. – Como se nota que no sabéis lo que es pasar hambre de verdad. Estos bichos no dejan de ser comida. Nos comemos cosas que en realidad son mucho más asquerosas.

– ¿Cómo cuáles?

– Los caracoles, los mejillones, las gambas, los pulpos…

– Sí, sí. Ya sé por dónde vais. No hace falta mencionar más. Ya nos hacemos una idea de lo que queréis decir.

– Si lo pensáis fríamente, dan asco.

– Sí. Pero qué asco más rico.

– ¿Cómo de hambriento estaría el primer hombre que se llevó a la boca una anguila? Dicen que los turcos se comen los escorpiones.

El capitán los interrumpió, para anunciarles que debían continuar la batida por todo el barco en busca de nidos de termitas.

Así lo hicieron hasta que llegó la noche.

17 de junio

Después de su guardia, fue llamado para ayudar a Darío con el recuento de víveres como agua, aceite de ballena y comprobar el estado de la santabárbara.

– Estoy pensando que pronto será la noche de San Juan. – Dijo Darío a los tres hombres que le acompañaban.

– Sí. Ahora que lo mencionas, es cierto. ¿Cuánto falta? – Preguntó Sebastián. Frunciendo el ceño. Pensativo.

– cuatro días. La noche del veintiuno.

– A ver si nos encontráramos en tierra para entonces.

– Pues en eso estaba pensando. Si nuestro trabajo nos impidiera estar en tierra firme para ese día, estoy cavilando que deberíamos hablarlo con Eduardo. Podríamos recolectar un puñado de madera y preparar una balsa para botarla y prenderle fuego.

– ¿Cómo hacían los vikingos?

– Claro. No sería la primera vez que lo hago. En este navío sí, por supuesto.

– ¡El Walhalla nos espera! – Dijo eufóricamente Sebastián, claramente con ironía. Mientras alzaba el puño hacia delante.

– También debería aprobarlo Derek Addams. – Dijo Alan.

– Cierto. Ese inglés debería dar el visto bueno. – Corroboró Sebastián. Mientras movía un barril de aceite de ballena.

– ¿Cuánto se supone que nos queda para llegar a nuestro primer destino? – Preguntó Alan.

– Ya deberías saberlo, muchacho. – Dijo Darío.

– Hay muchas cosas que debería saber, y otras tantas que no.

– Según los cálculos, deberíamos llegar en catorce o quince días, si no hay percances.

– Y llevamos diez días, ¿verdad?

– Así es. Contando el presente. Todo depende de que lleguemos a tierra según lo previsto; y del tiempo que estemos en ella hasta dar con esa otra mujer a la que busca el inglés.

– Crucemos los dedos pues. Recemos cuanto sepamos. – Añadió Sebastián.

– Cruzo los dedos para que haya mujeres en esa isla. ¿Cómo es qué se llama?

– San Cristóbal.

– Eso, San Cristóbal. Espero que haya mujeres en San Cristóbal.

– Creo que sí que está habitada. Por ingleses creo. O más bien, por africanos esclavizados por los ingleses. Aunque creo recordar que también oí decir que hay franceses. Seguramente planten allí caña de azúcar también, como suelen hacer en otras islas antillanas.

– Allí están en una continua guerra. – Dijo la voz de Tristán, desde el fondo del compartimento. Se había acercado a ellos en silencio mientras hablaban y hacían sus quehaceres.

– Por qué será que no me sorprende. – Refunfuñó Darío.

– Los ingleses y franceses llevan décadas disputándose el control de San Cristóbal, desde que se la arrebataron a los españoles.

– Entonces, ¿nos dirigimos a un lugar en el que están en guerra? – Preguntó Sebastián.

– Me temo que sí. Aunque aquí las noticias tardan bastante en moverse de un lado a otro. Espero que cuando lleguemos, con un poco de suerte, ya haya pasado lo peor. ¡Alan! ¡Acércate un momento! – Su hermano hizo lo que le pedía. – ¿Has dado de comer y beber a la mujer?

– No. Aún no.

– Pues deja esto, después volverás. Hazlo. Dale de beber y algo de comida y… por cierto, limpia su celda y pon un caldero junto a sus pies, donde ella pueda hacer sus necesidades, en lugar de soltarlo todo por los tablones del piso. Conseguirá que haya una infección de chinches o algo peor. Las infecciones se propagan a bordo como el fuego sobre la pólvora. Empiezo a sentir nauseas, y eso no es buena señal. Hazlo antes de darle agua y comida. Al menos no comerá entre sus excrementos. Bastante tiene con estar en esa lamentable situación.

Tristán se alejó, y Alan anunció a sus compañeros que volvería más tarde. A los demás no pareció importarles lo más mínimo.

Buscó un caldero, una esponja, jabón y algo con lo que recoger los despojos. Llenó el cubo de agua hasta la mitad, tal y como había hecho en otras ocasiones. Bajó, y caminó entre compartimentos hasta llegar donde estaban las celdas.

El hedor a orina y excrementos le azotó. Cada vez era peor, a pesar de haber limpiado un poco después de lavar a Isabel. Esa zona del barco no tenía ventilación, y era un laberinto sin salida en el que los olores quedaban atrapados y contaminaban el aire estancado.

– Isabel. ¿Cómo os encontráis?

Ella levantó la mirada, y dejó ver un rostro completamente agotado.

– Muy bien. – Susurró, con ironía – Como recién salida de un baño.

– Madre mía. Tenéis los brazos hinchados. Voy a limpiarlo todo y veré qué puedo hacer.

Limpió el suelo, bajo los pies de Isabel.

– En seguida vuelvo.

Salió con el caldero a cubierta y arrojó su contenido por la borda.

– ¡Aghhh! ¡Que el diablo te lleve, Alan! – Gritó alguien a su derecha. Miró y era Sebastián, que colgaba de un cabo sobre el costado de estribor. Estaba restregando estopa mezclada con brea sobre grietas en el entablado del casco. Le había salpicado todo el contenido del caldero sobre la cara, a causa de la fuerza del viento. – ¡Que asco! ¡Por todos los santos!

– Lo siento. Sebastián. No te he visto. De verdad. Perdóname.

– El perdón es divino. Yo no.

– Venga hombre. Ha sido un infortunio.

– Infortunio será cuando te la devuelva. – Sebastián comenzó a tener arcadas de angustia.

– Claro que sí. Lo que me faltaba. – Murmuró Alan para sí mismo. Volvió a bajar con el caldero. – Dejo esto para que lo utilicéis cuando os sea necesario. Hacedlo de la mejor forma posible. Esperad un momento. – Volvió a salir y se dirigió a la despensa. Agarró una taza de madera, un trozo de salazón, un mendrugo sin levadura, seco como la mojama; y alguna cosa más.

Cuando llegó otra vez junto a Isabel, se percató al andar entre los tablones que colgaban con los hechizos de contención, que había dejado la puerta de la celda abierta.

Isabel seguía dentro. Encadenada.

No pudo evitar sentir alivio tras su primera impresión, al descubrir que la había dejado abierta.

Se acercó a ella, dándole de beber un poco. Después la hizo mordisquear el trozo desecado de cerdo.

– Necesito que me ayudéis. – Dijo ella, mientras masticaba lentamente. – No puedo seguir colgada de estos grilletes. Miradme bien. ¿Dónde puedo huir? ¿Veis alguna escoba que me saque de aquí volando? Doy por hecho que también estáis convencido de mi afiliación a la brujería.

– No estoy en situación de poder pensar lo contrario.

– Lo sé, y lo entiendo. Pero nos rodea el océano. ¿De verdad creéis que puedo escapar nadando de aquí?

– No lo sé. Cualquier cosa es posible.

– No os estoy pidiendo que me dejéis suelta por el barco. Solo os pido que me soltéis estas cadenas que me están destrozando el cuerpo. Ni siquiera necesito una silla, me sentaré en el suelo, apoyada en cualquier esquina contra los barrotes.

– Está bien. Veré qué puedo hacer. Pero no os prometo nada.

175

– Gracias. Algo es algo. Por cierto. Hace un buen rato llegó uno de tus compañeros. De mirada intensa, un poco más alto que tú. La verdad es que se os parece un poco.

– Sería mi hermano.

– Eso no lo sabía.

– ¿Qué ocurre con él?

– Me hizo preguntas. Quiso cerciorarse de mi nombre. El inglés lo sabe, ya se empeñó en asegurarse muy bien de arrancarme las respuestas a todas sus preguntas.

– ¿Y bien?

– Como dicen, me llamo Isabel, ya lo sabéis, Isabel Goumas.

– El apellido no es castellano ni aragonés, ¿verdad?

– Sois muy perspicaz. A pesar de haber nacido en una ínsula insignificante. No, no lo es. Es griego. Vuestro hermano parece estar empeñado al igual que el resto de españoles, en afirmar que soy la responsable del hechizo del rey Carlos II de España. Fue una trampa. Había un muchacho que trabajaba en la corte real que me pretendía y al cual rechacé. Como sabréis, hay hombres que no llevan bien el rechazo. Me tendió una trampa, haciendo una falsa acusación sobre mí. Perpetró un retorcido plan con unos extraños muñecos, sabiendo la histeria que gira en torno al hechizo del rey Carlos. Están como locos, buscando una solución a su falta de descendencia. Cualquier excusa es buena para buscar un reo. Por eso tuve que huir de allí. No pienso admitir ante inquisidores deshonestos que yo soy culpable de algo así. El rey es víctima de su propio embrujo.

– ¿Qué queréis decir?

– ¿Conocéis la obra de Calderón de la Barca? – Alan negó con la cabeza. Sin entender qué tenía que ver eso con el

tema que estaban tratando. Entonces ella comenzó a recitar:

Sueña el rey que es rey, y vive
con este engaño mandando,
disponiendo y gobernando;
y este aplauso, que recibe
prestado, en el viento escribe,
y en cenizas le convierte
la muerte, ¡desdicha fuerte!
¿Que hay quien intente reinar,
viendo que ha de despertar
en el sueño de la muerte?

Sueña el rico en su riqueza,
que más cuidados le ofrece;
sueña el pobre que padece
su miseria y su pobreza;
sueña el que a medrar empieza,
sueña el que afana y pretende,
sueña el que agravia y ofende,
y en el mundo, en conclusión,
todos sueñan lo que son,
aunque ninguno lo entiende.

Yo sueño que estoy aquí
destas prisiones cargado,
y soñé que en otro estado
más lisonjero me vi.
¿Qué es la vida? Un frenesí.

177

¿Qué es la vida? Una ilusión,
una sombra, una ficción,
y el mayor bien es pequeño:
que toda la vida es sueño,
y los sueños, sueños son.

– Tenéis buena memoria. – Dijo Alan, en cuanto Isabel selló su recital.

– No es eso. Me gusta la poesía. Hace siglos que me gusta.

– ¿Siglos?

– Sí… bueno… es una forma de hablar. Lo que quiero decir es que, me ha gustado desde siempre.

– Ese poema es muy profundo, cargado de significado.

Ella asintió, mientras masticaba lo último que quedaba del pan duro y apuraba el resto del agua.

– Bueno, debo seguir con otras tareas.

– ¿Me ayudaréis entonces con los grilletes? – Preguntó Isabel, en tono de súplica.

– Espero que sí. Veré que puedo hacer; pero no prometo nada ¿De acuerdo?

Ella asintió mientras lo miraba a los ojos. Era una mirada demasiado penetrante, como si intentara encontrar el reflejo de algún tipo de complicidad en él hacia ella. O tal vez, como si intentara hurgar en los recuerdos o pensamientos que se ocultaban tras el reflejo de sus ojos. Desechó enseguida esa idea, era pensar demasiado. Darle demasiadas vueltas a una idea era tan malo como no tener absolutamente ninguna. Eso decía su abuelo cuando lo veía ensimismado en su mundo.

Rechazó la nostalgia enseguida, mientras subía a cubierta y tomaba el aire fresco, buscando limpiarse del olor acre que impregnaba las entrañas del barco, sobre todo el de las celdas. No quería imaginar el hedor que se formaría en cuanto encontraran a las otras dos mujeres, o presumidas brujas. Lamentablemente, la celda de los animales, que estaban en otro compartimento, desprendía un olor más llevadero que el de las personas. No quiso pensar en el hedor que habría a bordo de un barco negrero. Donde transportaban a los africanos apiñados peor que a los animales.

Caminó por cubierta y los vio a todos congregados en popa. Con aspecto de preocupación.

Se acercó hacia ellos.

– ¿Qué pasa? – Preguntó a Darío.

– Nada bueno. La plaga de hormigas blancas es demasiado severa.

– ¿Hormigas blancas?

– Sí. – Alan lo miraba extrañado, sin comprender. – ¡Las termas, coño, las termitas! – Exclamó Darío en voz baja; claramente irritado. Mientras Derek, el capitán y Tristán, hablaban un poco apartados del resto. – Se han comido una parte importante bajo la línea de flotación cerca de proa. El inglés se ve muy alterado.

El capitán se apartó de Derek y Tristán, acercándose al grupo de marineros.

– Hemos buscado una posible solución. – Empezó a decir. – No contamos con tiempo para restaurar el barco, y me temo que tampoco es asunto nuestro el hacerlo, ya que no es de nuestra propiedad ni está a nuestro recaudo. Cuando lleguemos a tierra, pasaremos todo lo que sea únicamente de valor al Centella. Hablaremos con el capitán en cuanto pisemos San Cristóbal. No es necesario que diga, que no podemos permitir que uno solo de esos bichos pase con la mercancía al otro barco. Empezaremos mañana a preparar y empaquetar todo lo importante, y lo dejaremos preparado para entonces. De todas formas, no creo que tuviera arreglo, está demasiado perjudicado. La suerte para todos nosotros, es el hecho de que nos faltan pocas jornadas para llegar a nuestro primer destino. Un golpe fuerte de mar, o el roce con el más mínimo arrecife sobre la zona afectada, y seremos pasto de las alimañas que habitan las profundidades del abismo.

18 de junio

Avanzada la noche, Sebastián despertó a los demás con el ruido de sus vómitos.

Como era normal entre compañeros, todos se prestaron a ayudarle enseguida.

Un color de piel extrañamente verdoso le comenzaba a cubrir todo el cuerpo. Finas líneas venosas lo surcaban, como afluentes de un río contaminado y negro. Ninguno conocía esos síntomas. No sabían qué clase de enfermedad podía haberle asaltado.

Durante el resto de la jornada, todos los demás marineros comenzaron a vomitar y a presentar los mismos síntomas, excepto Derek, que no presentaba el color de piel verdoso, y Darío, que ni siquiera sufría angustia alguna tampoco.

Los vómitos no cesaban y, por lo tanto, pronto acabaron con el barril de agua abierto del que todos bebían, ya que decidieron beber mucha más para intentar que no perder tanto líquido; pero fue a peor.

Casi llegada la noche; Alan, como casi todos los demás, también había enfermado, pero aún se mantenía en pie; y decidió reunir fuerzas para bajar comida a Isabel. Ella no presentaba signos de enfermedad alguna. Lo cual le hizo sospechar. ¿Sería al fin y al cabo algún tipo de hechizo por su parte?

– ¿Cómo es que no estáis enferma? – Le preguntó al llegar frente a la celda.

– No lo sé. ¿Acaso queréis que enferme?

– No juguéis conmigo.

– No lo hago. Pero sigo sin entender por qué debería estar enferma. ¿Os parece poco que esté en este estado?

– Todos están enfermos.

– ¿Todos? – Alan la miraba a los ojos, sin creer nada de lo que decía. Pero decidió seguir el juego para descubrir hasta dónde llegaba.

– Todos no, Darío no lo está.

– Darío es el cocinero, ¿verdad?

– Es curioso que sepáis su nombre.

– Pensad en lo que decís. Llevamos en este navío más de una semana. ¿Acaso creéis que sois el único que baja a verme? Alguno de vuestros compañeros tantea que posibilidades de placer carnal puedo proporcionarles. Suerte para mí que anulo sus intenciones con sutiles sugerencias de brujería. Algo bueno debía tener que piensen que lo soy.

– No puedo permitirme creeros.

– ¿Quizá algún alimento en mal estado?

– Puede ser.

– Es muy extraño que el cocinero no haya enfermado. Y a mí apenas me proporcionáis comida. ¿Miento?

– En eso no.

– Deberíais preguntar al inglés entonces. Ya os dije que las apariencias engañan. Ese humano no es trigo limpio.

– No entiendo por qué utilizáis en ocasiones esas palabras.

– ¿Qué palabras?

– Humano. Pero no importa.

– ¿Seguro? Antes de juzgarme tal y como hacen todos los demás, os pido por favor que lo vigiléis cuando él no se percate de vuestra presencia. Veréis cómo actúa.

– Darío y tú, sois los únicos de los que sospecho.

– Entiendo vuestra sospecha sobre mí, pero nada perdéis observando a Derek.

– Supongo que no.

Alan subió en busca de su hermano, al que encontró en popa, vomitando a barlovento.

Sabía perfectamente que el inglés podía ser el responsable de la enfermedad; pero había decidido omitir su nombre en la conversación con Isabel.

El Centella se podía ver a lo lejos en la distancia, del tamaño de una uña; siguiéndoles.

– Veo que estás peor que yo.

– Va por momentos. – Respondió Tristán.

– Has pensado en la causa de la enfermedad ¿verdad?

– Claro. Todos lo hemos hablado. – Respondió, mientras se limpiaba la boca con un fino pañuelo.

– Entonces, ¿te parecerá raro ver que Darío, nuestro cocinero, no está enfermo?

– Es raro, sí. ¿Algo en mal estado que hemos comido todos menos él?

– Isabel tampoco está enferma.

– ¿Sugieres que crees en la brujería?

– No lo sé. Hay muchas cosas en las que creo y otras cuantas en la que no. Pero no veo cómo puede haber hecho un embrujo sobre nosotros estando afinada en esa celda, con las manos encadenas y rodeada de tablones con símbolos de protección que supuestamente nos protegen de sus sortilegios. Creo en que una persona puede hechizar a otra, pero no por medio de supercherías, sino más bien, por medio de manipulación y otro tipo de encantos, digámoslo… encanto natural. Hay gente que es capaz de venderte arena en el desierto.

– Yo tampoco lo veo. Además, yo domino la razón. No me dejo llevar por supersticiones baratas. Debe ser que hemos comido algo en mal estado.

– ¿Y Darío?

– Él tiene acceso a la comida. Sencillamente, habrá comido otra cosa.

– No lo había visto de esa manera. En ese caso, debemos buscar el origen de la contaminación.

– Sí. Acompáñame. Vamos a abrir otro barril de agua, estoy sediento. Necesitamos beber mucha agua. Estamos perdiendo muchos fluidos con los vómitos.

Se dirigieron al compartimento en el que estaban todos los víveres. Rodaron otro barril hasta donde estaba el otro, justo al bajar las escaleras. Alan agarró la tapadera del que estaba vacío, y antes de colocarla y taparlo, observó algo extraño en el fondo. Un resto violáceo yacía en el fondo, entre los restos del agua.

– Mira, Tristán. – Su hermano se acercó casi tambaleándose, a causa de la enfermedad.

– ¿Qué es eso?

– No lo sé. Parecen algas. – Su hermano introdujo la mano hasta el fondo, y cogió un puñado con los dedos.

– No son algas. Son flores redondas. Fíjate. – Se lo mostró a su hermano.

– Esto es algún tipo de planta que no creo que crezca en el agua.

– ¿Cómo no hemos notado nada raro en el agua hasta ahora?

– Por el vinagre. Quien lo haya hecho, ha sido muy cuidadoso en eso.

– Sí, pero no en eliminar las pruebas.

– Entonces… ¿Cómo han llegado hasta ahí?

– No soy yo quien debe responder esa pregunta.

Lanzó las flores violetas sobre el suelo, sacudiendo los restos húmedos de su mano varias veces.

Buscaron a Darío, al que encontraron dando de beber al capitán, el cual estaba bastante enfermo sobre su camastro.

Antes de que entraran en el compartimento, Darío salió y se tropezó con ellos.

– ¿Queréis un poco de agua? – Le preguntó Tristán.

– El agua es donde los peces hacen sus cosas. Prefiero el vino. – Dijo Darío, mientras levantaba una bota de vino asturiana que colgaba sobre su hombro.

– Moriréis de cirrosis entonces.

– Mejor eso a morir de disentería sangrante.

– Es curioso que digáis eso.

– ¿Por qué?

– Es evidente. Todo el mundo enferma a causa del agua contaminada, pero curiosamente, no la probáis, simplemente por la sencilla razón de que solo bebéis vino.

– Es algo realmente curioso. – Acompañó Alan.

– Todos tienen acceso al barril abierto. Incluso el muchacho. – Decía mientras se refería a Alan. – Quiero decir, Alan, ha estado cogiendo agua para llevarla a esa mujer.

– Decidme entonces, ¿cuál es el motivo por el que no habéis enfermado? – Preguntó de nuevo Tristán.

– No lo sé. Supongo que es porque solo estoy bebiendo vino. Al menos casi siempre.

– ¿Con qué permiso bebéis tanto vino?

– Lo siento. Es vino que pensé que nadie echaría en falta, es el de los ingleses. De todas formas, Sebastián se bebe mi parte del agua, por eso habrá enfermado más que vosotros.

Tristán sacó un fino y afilado cuchillo de su cinturón y lo puso sobre el cuello del hombre.

– Escúchame, viejo. – Empezó a susurrarle en el oído. – Déjate de artimañas y dime por qué has envenenado el agua.

– No sé de qué me habláis.

– La mentira tiene las patas muy cortas.

– Os lo juro, no he tenido nada que ver.

– Dame la llave. – Darío la sacó de su bolsillo y se la tendió. Tristán la agarró, ofreciéndola a su hermano, el cual la cogió sin vacilar. – A partir de ahora no quiero que te acerques ni a la puerta donde están los barriles de agua. A nada que sean víveres. ¿Está claro? – Darío asintió. – No voy a fallar en esta misión por culpa de un desaprensivo carpintero aprendiz de ebanista. No voy a quedar mal ante su majestad el rey por tu culpa. A partir de ahora quedas relevado de tus funciones. Mi hermano Alan se encargará de ello sin ningún tipo de réplica ni cizaña por tu parte.

– Pero... ¿Él sabe cocinar?

186

– No os estoy pidiendo vuestra opinión. Ya descubriré el motivo por el que el agua está contaminada. No os acerquéis a menos de dos metros de la despensa, la cocina o los barriles de agua, vino o ron. ¿Queda claro?

Darío asintió, y Tristán se apartó de él al tiempo que guardaba el cuchillo.

Alan y su hermano salieron a cubierta nuevamente.

– A partir de este momento, tú controlarás la comida y el agua. – Le dijo seriamente. – Y en todo momento, serás como un grano en el culo para Derek. Algo me dice que él puede tener mucho que ver en este asunto.

– Podrías haber usado otro ejemplo.

– ¿Cómo? – Tristán miró a su hermano. – Ah, lo dices por lo de grano en el culo. – Ambos rieron.

– Sí. La verdad es que sí. Prefiero ser como su sombra. – Ambos volvieron a reír. A pesar de estar considerablemente enfermos, aún se podían permitir el lujo de sonreír a costa de cualquier tontería.

19 de junio

Sebastián amaneció sin vida.

Fue un duro golpe para la moral de la tripulación, ya que todos, o casi todos, seguían enfermos; y todo apuntaba hacia cuál sería su azaroso destino.

Durante todo el día reinó el desconcierto, el silencio y la superstición.

Adrián pasó casi toda la jornada entonando himnos religiosos. Intentando espantar el mal que reinaba a bordo.

Tristán encomendó a Alan bajar a la caballeriza y sacrificar uno de los tres cerdos que había a bordo. La sorpresa que se encontró fue que todos estaban muertos. Al parecer, habían corrido la misma suerte que Sebastián. No discutieron sobre la posibilidad de comer su carne, nadie quería enfermar aún más por carne contaminada. Pasaron el día sacando los animales a cubierta y dándolos de comer a las bestias marinas.

Sobre el medio día, después de comer un puñado de judías secas y una galleta, junto a un trozo de jamón curado;

189

vieron pasar un grupo de navíos. Supusieron que su origen sería Cartagena de indias, o puede que incluso El rio de la plata. Con casi total probabilidad, discutieron Tristán y Derek, no procedían de ninguno de los dos lugares. El The Reaper estaba cerca ya de las Antillas menores, y ningún sentido tenía que un barco procedente de Cartagena de indias navegara hacia esas latitudes. De igual modo, era infinitamente poco probable que una flota de barcos procedente del rio de la plata bordeara toda la zona sur del continente para entrar en Las Antillas. Estaba claro que eran meras suposiciones, y que su mayor temor, era que fueran hostiles hacia ellos. Por suerte para todos, ni siquiera se aproximaron a menos de unas pocas millas, y siguieron su rumbo, cualquiera que fuese.

Después de una rápida ceremonia; sobre la media tarde; se amortajó el cadáver de Sebastián y se lanzó por la borda. No todos estaban presentes. El capitán estaba postrado en su camastro, muy enfermo. Los demás miraron en silencio, como el cadáver se alejaba flotando en el agua. ¿Cuál sería la reacción de la tripulación del Centella, si llegaba a cruzarse con el cadáver flotando por puro azar en su camino? Sería la primera acción en discutir al llegar a tierra firme. El asunto debía ser esclarecido lo antes posible, pero no podían perder tiempo de navegación. Las maniobras para comunicarse entre los dos navíos suponían perder casi todo un día de distancia recorrida. Navegar en la dirección que tenían marcada utilizando los vientos elíseos provenientes del Este, era una tarea sumamente complicada, que necesitaba mucha destreza como navegante.

– El capitán tiene muy mal aspecto. – Dijo Tristán a su hermano. Acercándose a él después de lanzar el cuerpo al mar.

– ¿Cómo de malo?

– Mucho. Puede que no sobreviva a esta noche. Teniendo en cuenta el estado en el que está, y cómo afectó de la misma manera a Sebastián, con esos síntomas tan aguzados.

– Solo queda esperar entonces.

– Sí. Este sería un buen momento para que sucediera un milagro. Si él muere, no tendremos otro remedio que detenernos y subir al Centella. Mis conocimientos de navegación son los justos y, este barco está podrido por las termitas.

– ¿Y Derek?

– No creo que ese inglés de pacotilla sepa mucho más que yo sobre navegación. De todas formas, no podemos fiarnos de él.

– No podemos. Lo sé.

– Nos conviene mantenernos ocupados. Vaciemos la caballeriza. No podemos permitir que los animales muertos propaguen otra epidemia a bordo. Aún nos quedan unas cuantas jornadas para llegar a San Cristóbal. Con un poco de suerte, claro. Mejor suerte de la que estamos teniendo.

– Deberíamos también revisar los barriles de agua y comida, no sea que también tengan ese hongo…

– Alga. – Interrumpió Tristán.

– Bueno. Esa alga, o lo que diablos sea.

– Es una buena idea, Alan. Vamos a ello.

Después de haber lanzado varios animales, Alan volvió a tener arcadas.

– No es nada. – Dijo a su hermano, antes de que se acercara a él.

– Vamos a descansar un poco. Yo tampoco me encuentro demasiado bien. Lo cual es extraño, pensaba que estábamos mejor.

Después de un buen rato de descanso, retomaron lo que estaban haciendo, pero decidieron dejar para el día siguiente el asunto de revisar el estado de los víveres.

20 de junio

El sol se filtraba entre las nubes de la mañana tímidamente.

– Me temo que no llegaremos a tiempo a tierra para la hoguera de San Juan. – Dijo Adrián a Darío, mientras ajustaba unas uniones junto a él.

– Eso parece. – Respondió el viejo. Soltando miradas furtivas hacia proa, donde estaba Tristán con el catalejo extendido sobre su ojo izquierdo. – Tampoco tenemos ningún animal al que sacrificar, todos muertos y lanzados por la borda, antes de la puesta de sol por los dos hermanos. Me temo que no habrá una celebración como Dios manda.

– Al menos tenemos abundancia de vino.

– Eso sí, y ron.

– El ron para quien le guste amigo, yo me quedo con el vino. El ron está demasiado dulce.

– Por mí perfecto.

—Habrá que ir lanzando el sedal o la red para pescar algo fresco al menos.

—Sí. Es algo muy razonable.

—Ve a decírselo a Tristán, anda.

Adrián se alejó; momento que Darío aprovechó para acercarse hacia el camarote de Derek.

Alan subió a cubierta después de comprobar toda la comida de la despensa. Excepto por algunas patatas, cebollas y algunas otras verduras en mal estado, todo lo demás seguía perfecto para ser consumido. Unas cajas de pan negro, duro, ligeramente enmohecido y con finas y alargadas setas oscuras esturreadas en algunos de los panes de centeno, permanecían intactas en el fondo de la despensa, junto a los barriles de vino. Tenía bastante experiencia comprobando despensas en Spanish Town. Era algo habitual ayudar a tía Adriana y demás vecinos y tenderos en la limpieza y reorganización de sus hogares y negocios.

Lanzó todo cuanto llevaba en mal estado en los brazos sobre un caldero vacío, pensando en utilizarlo como cebo para pescar. Entonces vio salir a Darío del camarote de Derek. El viejo no se percató de que lo estaba observando, miró en varias direcciones y cerró la puerta tras él. Eso ya era evidente. Algo tramaba el inglés, y no había dudado en comprar esbirros españoles para su propósito. No sabía si planeaban un motín para apoderarse antes o después del navío, o estaba claramente relacionado con el hecho de que su hermano debiera presentar a Isabel ante la justicia de la vieja España. Se dirigió a la despensa, y cogió algo de comida y agua, como de costumbre. Después bajó en busca de la mujer.

—Hay algo que no me habéis contado.

– Eres un encanto, Alan, pero me temo que hay mucho que no os he contado sobre mí.

– Sabéis a qué me refiero. No os andéis por las ramas. ¿Por qué decís que debería vigilar al inglés?

– Es bastante evidente. España e Inglaterra han estado en guerra durante mucho tiempo, y volverán a estarlo en el futuro.

– ¿Entonces es cierto que sois bruja? Podéis ver el futuro.

– No seáis ingenuo. Está claro que no sabéis lo de la casa de Habsburgo.

– ¿A qué os referís?

– El rey de España, Carlos segundo, al que todos llaman el hechizado, ¿por qué creéis que lo llaman así?

– Porque está enfermo.

– Sí, pero va más allá de eso. Pensad por un momento en lo que sucede cuando una estirpe de reyes muere sin descendencia legitima que pueda seguir el legado de su familia.

– ¿No tiene hijos?

– Me temo que no. No puede. Está enfermo desde que nació, y es incapaz de procrear un hijo que continúe el reinado de los Austrias. Imaginad por un momento qué pasará con el grandísimo y felicísimo imperio español cuando él muera.

– Una guerra.

– No sois tan ingenuo después de todo. El poder del mundo se lo han disputado desde los anales de la historia. Siempre ha habido conquistadores a lo largo de la historia, tales como Gengis kan, Carlomagno, Atila, Francisco Pizarro, Hernán Cortes, el imperio romano o la conquista de Castilla y Aragón por los musulmanes a los que después se expulsó tan dificultosamente junto a los judíos.

– No olvidéis a Pánfilo de Narváez. – Interrumpió Alan.

– Supongo que en la tierra de la que provienes es un nombre importante.

– También fue un conquistador.

– Sí, lo sé, fue el conquistador de la península de La Florida para el reino de España.

– Sí, pero antes de eso sirvió en Jamaica y después fue gobernador de…

– Alan. Lamento interrumpir tu entusiasmo rememorando anécdotas sobre el origen actual de tu pequeña tierra; pero estábamos hablando de otra cosa que ahora es mucho más importante. Y no he sido yo quién buscaba explicaciones. – Alan asintió, mientras la miraba a los ojos y comenzaba a darle de beber. – El amplio reino de las Españas es lo más codiciado para otros reyes desde hace mucho tiempo.

– Inglaterra.

– Sí. También Francia y Holanda, entre otros. Pero la envidia que mueve a los ingleses desde que los españoles empezaran a hacerse con casi todo el dominio de las américas, y que, por si fuera poco, fueran apoyados por la iglesia católica en unas bulas papales ya anticuadas, dejando fuera de la partición de las tierras y riquezas del nuevo mundo a todo país que no fuera España y Portugal. Es decir, nadie podía reclamar tierras del nuevo mundo si no era íbero.

– ¿Íbero?

– Sí, Alan, íbero… de Iberia. Hispania o España. La península ibérica. No importa el nombre que se le dé. Hablas español, pero de la historia de España vas realmente mal, parece ser.

– Me sorprende la amplitud de vuestro conocimiento.

– Como ya os dije, las apariencias engañan.

– Entonces, aseguráis no ser bruja.

– No soy bruja, no. Y dudo mucho que toda mujer a la que llaman bruja lo sea realmente.

– ¿Qué queréis decir?

– Si por utilizar todo cuanto ofrece la naturaleza, todo cuanto crece y brota de esta tierra, para hacer ungüentos, brebajes, cataplasmas o cualquier cosa por extraña que pueda parecer, nos hace brujos, todos lo somos, ya que nosotros mismos somos brotes de la creación. Y bebemos sus brebajes, como el vino y la cerveza. Comemos sus seres, a los que les arrebatamos el aliento de vida.

– Ya os he entendido. No sois bruja. Pero entended mi postura. Yo tampoco lo soy. No puedo hacer magia y hacer ver a los demás que no lo sois.

– Lo sé. Por eso os voy a pedir algo.

– Podéis pedir lo que queráis siempre y cuando esté dentro de mis posibilidades.

– Llegará un momento en el que la situación se vuelva insostenible y necesite vuestra ayuda. Pero creo que seréis vosotros los que necesitéis más la nuestra.

– ¿Qué tipo de ayuda? ¿Qué os libere?

– Llegado el momento lo comprenderéis. Entonces actuaréis según vuestra conciencia, estoy segura de ello. Lo puedo vislumbrar en el reflejo de vuestros ojos.

– Eso es confiar demasiado en el azar. Decís no ser bruja, pero veis el futuro en mis ojos. Un poco contradictorio. ¿No creéis?

– La contradicción es una consecuencia de la creación.

– Bueno. Me retiro. Debo atender otros asuntos. – Concluyó Alan. Mientras su rostro dejaba ver un gesto de agotamiento intelectual. La filosofía convertía a los hombres en personas más sabías y capaces, pero en la vida real, era algo muy poco práctico a efectos del día a día. – Os veré en otro momento, Isabel.

– Por cierto, no entiendo por qué todos os empeñáis en llamarme Isabel.

Alan la miró atónito.

– ¿De qué habláis? ¿No sois Isabel? – Ella no necesitó gesticular ni abrir la boca para que Alan entendiera una negativa por respuesta. – Me dijisteis que os llamabais así, lo confirmasteis, lo escuché de vuestros propios labios.

– Dije lo que todos estabais empeñados en querer escuchar.

Alan salió a toda prisa de allí. Airado y confuso.

El viento comenzaba a arreciar considerablemente, haciendo el oleaje más pronunciado al tiempo que el barco aumentaba su velocidad entre saltos y golpes de mar gruesa.

Tristán manejaba dificultosamente el timón.

Las olas comenzaron a romper en el lateral del navío, salpicando a todos los que se encontraban en cubierta en ese momento de agua y espuma.

Alan se acercó a su hermano, advirtiéndole de la nueva e intrigante información descubierta.

– Esto lo cambia todo. – Dijo Tristán, con rostro serio.

Darío y Adrián comenzaron a moverse de un lado a otro apresuradamente, dando traspiés a causa del vaivén del barco sobre la mar embravecida. Poco después se les unió Derek.

Cuando cesó la tormenta, pasada la medianoche; todos estaban exhaustos por el cansancio. Había faltado muy poco para que se dieran por vencidos y entraran a las entrañas del barco para protegerse de los golpes de mar, que podían enviarlos al océano como si un ser gigantesco lanzara lengüetazos enfurecidos hacia sus fauces.

Tristán encontró el cuerpo inerte del capitán dando tumbos sobre el suelo de su habitación, a causa de los vaivenes del fuerte oleaje.

Buscó a Alan y lo amortajaron. Sacaron el cuerpo sin vida hacia un hueco junto a la escalera que subía a cubierta, y lo dejaron sobre el suelo. Tristán no quería pasar la noche con un cadáver a su lado. No era supersticioso, pero nadie quería dormir con la muerte cerca mientras cerraba los ojos para dormir, por si la muerte lo encontraba y lo confundía con el difunto. No había necesidad de velar al muerto, ni fuerzas para hacerlo. Al día siguiente harían las ceremonias adecuadas al funeral pertinente.

La cosa se estaba poniendo realmente fea. Se habían cambiado las guardias nocturnas con la muerte de Sebastián. Ahora tendrían que suplir su ausencia durante la noche y, por si fuera poco, hacerlo durante el día, ya que con la ausencia del capitán, la vigilancia diurna se había quedado solo bajo el gobierno de Tristán y Derek. El mayor problema parecía recaer en que ninguno de los que estaban a bordo, sabía gobernar el barco como el difunto Eduardo Levín, y mucho menos, conocían el mar como él; y a falta de hombres para manejarlo, como era el caso, la tarea se haría casi imposible en el caso de no llegar a tierra antes del azote de otra tormenta inesperada. Aunque todo buen navegante tenía claro que cualquier tormenta inesperada, era algo de esperar navegando mar adentro.

21 de junio

Cuando lanzaron el cadáver del capitán al mar, todos tenían claro que la situación a bordo del The Reaper estaba muy comprometida, y no solo a causa de la enfermedad que los acechaba, sino también por la falta de recursos y conocimientos adecuados para gobernar el barco hasta llevarlos sanos y salvos a buen puerto.

También sabían que unos días más tarde concluirían en la noche de San Juan, según la mayoría de costumbres españolas, era una noche especial.

Alan pasó la mayor parte del día comprobando el estado de los víveres y colocando todo lo que por causa de la tormenta del día anterior, había salido despedido por todas partes al estar mal estibado.

Darío y Adrián comprobaron el estado del casco y achicaron el agua que se había filtrado en el alma de la embarcación.

Tristán y Derek turnaban su vigilancia diurna en torno al catalejo y el timón.

El ánimo a bordo brillaba por su ausencia. No había palabra, que no fuera estrictamente necesaria, que surgiera de la boca de los marineros.

Tan solo quedaban a bordo seis personas. Derek, Tristán, Alan, Darío, Adrián e Isabel; a la que Alan visitó para ver su estado y facilitarle agua y comida, como ya era de costumbre. Era evidente que todos se encontraban bastante mejor, y tocaban madera para que la suerte se quedara como un pasajero más a bordo del The Reaper, favoreciéndolos.

Tristán mostraba una visible preocupación sobre el hecho de tener que dar explicaciones sobre la perdida de dos hombres bajo su mando. No era un asunto para tomar a la ligera.

Sobre la media tarde, echaron las redes con la esperanza de pescar algo fresco.

Varias aves comenzaron a sobrevolar el barco.

Grupos de algas verdes flotaban esporádicamente a su paso, rozando el casco. Señal inequívoca de que estaban cerca de tierra.

Adrián se hizo con uno de los pedreñales catalanes que estaban en la armería y se dispuso a cazar una de las aves que les sobrevolaban como gallinazos, pero tras varios intentos fallidos al abrir fuego, se dio por vencido y cesó en su intento.

Un buen rato después, recogieron las redes y un pequeño grupo de peces, incluido un pulpo, habían caído en ellas, para sorpresa de todos.

– Es realmente raro que un pulpo se despegue de su roca y caiga en una red. Por dios, mirad que tamaño. Pesará al menos quince libras. Increíble. – Dijo Darío a Alan, al tiempo que le entregaba la captura. – Espero que sepas cómo cocinar todo esto.

– No os preocupéis, tengo nociones básicas.

– La verdad es que dudo que seáis capaz de cocer tan siquiera un huevo.

– Pues seguid dudando. Mientras yo iré cocinando este manjar.

– Ya lo veremos.

– Al menos no envenenaré a nadie.

– ¡Maldito mocoso! – Gritó Darío, al tiempo que se abalanzaba sobre Alan y le agarraba de la pechera.

Darío se detuvo enseguida, paralizado.

– Un movimiento más, y seréis un eunuco. – Respondió Alan. Había soltado uno de los dos calderos, blandiendo una daga que apretaba con su punta la entrepierna del viejo. – Me crie entre fulanas y piratas. ¿Creéis que me asustan los monos de circo? – Darío lo soltó, apartándose de él. – Es la primera y última vez que os consiento tocarme.

– Tenéis cara de no haber salido de las faldas de vuestra madre, pero seríais capaz de vender arena en el desierto al más temible de los bucaneros.

– Arrancada de caballo, y parada de burra vieja. – Susurró Alan.

– ¿Cómo decís?

– Que sois un pavo real. – Concluyó, mientras guardaba la daga, agarraba el caldero que había soltado y se alejaba del viejo hacia la cocina.

Alan pasó un buen rato pegándole al pulpo para ablandarlo, lo que le servía también para desahogarse de una forma útil.

– Menuda paliza le estás dando. – Dijo Tristán, sobre el umbral de la entrada.

– Mejor al pulpo, que no a algunos que yo me sé.

– Hemos divisado tierra.

– ¿Quién?

– Derek. Lleva horas mirando por su viejo catalejo de latón.

– ¿Cuándo llegaremos?

– Puedes cocinar eso tranquilo. De momento solo es la mancha fluctuante de un espejismo en el horizonte. Antes debemos estar seguros de que es nuestro destino. Hay unas cuantas ínsulas por estas latitudes. Si todo va según lo previsto, llegaremos sobre la media noche.

– Da tiempo de sobra entonces para darse un pequeño festín con esto.

– Sí, de hecho, es muy apropiado para tomar tierra después de dos semanas en alta mar. Casualmente.

Fue pensando en los ingredientes que le harían falta mientras se lanzaba en busca de una pastilla de jabón. Unas dos panillas de aceite, un buen puñado de sal… Los peces parecían anchoas o arenques comunes. No eran demasiado grandes, así que decidió solo limpiarlos y cocinarlos sin más. Eso y unos mendrugos ayudarían a pasar cualquier espina inoportuna que entrara por el gaznate.

Después de comer, y de que nadie se quejara lo más mínimo del sabor del pescado y del guiso de pulpo con patatas, todos se levantaron para seguir organizando la mercancía útil que debían subir al Centella más tarde.

Darío no habló, ni siquiera levantó la vista del plato mientras comía. Le estaba bien empleado, por bocazas.

Pasada la media noche, todos seguían aun despiertos. Ansiaban el momento en el que llegaran a tierra, que ante cualquier duda de si era su destino o no, habían decidido ir de todas formas. Debían buscar una solución a la corrosión del casco causada por las termitas.

Mientras todos escrutaban el horizonte ennegrecido en busca de alguna luz proveniente de la isla, Adrián llegó desde popa algo entusiasmado.

– ¡Mirad! El Centella ha prendido una balsa. La noche de San Juan no es hasta dentro de dos días.

Todos miraron con entusiasmo la luz de las llamas que emergían sobre el mar. Debían llevarla remolcada, ya que un rato después, comenzó a alejarse rápidamente tras El Centella, perdiéndose en la lejanía de la distancia y la oscuridad, como un fuego fatuo. Seguramente se habían adelantado al ver próximo el hecho de llegar a su destino, y habían decidido disfrutar de su quema aunque fuera unas noches antes.

Cuando estaban bastante cerca de la isla, como a unas tres millas, Tristán y Derek discutieron, hasta el punto de que el inglés, cerró de un golpe seco y furioso su catalejo y se alejó hacia el interior de su camarote. Poco después, Alan se acercó a su hermano.

– ¿Cuál es el problema? – Preguntó Alan.

– Una pequeña discrepancia. Pero se veía venir antes o después.

– ¿En qué discrepa el inglés?

– Ha cambiado de idea. Ahora pretende reparar la embarcación en lugar seguro, reunir una nueva tripulación en San Cristóbal y continuar con su misión.

– ¿Y qué pasa entonces con la mujer?

– Esa es la cuestión. Se la quiere llevar, ya que se aferra al hecho de que era su prisionera.

– Sí. Pero nosotros le hemos salvado la vida. A saber cuánto tiempo habría pasado a la deriva si no llegamos a encontrarlo en nuestro camino.

– También es cierto que lo buscábamos. De todas formas, lo habrían encontrado, bueno, o asaltado. Las Antillas es un lugar muy concurrido. – Bueno. No me queda otra opción que esperar a establecer contacto con la tripulación del Centella y discutir la situación. No quisiera tener que quitar de en medio a ese bastardo irlandés.

– ¿Irlandés?

– Sí, es irlandés. Pero inglés, irlandés, ¿qué más da? Las dos naciones son hijas de la gran… Bretaña.

Ambos se rieron.

– Se está arriesgando mucho siendo conocedor de su condición minoritaria. Aunque me da la sensación de que alguno ya está de su parte. El dinero hace amigos de una forma curiosamente fácil.

– ¿Te refieres a Darío?

– Sí. Algunos se visten de falso carmesí. Pero a pesar de esa posibilidad. En San Cristóbal habrá ingleses que estén dispuestos a combatirnos por un módico precio. Algunos incluso por puro placer.

La isla se presentaba frente a ellos como un salvavidas.

Una enorme montaña se alzaba sobre ella entre una débil bruma; como un atlante de piedra encargado de su cuidado y custodia.

Siguieron allí en silencio, hasta que pronto el barco se fue acercando lo suficiente como para bordear la costa a una distancia prudencial para no encallar, en busca de algún tipo de muelle o pantalán.

Tristán sacó su catalejo y lo desplegó; oteando la costa en busca de algún tipo de luz o movimiento.

– Veo algo. – Dijo Tristán, después de un buen rato. – El muelle está allí.

César Rai

**San Cristóbal
Antillas menores**

César Rai

22 de junio

La espesa bruma surgía del mar como una aparición, abrazando tímidamente un gran pantalán que se extendía hacia la negrura de la marejada nocturna.

– Que extraño. – Murmuró Tristán. Mientras seguía oteando la costa a través del catalejo.

– ¿Por qué?

– No se ve un alma. No hay antorchas, ni fogatas encendidas, absolutamente nada.

– Bueno, es muy tarde, estarán durmiendo. Es un pueblo pequeño, ¿no? Una aldea.

– Alan, un puerto nunca duerme. Siempre hay movimiento. Por pequeño que sea. Siempre hay algún tipo de trapicheo. Pero nada, aquí no hay nada. Ni un solo movimiento. Lo único que veo es un cadalso junto al pantalán en el que hay un grupo de ahorcados… a ver… cuento siete cadáveres. Según parece, ya llevan bastante tiempo allí colgados. Hay varias embarcaciones pequeñas ancladas junto al muelle. De poco calado. Pero absolutamente nada de movimiento. Es muy extraño.

– Que sea algo poco usual no quiere decir que sea malo, ¿no?

– La falta de normalidad casi siempre es un mal presagio, Alan.

– Toquemos madera entonces. – Añadió, mientras daba varios y ligeros golpes con los nudillos sobre la balaustrada.

– Es un mal presagio, teniendo en cuenta que hay una disputa entre Inglaterra y Francia por esta isla.

El The Reaper se acercó lentamente a una zona de calado segura, lanzando el ancla poco después. Aguardaron durante un largo rato hasta la llegada del Centella, que fondeó a su lado, a distancia de abordaje. Tristán y Derek saltaron al otro barco y se reunieron con el capitán Francisco de Grisel y Santos, para informar del trágico infortunio referente a la pérdida del capitán del The Reaper y segundo del Centella, Eduardo Levín, y del marinero Sebastián de Anabel, ambos fallecidos a causa de la extraña contaminación a bordo, concerniente a unos desconocidos pétalos de flor violetas en el interior de uno de los barriles que al parecer, habían envenenado el agua. Esa fue la versión oficial de los hechos.

Un rato después, Derek y Tristán volvieron a bordo del The Reaper.

– Bien. – Comenzó a decir Tristán. – Haremos una partida de exploración. Vendrán con nosotros David San Valentín, Jacinto Mendoza, Roberto Santamaría y Alan Hammett Esquivel. – Concluyó, refiriéndose a los que los acompañarían en busca de la supuesta bruja.

Mandaron recoger varias armas de diferentes tipos, pólvora, balines de plomo, unas antorchas con las que después poder prender la pólvora, una botella de aceite de ballena, una soga enrollada con un triple gancho atado a su extremo y algo de agua y comida para la jornada de búsqueda.

Algunos se aseguraron de llevar un puñado de monedas en sus bolsas, con la esperanza de encontrar algún burdel donde pagar los favores de alguna mujer de oficio. Mientras tanto, otros intentarían reparar los daños en el The Reaper, por petición expresa de Derek y bajo su patrocinio, ya que fue la única exigencia del capitán para tal cometido.

Cuando estaban dispuestos a hacer descender el bote, Derek apareció con varios hombres que portaban los espejos macizos de plata pulida cubiertos de gruesos paños de lana y piel, y los colocaron en el centro del bote.

En cuanto tocó el agua, David y Jacinto subieron a bordo con la ayuda de unas cuerdas que habían preparado para tal oficio de antemano. Después subieron los demás.

El bote se fue alejando lentamente, agitándose por el oleaje que los acompañó hasta el puerto.

Alan abrió una bolsa de tela y metió la mano. Sacó varios mendrugos negros y enmohecidos, les paso la mano quitándoles cualquier resto de setas alargadas y los comenzó a repartir entre sus compañeros, que aceptaron y devoraron rápidamente sin cuestionarse o quejarse de la dureza o el sabor lo más mínimo.

El oleaje impedía la rapidez al empujar el bote con los remos, por lo que casi una hora después, llegaron al muelle.

El pantalán estaba anidado por varias embarcaciones pequeñas, más o menos del tamaño del bote en el que ellos iban, pero no se veía absolutamente nada de movimiento, ni rastro de vida.

– Creo que todo el mundo está en alguna celebración a la que no hemos sido invitados. – Murmuró Jacinto, dejando entrever sus dientes negros.

Llegaron al pantalán, amarraron el bote y subieron sigilosamente a él. Mientras varios de ellos subían los espejos, Derek y Tristán otearon en busca de movimiento, pero sin éxito.

Derek incitó a los demás a que le siguieran, pasando con el único sonido de la madera crujiendo bajo sus pies. Dejaron atrás el cadalso en el que los cadáveres yacían ahorcados y desecados. Justo un poco de después de salir del pantalán, Derek se detuvo y sacó algo del interior de su capa negra. Una especie de péndulo, que dejó colgar sobre sus dedos. Esperó varios minutos, hasta que se pudo observar una leve oscilación en él. Volvió a guardarlo en su bolsillo, y comenzó a caminar de nuevo lentamente.

Pasaron junto a varios contenedores de madera con montones de pescado que ya ni siquiera estaban podridos.

– Esto lleva abandonado mucho tiempo. – Susurró Tristán a su hermano, que iba tras él cargando uno de los cuatro espejos que transportaban. – Fíjate en todo ese pescado echado a perder.

– Nos hemos perdido la fiesta. Mejor, porque no parecía muy animada, estaba un poco muerta. – Volvió a murmurar Jacinto, mientras escupía.

– ¿Franceses? – Preguntó Alan.

– No lo creo. – Respondió Tristán. – Habría restos de batalla. Cadáveres y destrozos aquí o allá, pero esto está demasiado limpio. En un ataque siempre hay algún edificio que arde por completo, pero aquí no se ve nada de eso.

– Una epidemia entonces. – Interrumpió David, mientras sujetaba con dificultad uno de los espejos con sus brazos esqueléticos, parecía estar achacado de tisis o hepatitis, a pesar de ser muy joven, presentaba síntomas de alguna enfermedad que le consumía.

– Seguiría habiendo cadáveres.

– Si abandonaron el pueblo no.

– Aunque todos lo hubieran abandonado, seguiría quedando algún cadáver olvidado en alguna parte.

– Supongo que pronto encontraremos algún montón de cuerpos quemados. ¿Por qué no echamos unas voces para ver si alguien responde?

– Ya se verá. Mientras tanto, no quiero que nadie haga el más mínimo ruido. No hemos venido a hacer amigos. Debemos encontrar a la mujer.

A pesar de no comprender casi nada de lo que hablaban en castellano, Derek entendió algunas palabras y miró a Tristán durante un segundo. Volvió a detenerse y repitió la misma operación hasta que el péndulo volvió a oscilar.

Fue en eso momento, allí parados, y mientras Derek se guardaba el péndulo, cuando vieron varias sombras surgir lentamente desde la oscuridad de diferentes partes del final de esa callejuela. Se movían con dificultad, parecían estar claramente enfermos.

Todos guardaron silencio, sin saber cómo afrontar la situación. Si resultaban ser hostiles debían defender su vida, pero si estaban enfermos, mejor sería salir de allí a toda prisa, a fin de evitar cualquier tipo de contagio. Aún guardaban en su cuerpo los síntomas del agua envenenada.

Las figuras oscuras se acercaban a ellos lentamente, entre las sombras. Conforme se iban acercando más, pudieron vislumbrar que sufrían ligeras convulsiones, pequeños espasmos musculares por todo el cuerpo. Se inclinaban una y otra vez hacia los lados, casi perdiendo el equilibrio. Un leve sonido, como de ascuas apagándose por un repentino caldero de agua lanzado sobre ellas, no dejaba de surgir de su interior.

Desde un corral que estaba junto a ellos a la derecha, surgió un hombre. Con el cuerpo lleno de finas venas negras y sin rostro. No tenía cara. Se detuvo frente a ellos durante un segundo, y se abalanzó sobre Roberto Santamaría. Lo agarró tan rápido, que no le dio tiempo ninguno a reaccionar. El enfermo lo agarró del cuello y pegó su cabeza a la de Roberto. En solo unos segundos; y antes de que ninguno de ellos pudiera hacer nada, completamente estupefactos, se empezó a abrir de donde debería estar el rostro del enfermo una especie de fauces sin labios ni dientes, carne fundida que se despegaba en filamentos y de la que pronto surgió una nube negra que entró en la boca del marinero, y de la que parecía absorber todo el fluido de su cuerpo, pronto se desplomó completamente seco sobre el suelo. La criatura se giró, como en busca de otra presa.

Todos estaban paralizados por el horror.

Más seres sin rostro, con la cabeza totalmente lisa, se acercaban con lentitud hacia ellos, abriendo lentamente esa especie de fauces pegajosas donde debía estar el rostro. El humo negro se escapaba levemente de alguno de ellos, como fuego fatuo. Parecían haber sido personas, ya que iban vestidas como tal, pero con la ropa ya sucia y roída por el desgaste.

Varias armas abrieron fuego, y un sable cortó la cabeza de uno de los seres antes de que se vieran casi acorralados.

– ¡Vamos! ¡Vamos! – Gritó Tristán a los hombres, mientras entraba en el corral del que había salido el ser que había matado a Roberto. Todos le siguieron, cerrando el portón tras ellos, y colocando el tablón que servía de cerrojo.

Allí esperaron, completamente a oscuras y con la esperanza de que ninguna de esas cosas surgiera desde la oscuridad del interior. Tras unos minutos, se tranquilizaron un poco. Parecían estar a salvo allí dentro, al menos por el momento.

Derek preguntó algo en inglés.

– ¿Cuántos espejos tenemos? – Preguntó Tristán.

– Yo tengo uno. – Susurró Jacinto.

– ¿Ninguno más?

Respondió el silencio.

– Perdonad mi ignorancia, pero ¿para qué son los espejos? – Quiso saber David.

Derek respondió en su idioma, y enseguida Tristán comenzó a traducir sus palabras.

– El espejo ocupa un lugar importante en la mitología y las supersticiones de innumerables pueblos. La imagen que en él se refleja, se identifica a menudo con el alma o el espíritu de la persona; de ahí por ejemplo que los vampiros, que, según las creencias populares, son cuerpos sin alma, no se reflejen en él. Cuando un moribundo está a punto de dejar este mundo, es un rito común que se cubran los espejos, por temor a que el alma del agonizante quede atrapada en ellos. El espejo se concibe así, como una ventana al mundo de los espíritus.

– Entonces, ¿solo disponemos de un espejo? – Preguntó Derek en su idioma.

Tristán asintió con la cabeza, entonces el inglés maldijo de nuevo en su lengua materna. Parecía comprender más español del que quería hacer ver. Estaba claro que los otros espejos habían quedado tirados en la calle.

– ¿Qué hacemos ahora? – Preguntó David. Que esperaba con su rostro fino y lleno de pecas, justo en el centro oscuro del corral. – ¿Por qué no intentan entrar?

– ¡Cállate! – Recriminó en otro susurro Jacinto. – No traigas mal fario.

– ¿Crees que habría forma de salir de aquí saltando sobre los tejados de las cabañas? – Preguntó David de nuevo.

– No lo sé. – Respondió Jacinto.

– No lo creo. – Interrumpió Tristán.

– ¿No sería más sensato esperar al alba? – Preguntó Alan, que seguía de pie frente al portón. – Al menos veríamos mejor dónde movernos y, a qué nos enfrentamos realmente.

– Nunca había visto nada parecido. – Añadió Jacinto. – ¿Qué clase de monstruos son esas cosas? ¿Cómo es que nadie habla de ellos?

Derek dijo algo.

– Son espectros. – Tradujo Alan. – Sufren una especie de posesión.

– ¿Demonios?

– No. Más bien… ¿Cómo decirlo?… Lo más oscuro. – Añadió Tristán. Después de que Derek añadiera otras palabras.

– ¿Lo más oscuro? – Preguntó Jacinto.

– Sí. El vacío… La nada… Es decir… Lo más oscuro.

– Que sí, que ya lo he entendido. La muerte.

– Perdonad. – Interrumpió David. – Por mí podéis llamarlos como queráis. Yo lo único que quiero saber es cómo salir de aquí… con vida. Nadie ha oído hablar entonces de esas cosas, ¿no? ¿No se dedicaban a poner en los mapas esa frase en latín que decía…? ¿…Cómo era?

– Hic svnt dracones. – Susurró Tristán.

– Sí. Esa misma.

– ¿A qué os referís? – Preguntó Alan.

– Hic svnt dracones es una frase que se utiliza desde hace mucho tiempo en las cartografías para referirse a territorios inexplorados o peligrosos. Es una antigua práctica llevada a cabo unos pocos años después del descubrimiento de las indias occidentales, con la que se solía dibujar serpientes marinas y otras criaturas mitológicas en las zonas desconocidas.

– Pero este no es el caso. – Interrumpió Jacinto. – Estas islas hace muchos años que están exploradas y colonizadas.

– Cierto. – Añadió Tristán.

– ¿Qué significa exactamente la frase? – Preguntó Alan.

– ¿Hic svnt dracones? – Inquirió Jacinto.

Alan asintió.

– Aquí hay Dragones. – Murmuró Tristán. – En realidad es una antigua expresión utilizada en el globo de Hunt-

Lenox, sobre el año mil quinientos cinco aproximadamente. Aparecía alrededor de la costa oriental de Asia,
posiblemente relacionada con los dragones de Komodo.

– ¿Dragones de Komodo?

– Sí. Según he oído, son lagartos del tamaño de un buey
que devoran a sus presas después de morderlas, inyectar-
les un veneno que lentamente las paraliza hasta que mue-
ren, y entonces es cuando buscan su presa y la devoran
tranquilamente.

– ¿En Asía?

– Mmmm… más bien, en Indonesia. Creo recordar.

Derek murmuró algo.

– ¿Qué ha dicho el inglés? – Quiso saber Jacinto.

– Dice que seguramente es un encantamiento.

– ¿Los dragones? – Preguntó David.

– No. Lo que está ahí fuera. Esperándonos.

– Ah, claro.

– Dice que es un embrujo de la mujer a la que estamos
buscando en esta isla.

– ¿La bruja? – Preguntó con rostro helado Jacinto.

– Eso me temo. – Respondió Tristán.

– Está claro entonces que antes eran personas.

– Claro. Los colonos de San Cristóbal.

– ¿Y tenéis idea de cuánta gente había en ella?

– No lo sé, pero es una buena pregunta.

– ¿Y qué podemos hacer para no correr la misma suerte
que esa gente?

– Buena pregunta también. – Añadió Tristán, mientras
se le escapaba sin querer una sonrisa.

– Todo eso de Aquí hay dragones, lo aprendiste vendiendo mapas, ¿verdad? – Preguntó Alan.

– ¿Tú qué crees? – Respondió Tristán, desaprobando el momento tan inapropiado para la pregunta de su hermano.

Todos guardaron silencio durante bastante rato.

David acercó la cara a una de las grietas que se abrían entre los tablones de madera del corral, intentando vislumbrar algo en la oscuridad exterior. Apenas se podía distinguir nada. Le pareció ver una sombra pasar frente a él. Siguió mirando durante unos segundos, después apartó la vista hacia el interior.

– ¿Esperaremos entonces a que amanezca? – Preguntó. Se giró hacia la pared de tablones con la intención de volver a mirar a través de la grieta y, uno de esos seres apareció frente a él. La pequeña nube de humo se filtró a través del hueco de las maderas. El cuerpo de David se paralizó en el acto, mientras el humo entraba a través de los ojos, los orificios de la nariz y la boca y extraía todo su aliento de vida. Su cuerpo se secó en pocos segundos, como una fruta madura bajo el sol del desierto, hasta caer completamente muerto, sobre el suelo y la paja esturreada sobre el interior del corral.

Todos se alejaron apresuradamente de las paredes todo cuanto pudieron, quedando hechos un bulto en el centro. Espalda contra espalda, hombro contra hombro. Sin perder de vista el movimiento de cada sombra que surgía desde la oscuridad que los envolvía con su paño mortal.

– Esperaremos al alba entonces. – Murmuró Tristán.

– ¿Cuántas horas quedan de oscuridad? – Preguntó Alan.

– Tres o cuatro. – Respondió. – Pero no estoy seguro. No nos queda otra cosa que esperar.

– ¿Y si siguen ahí cuando amanezca?

– En tal caso ya pensaremos en algo. Lo importante es poder ver por dónde nos movemos.

Derek dijo algo en su idioma.

– Sí. Eso también. – Respondió Tristán.

– ¿Eso también qué? – Preguntó irritado Jacinto.

– Hay que recuperar los espejos.

– ¿Habláis en serio? ¿No sabemos si podremos escurrirnos de esas cosas, y encima debemos preocuparnos de buscar y cargar con esos armatostes que pesan como el demonio?

– ¡Ni una palabra más! Tenemos una misión, y necesitamos esos espejos para proteger nuestra vida ante esa mujer. Si no lo entiendes, haré que lo entiendas a golpes.

Jacinto guardó silencio, sumiso.

– Por cierto. – Susurró Alan. – Aunque suene estúpido preguntarlo de nuevo, pero ¿Para qué son los espejos?

– Pregúntaselo a Derek. – Respondió Tristán. A lo que Alan volvió a replantear la pregunta en inglés. Derek respondió tras unos segundos de silencio.

– Debería explicárselo a Jacinto entonces, ¿verdad?

– Sería lo mejor, sí. – Respondió su hermano.

– Los espejos reflejan el verdadero ser de las brujas. Son macizos para que no puedan romperlos.

– ¿Para qué sirven? – Preguntó Jacinto, inquieto. – Perdón por interrumpir.

– Su reflejo las paraliza, y anulan su poder durante un tiempo, lo adormece, por así decirlo, y nos permite la ventaja de poder inmovilizarlas.

– Entiendo.

– Eso sí. Por nada del mundo debéis mirar ninguno de los reflejos que de su imagen real se proyecten sobre el espejo, o moriréis en el acto.

– ¿No hay nada que me proteja de su poder?

– Hay algunos amuletos y talismanes. – Respondió Tristán. – Pero si no has traído ninguno, entonces irás con lo puesto. La próxima vez mejor sería que te informaras de en qué tipo de situaciones te embarcas.

– De todas formas, los amuletos solo pueden servir para proteger del influjo de sus hechizos. – Aclaró Alan.

– Entonces, los espejos…

– Los espejos no son amuletos de protección. Solo anulan su poder momentáneamente. Pero no pienses más en eso. Lo único que te debe preocupar cuando estemos frente a ella, es que pase lo que pase, y por nada del mundo, se te ocurra mirar los espejos. No mires el reflejo de la mujer.

– Entendido. – Concluyó Jacinto, mientras tragaba saliva ruidosamente. Claramente afectado por lo que estaba aconteciendo. Más tarde, despertó a causa de un fino rayo de Sol que le daba directamente en uno de los ojos. Llamó a los demás con ligeros golpes de pie, que dormían apiñados en el centro.

Ahora se veía el interior del corral. Montones de paja aquí y allá, y junto a una de las paredes, el cadáver de David, completamente seco.

Alan agarró una guadaña que estaba apoyada en un viejo carromato, y se acercó lentamente al portón. Se aproximó a las rendijas por la que entraba la luz, y miró a través de una de ellas. Era un día soleado. Nada hacía entrever lo que había pasado esa noche. Parecía completamente normal. Observó durante varios minutos por diferentes rendijas en todas las paredes. Los demás hacían lo mismo.

– Vamos a salir. – Dijo Tristán.

– Si no hay otro remedio. – Añadió Jacinto, con resignación.

– Si quieres quedarte aquí encerrado, abrazado hasta morir al cadáver de tu compañero, no te lo impediré. – Añadió Tristán.

Jacinto hizo gestos con las manos, dando a entender que quería salir.

Quitaron el travesaño, y abrieron lentamente el portón, con las armas en alza, dispuestos a atacar a cualquier cosa que se acercara hacia ellos.

23 de junio

El resplandor de la mañana los cegó.

– ¿Se han ido? – Balbuceó Jacinto, mientras se adelantaba.

– Eso parece. – Reconoció Tristán.

– Esperemos que sí. – Añadió Alan, que empuñaba fuertemente la guadaña.

Comenzaron a avanzar entre algunas casas, cabañas y cobertizos; completamente en silencio. Todo se había vuelto tan irreal, que sentían estar mezclando las alucinaciones típicas de la fiebre con la realidad. No había rastro de criaturas extrañas ni de personas, tan siquiera de animales. Todo estaba muerto. Y en cierto modo, era una muerte muy viva, omnipresente. No sentían presencia alguna de pájaros, tampoco de las típicas alimañas que suelen anidar las selvas, pero entraron en la espesura con la extraña impresión de estar siendo vigilados.

Derek se detuvo un momento entre los árboles. Los demás lo imitaron. Sacó el péndulo y lo dejó colgar de su mano derecha, hasta que momentos después comenzó a oscilar levemente. Estaba claro que existía algún tipo de conexión entre Derek, el péndulo, y su utilidad para encontrar a la bruja. Alan nunca había visto utilizar un péndulo de esa manera, y lo observaba con atención.

–Es zahorí. – Habló su hermano tras él.

– Pensé que solo utilizaban una rama terminada en dos puntas para encontrar agua.

– Pues ya ves que no. La utilizan para encontrar tesoros ocultos, personas desaparecidas, agua, entre otras cosas. Supuestamente, claro. Ya sabes que yo no creo en todo este tipo de supercherías. – Alan asintió.

Unos minutos después, Derek guardó el péndulo y señaló a la derecha, hacia las profundidades oscuras y frondosas de la selva, que se le antojaba hostil y embrujada. Iban fuertemente condicionados por el temor a lo desconocido, siendo conscientes de lo que habían visto esa noche en la aldea pesquera de la isla, la mente les creaba todo tipo de criaturas demoniacas.

Siguieron avanzando, abriéndose camino como bien podían entre la maleza.

El patrón del péndulo se repitió varias veces, en cuanto Derek parecía perder la conexión que le guiaba hacia la mujer.

– Hace unos años oí hablar sobre una especie de hechiceros que trataban las artes oscuras, las de los muertos. – Comenzó a decir Alan. – ¿Cómo los llamaban…? ¿Mantícoras?

– Nigromantes. – Interrumpió Tristán.

– Sí. Nigromantes. ¡Eso!

– No son la misma cosa. La mantícora es un ser mitológico, una especie de quimera con cabeza humana, el cuerpo rojo, y la cola de un dragón o escorpión, capaz de disparar espinas venenosas para incapacitar o matar a sus presas. Los nigromantes son brujos o hechiceros que utilizan la magia negra y vísceras y restos humanos para invocar a los muertos y ver el futuro… algo así.

– Sí. Estas mujeres son eso… nigromantes. Invocan a los muertos…

– Eso no podemos asegurarlo. – Interrumpió Tristán.

– ¿Cómo que no? ¿Y esas cosas sin rostro que nos atacaron anoche?

– Puede que comiéramos algo en mal estado y nos produjera alucinaciones.

– ¿En serio? ¿Algo cómo qué?

– Podría ser cualquier cosa… el grano negro del centeno, por ejemplo. Se están empezando a mover rumores sobre un hongo negro que se reproduce en el grano y que, al ser ingerido, lleva a nuestra mente a un estado febril.

– ¿De verdad lo pensáis?

– Podría ser, el pan que comimos antes de llegar aquí creo que es de centeno. De hecho, vi que tenía como finos champiñones creciendo en cada mendrugo.

– Bueno, supongo que hay intoxicaciones y envenenamientos, pero ¿Cómo explicaría eso el hecho de que todos viéramos las mismas criaturas? ¿Tuvimos la misma alucinación? ¿Todos? ¡Decídselo a los cadáveres de Roberto y David!

– Hay muchas cosas que no podemos entender. – Añadió Alan.

– Y que seguramente nunca lo hagamos. – Sentenció Tristán.

Mientras seguían caminando entre la selva, la lluvia comenzó a hacerles compañía.

Estuvieron un rato caminando en silencio, perdidos en sus recuerdos. Antes de darse cuenta, ya estaban casi empapados, así que Tristán dio la orden de refugiarse bajo las raíces de un gigantesco árbol milenario.

Tomaron asiento sobre raíces y piedras.

Alan repartió mendrugos de centeno y algo de pescado seco.

Lo engulleron en silencio.

Pronto, un pequeño riachuelo comenzó a abrirse camino frente a ellos.

Entonces Alan mezcló el recuerdo con la realidad.

***

Era tan solo un niño.

Jugaba con Paulo en un riachuelo a las afueras de Spanish Town.

El recuerdo era vívido.

Habían fabricado dos barcos con un par de folios de papel, que habían robado del despacho del capataz de una de las plantaciones de caña. Recogieron un puñado de pequeñas piedras; que amontonaron frente al riachuelo; apostados uno a cada lado. Se dirigieron unos diez pies hacia arriba y dejaron navegar los dos barcos por el flujo del riachuelo.

Con voces de guerra y corso, comenzaron a lanzar las piedras amontonadas hacia los barcos, imitando una batalla naval. Como si de cañonazos se tratara. Cada uno de ellos era el dueño y señor de su barco, capitán de mar y guerra, y como tal, debía defenderlo a toda costa y atacar al enemigo.

No pudo evitar invocar la nostálgica melancolía con el recuerdo, ya que después de un buen rato, vieron como Tristán aplastaba uno de los barcos de papel mientras corría frente a ellos, huyendo de algo o de alguien que lo perseguía. Recordaba la perplejidad del momento, y de cómo se miraron Paulo y él, y sin mediar palabra, corrieron tras Tristán por mera precaución. Cuando llegaron al pueblo, su hermano se encerró en su habitación; la cual compartía por aquellos años con Alan, y no salió de ella en toda la tarde.

Nunca supieron por qué corría su hermano, ni de qué huía, si es que huía de algo.

Con el paso del tiempo, ese momento se había apartado de su mente, hasta ese instante.

Los recuerdos afloraban en los momentos más extraños e inoportunos.

La lluvia amainó, y decidieron continuar la marcha.

A los lejos, desde un claro que encontraron entre la maleza, pudieron ver hacia dónde les dirigía Derek. Su destino se alzaba cual gigante de piedra frente a ellos. Una inmensa montaña se levantaba frente a ellos.

Cruzaron durante varias horas tramos de espesa maleza y abruptos pasos hasta llegar a sus pies. Fue en ese momento, cuando Tristán tomó la decisión de detenerse para descansar unas horas. Derek mostró su desacuerdo, alejándose entre la oscura selva de San Cristóbal.

– ¿Qué habrá pasado en esta isla? – Susurró Alan.

– Preguntad a vuestra amiga la bruja, cuando la tengáis en frente. – Respondió desagradablemente Jacinto.

– ¿Os habéis fijado en que no hemos visto ni un solo animal? Debería estar plagado de aves, serpientes… no sé… hasta de insectos… por todos los santos, es para que estuviéramos cosidos a picotazos de mosquitos.

– Has descubierto la pólvora.

– No seas imbécil.

– No lo soy. Estás hablando de algo evidente. Esta isla está muerta, sí… maldita… embrujada. Como lo quieras llamar. Pero estamos aquí… y ahora. Y es lo que hay. Si no te gusta puedes encogerte en la posición de los recién nacidos, chuparte el dedo mientras sujetas un pañuelo, o cagarte encima si lo que tienes es miedo.

– Eres imbécil.

– Ahora me enfado y no respiro. – Concluyó con saña.

– Como buen marino que eres, hazte un nudo en el cuello y tira en seco de él.

– Parecéis niños. – Interrumpió Tristán, en cuanto vio surgir a Derek de las fauces de la selva muerta, mientras introducía el péndulo en el bolsillo de su camisola.

Todos estaban tensos por el cansancio y el miedo, y su cuerpo reaccionaba en algunos de la peor manera.

Estaba empezando a anochecer.

Improvisaron un refugio con un puñado de ramas y hojas recogidas a su alrededor; mientras oían como un viento sutil se alzaba silbando entre los árboles y las rocas.

Las horas nocturnas se hicieron lentas y pesadas.

Cada hora aproximadamente se iban turnando en el relevo de la vigilancia del campamento.

El viento era fuerte en ese lado de la montaña, y alteraba los sentidos de cada uno de los hombres, con cada caricia sutil y roce violento entre los árboles.

Lo desconocido era un lugar oscuro, plagado de cosas que muerden.

Alan estaba empezando a ser muy consciente de lo que había dejado atrás; la seguridad del hogar no tenía precio, ni siquiera para calmar el anhelo más audaz e impetuoso de aventura; la cual frecuentaba malas compañías en una gran tela de araña llamada incertidumbre, y eso era lo peor que había, lo desconocido, aunque ello formara parte inherente de la vida misma.

César Rai

24 de junio

El día amaneció oscuro y gris, de tormenta. Lo suficiente como para mermar aún más los ánimos de cada uno de ellos.

No eran dueños de su destino.

Vivían a la deriva dentro de ese éter llamado vida, transitando en el vacío espiral de lo desconocido.

Retomaron la marcha hacia la cima del volcán.

Derek afirmaba que ese era el camino a seguir en busca de la segunda mujer.

Pronto, el péndulo los guio misteriosamente hasta los límites de la selva, llegando a una especie de gruta entre rocas negras. Esta se extendía cientos de metros hacia arriba, hasta desembocar en una caverna angosta, oscura y llena de estalactitas y estalagmitas afiladas como dientes de león. Parecían las fauces petrificadas de una criatura ancestral, y provocaba la sensación de poder cerrar sus mandíbulas en cualquier momento; siendo ellos su alimento.

Improvisaron unas antorchas con unas ramas, un puñado de hojas secas, aceite de ballena y algo de pólvora, y se adentraron lentamente en las fauces de la montaña. Prendieron varias de ellas, y otras las guardaron para cuando las necesitaran.

Era extraño estar en las entrañas de la tierra. Una sensación enfermiza de aplastamiento y enterramiento en vida les recorría cada parte del cuerpo.

– Esperad. ¿Oís eso? – Dijo Jacinto, al tiempo que se detenía, con la antorcha en la mano.

Los demás se detuvieron.

Derek avanzó unos metros, hasta que fue consciente de lo que pasaba.

– Es como un río. – Dijo Alan. Apoyando el espejo de plata sobre el suelo. Pesaba ya bastante en sus brazos.

Un sonido de agua parecía fluir sutilmente desde el interior de las rocas. Como un estomago que se remueve a causa del hambre.

Alan se acercó a una de las paredes de la galería, y tras aguardar unos segundos, pegó la oreja y la apartó enseguida.

– Parece venir de aquí. – Dijo. – Y quema a rabiar.

– Es un río subterráneo. – Añadió Tristán. – Es algo completamente normal. Sigamos avanzando. – Ordenó.

Alan se apartó de la pared rocosa, y continuaron la marcha.

– Hay que apresurarse, no sabemos la distancia que recorreremos aquí dentro, ni lo que durarán las antorchas.

– Quedarnos aquí dentro sin luz, debe ser de lo peor que podría pasarnos. – Susurró Jacinto.

Un rato después, notaron como ascendía el terreno. Entonces, vieron una serie de aperturas esparcidas a ambos lados de la gruta, de poco más del diámetro de un cuerpo humano. Eran accesos hacia otras cuevas, pero estos descendían de forma muy preocupante como para aventurarse a descender a través de ellos.

– ¿A dónde llevarán? – Preguntó Alan. Mientras se acercaba a uno de los accesos.

Derek dijo algo en su idioma.

– ¿Qué ha dicho? – Peguntó Jacinto entre un ataque de tos.

– Lo mismo que ha dicho mi hermano antes; que puede que nos quedemos sin aire en algún momento. Si notamos síntomas de mareo o de que no podemos respirar, lo avisemos en el acto.

– También debemos estar pendientes del olor. – Dijo Tristán. – Si oléis a azufre o a algo raro… a algo podrido, decidlo enseguida; podríamos envenenarnos por el aire.

– ¿Por el aire?

– Más bien… por lo que esté en el aire. Estaría bien llevar algún pájaro enjaulado. Si él muere, los siguientes somos nosotros…

– ¿Quién diablos me mandaría salir de Castilla? – Se quejó Jacinto.

– Quién no, más bien qué.

– El hambre. – Concluyó Jacinto.

– El hambre o… la búsqueda de riqueza y poder. – Añadió Alan.

– Es curioso. – Interrumpió Tristán.

– ¿El qué? – Quiso saber Jacinto.

– Que seáis tan estúpidos. ¡Guardad silencio! El más mínimo susurro puede revotar a través de estas galerías como un estruendo en el otro extremo de ellas, delatando nuestra presencia. ¿Habéis olvidado por qué estamos aquí? ¿Y lo que estamos buscando?

– Brujas. – Susurró Jacinto.

Esa palabra hizo que todos guardaran un silencio sepulcral en el acto. Recordaban todo lo que estaba ocurriendo desde que encontraron a Isabel.

Al girar sobre una curva del túnel, sintieron una ligera brisa de aire fresco, pero no se veía luz al final de la galería.

Aún seguía de noche en el exterior.

Cuando llegaron a la salida, descubrieron que el tiempo había empeorado de forma drástica. La lluvia caía a raudales, como una cortina espesa y hostil, y los relámpagos rompían el cielo ennegrecido, como si de un terremoto celestial se tratase.

– Es imposible salir con este aguacero. – Señaló Tristán. – Mejor será esperar a que amaine.

Derek se puso frente a la entrada de la cueva, resguardándose cuanto pudo de la tormenta; sacando después su péndulo, cubriéndolo del viento. Realizó la misma operación hasta que este osciló repetidas veces y, se quedó vibrando ligeramente en una sola dirección, hacia el techo, como si una piedra magnética lo atrajera hacia ella.

– ¿Arriba? – Preguntó Alan a su hermano, al tiempo que miraba a Derek y éste asentía, entendiendo claramente el significado de la palabra.

Jacinto se quitó la soga que enrollaba su torso y se dispuso a girar en el aire el triple gancho que colgaba de uno de sus extremos, y junto al borde de la apertura de la cueva, hizo varios intentos de lanzarla hacia arriba, esforzándose por engancharla sobre algún saliente de la pared rocosa y poder ascender. Tras intentarlo repetidas veces, pudo engancharla al fin. Tiró en seco de ella para asegurarse de que había quedado bien anclada. Él fue el primero en subir y asegurarse de que había hacia dónde ir, y no solo una pared sin fin. Desapareció trepando por la cuerda, y unos pocos minutos después, esta se zarandeó y onduló como una serpiente. Jacinto la movía desde arriba, para avisarles de que había encontrado por dónde continuar su camino, y para informarles de que ya podían seguirlo.

Poco a poco, y uno a uno, comenzaron a trepar por ella. Resbalaron todos en la cuerda empapada repetidas veces, y Alan estuvo a punto de caer por un momento, al escurrirse de la cuerda unos tres metros hacia el vacío. Por suerte para él, consiguió agarrarse casi en el último momento, cuando ya casi no quedaba cuerda con la que poder salvar su vida.

Cuando llegaron al final de la cuerda, vieron sin necesidad de gran esfuerzo, una apertura a la izquierda que se adentraba como una madriguera en la pared rocosa. Era otra cueva.

Cuando todos llegaron arriba, Alan se dio cuenta de que le ardían las manos. Las miró, descubriendo que las tenía heridas a causa de la caída, se había quemado con la soga. Pidió ayuda a su hermano, que pronto rompió unas tiras de tela que cubrían el espejo junto con el cuero y los demás tejidos gruesos que lo protegían, y se las vendó.

– Por el amor de dios. Esto es un laberinto. – Suspiró Jacinto.

– Has navegado en laberintos peores que este.

– Cualquier océano es un laberinto cruel.

237

– Nada que ver con un desierto. – Corrigió Tristán. – Más posibilidades hay de sobrevivir en casi cualquier océano, antes que en un desierto.

– Supongo que sabéis de lo que habláis. – Añadió Jacinto.

Tristán no respondió. Se limitó a hacer un gesto para que guardaran silencio, mirando hacia el abismo que se extendía frente a ellos. Los demás hicieron lo mismo, mirando al interior ennegrecido de la cueva.

– Ya deberían estar listas unas antorchas de las que cargas. – Dijo Tristán a Alan.

Alan se acercó a él, y pronto tuvieron un par de antorchas rociadas de aceite de ballena. El pedernal desmontado de un arcabuz ayudó a que prendieran enseguida.

Una vez estuvieron prendidas, se adentraron en las entrañas oscuras de la nueva galería. Esta presentaba estalactitas que se fusionaban con las estalactitas, haciéndoles esquivarlas como si de un frondoso bosque de árboles de piedra se tratara.

Pronto oyeron el ruido de la lluvia sacudiendo la maleza.

Estaban cerca de una salida. Esta daba paso a un pequeño claro con un cenote oscuro y profundo en el centro; y a uno de sus lados, un pequeño refugio fabricado con finos troncos yacía casi al borde del abismo, cual viejo guardián ciego que vigilara las entrañas del inframundo, custodiando la entrada al nuestro de cualquier criatura abisal.

Derek sacó su péndulo, y lo dejó colgando en sus dedos. Pronto osciló ligeramente y se alzó hacia detrás del refugio, hacia un pequeño grupo de árboles. Tan pronto como lo guardó, indicó que le siguieran hacia donde había señalado.

Continuaron su camino hacia el grupo de árboles, observando con detenimiento el refugio a su paso; el cual aparentaba estar vacío, pero se apreciaba que no estaba abandonado. Alguien lo habitaba. Había restos recientes de actividad agrícola, y un pequeño corral en la parte de atrás con varios animales.

Comenzaron a ver varias trampas, esturreadas aquí y allá entre la arboleda, preparadas para atrapar a algún tipo de animal.

Tristán ordenó silencio y quietud. Hizo señales para que todos se agacharan. Señaló en una dirección a lo lejos, entre la maleza.

Una figura se acercaba lentamente, cargando un pequeño animal muerto sobre su espalda.

La silueta se detuvo de repente, aguardando inmóvil durante unos segundos.

Los había descubierto.

Al menos eso pensaron casi todos; al fin y al cabo, se suponía que su condición de bruja la hacía conocedora de las leyes ocultas que dominaban la naturaleza.

Entonces, de pronto, la mujer dejó caer el animal, y echó a correr en dirección contraria a ellos.

– ¡No! – Exclamó Tristán, resignado. – ¡Vamos! – Gritó a los demás, mientras empezaba a marchar detrás de la silueta oscura.

– Esto no está pagado. – Refunfuñó Jacinto.

Derek gritó algo en su idioma.

– ¡El espejo! ¡No abandonéis el espejo!

Alan, que era él que lo cargaba, hizo un gesto de resignación, al tiempo que soltaba un suspiro y empezaba a correr con él en las manos.

– ¡Correr es de Cobardes! – Ironizó Jacinto.

– Solo los árboles echan raíces cuando se quedan quietos. – Respondió Tristán.

La figura pronto desapareció entre las sombras de la caterva de árboles.

– Separémonos. – Ordenó Tristán. A la vez que se detenía y señalaba a cada uno de ellos para indicarles por dónde ir.

Su plan era cerrarle el cerco para acorralarla.

Empezaron a avanzar despacio; ojo avizor; escudriñando cada una de las frondosas sombras que los rodeaban.

Pronto Alan se percató de que algo no andaba bien. No sabía si eran las sombras lo que se movía, la maleza de los árboles, o una figura extraña, como una especie de alimaña escurridiza. Por un momento, menos de lo que duraba un instante, vio por el rabillo del ojo, lo que le pareció un ser grotesco; de finas y ahuecadas extremidades y largos dedos como ramas de un árbol seco y moribundo. Pasó tan deprisa, que lo rechazó de sus pensamientos enseguida. Lo achacó al cansancio, y a la extraña misión que les estaba llevando a cruzar por completo el mar de las Antillas.

Llegó a su mente la idea de que había viajado más en unos pocos días, que en toda su vida anclado en Jamaica.

El mundo se extendía tan inmenso, que no alcanzaba a imaginar tan siquiera; sabiendo que simplemente estaba conociendo el mar Caribe; y que eso solo era una pequeña muestra de la inmensidad de los océanos, continentes, mares, países y lugares aún desconocidos. Aún había zonas en blanco en los mapas rellenados por el hombre, y las cartas de navegación escritas por los más expertos y experimentados marineros aún tenían espacios sin relle-nar.

¿Cuántas vidas habrían sucumbido bajo la necesidad imperiosa del hombre, por completar ese conocimiento y control del mundo?

El simple hecho de ser consciente de que miles de millo-nes de hombres habían muerto de alguna manera antes que él, le creaba una sensación de vértigo en el pecho. Sin-tiéndose insignificante ante cualquiera que fuera el plan divino; si es que en realidad existía tal divinidad. Estaba claro que algo desconocido y superior había creado al hombre, pero ¿qué o quién había creado a ese creador? Nada podía surgir de la nada.

Especular sobre eso era tan loco como pensar en que hu-biera vida después de la muerte. Vida más allá del cielo, en las estrellas.

Recordó el ruido del mar dentro de su vieja caracola. Acercándose. Como un presagio gris y oscuro. Vatici-nando un cambio hostil en su manera de entender el mundo que conocía y le rodeaba.

El crujido de una rama seca bajo sus pies lo sacó de sus pensamientos, y lo trajo de vuelta al bosque oscuro en el que se ocultaba otra de las brujas que perseguían.

Siguieron avanzando en la oscuridad.

En una hora como máximo sería de día.

Alan oyó crujir la madera unos metros frente a él, se quedó inmóvil, atento y nervioso. Avanzó unos pasos ha-cia el origen del sonido y vio surgir la figura de la mujer desde detrás de un árbol grueso. A esta la cubría un ves-tido marrón oscuro un tanto viejo y desgastado.

241

Se empezó a mover rápida hacia Alan, con la aparente intención de atacarlo. De pronto, algo la golpeó en la parte derecha de la cabeza y calló desplomada al suelo.

– ¡Cazada! – Exclamó Jacinto desde las sombras. – Sigo manteniendo mis facultades.

Pronto aparecieron los demás.

– ¡Por el amor de Dios! ¡Tanto cargar con este trasto para nada! – Se quejó Alan, dejando caer el espejo.

– Si es que tengo una puntería que debería estar exhibiéndola en algún sitio.

– Sí. En un circo dentro de una jaula, y comiendo cacahuetes. – Añadió Alan, en voz baja.

– ¿Qué has dicho? – Quiso saber Jacinto.

– Nada. Que ahora la cargas tú con ella.

– Y tu madre también. – Añadió Jacinto entre dientes. Lo suficiente para que no lo escuchara.

– Bueno. – Interrumpió Tristán. – Amordazadla y atadla antes de que recobre la razón. – Dijo, mientras se acercaba al cuerpo tendido y se aseguraba de que seguía con vida. – Preparad una hoguera. Acamparemos unas horas aquí. Descansemos un poco. Volveremos después del alba. A ver si para entonces ha despertado y no tenemos que cargar con ella.

Siguieron las órdenes de Tristán, haciendo una sutil hoguera y acomodándose alrededor de ella.

Alan repartió los últimos trozos de pan seco y un poco de jamón. La mujer yacía amordazada de pies, boca y manos, y atada a un árbol desde un cabo de unos tres pies de longitud, como si de un perro se tratase. Temían que escapara en un descuido; o que pudiera conjurar con sus palabras o con el movimiento de sus manos algún hechizo contra ellos.

25 de junio

Alan despertó con gotas de lluvia fría golpeando su rostro.

La hoguera era ya un simple montón de ascuas humeantes.

Se giró para incorporarse, y vio a la mujer de pie frente a ellos, completamente inmóvil y cabizbaja. Seguía amordazada y atada al árbol. La escudriñó durante un momento, intentando adivinar sus intenciones.

Miró a todos y cada uno de sus compañeros, que extrañamente, aún seguían dormidos a pesar de la leve lluvia fresca que caía sobre ellos. Excepto él, todos los demás, incluyendo a su hermano, pasaban los cuarenta o estaban cerca de cumplirlos, y la edad no perdonaba, "pesan más los años que los daños", solía decir siempre su abuelo cuando se sentía cansado.

Alan alargó el brazo y zarandeó a su hermano, que dormía junto a él. Éste abrió los ojos, y giró la cabeza en busca del origen del zarandeo. Miró a Alan, el cual hizo un ademán para que mirara en dirección contraria. Tristán así lo hizo. Entonces, de pronto, se levantó de un saltó y agarró el sable, sin extraerlo de su vaina, y se quedó con la mirada endurecida y somnolienta mirando a la mujer. Sin parpadear.

– ¿Qué hacéis? – Peguntó Tristán.

La mujer alzó lentamente la cabeza, dejando ver sus ojos grises entre tiras de pelo castaño. Su apariencia no era hostil, y excepto por el aspecto desgastado de su ropa, lucía limpia y sana. Estaba claro que tenía facilidad en ese lugar para encontrar comida y agua.

Entendieron que no podía responder a la pregunta; seguía con la boca amordazada.

– ¡Todos arriba! ¡Ahora! – Gritó Tristán.

Se despertaron en el acto.

Tristán ordenó recoger el campamento para seguir recorriendo el camino de vuelta.

Derek se acercó a la mujer, escudriñándola como si de una extraña y desconocida especie de animal o bicho se tratara.

Poco tiempo después, ya había amanecido del todo.

Se adentraron en el laberinto de cuevas, sintiendo como si el día hubiera durado un simple y mísero instante.

Derek llevaba sujeta a la mujer desde el extremo del cabo, que durante la noche había mantenido atada al árbol. Jacinto y Tristán iban delante del grupo, alumbrando con las antorchas; y Alan al final, cargando con algunos bultos y el espejo.

Tras desandar el camino, descolgándose por la cuerda que habían tenido que trepar durante la noche para subir hasta esa galería, descansaron un rato. Ya no tenían tanta prisa en volver, el peligro ya no era el mismo, al menos eso querían creer. Alan estaba en ese momento muy cansado. Le había tocado la tarea de descolgar a pulso a la mujer amordazada. Era una joven mujer pequeña de estatura y delgada, pero extrañamente, pesaba más de lo que aparentaba; y seguía teniendo las manos quemadas a causa de su caída escalando por la pared.

Se sentaron entre el bosque de columnas petrificadas de estalactitas. Derek ató a la mujer en una de ellas. Pidió con gestos el espejo a Alan y pronunció unas palabras en inglés.

– Dice que nos mantengamos detrás del espejo y que por nada del mundo, nos adelantemos y miremos el reflejo de la mujer. – Tradujo.

Acto seguido, Derek bajó el pañuelo que amordazaba la boca de la mujer y colocándose detrás del espejo, frente a ella, lo destapó. La mujer quedó paralizada tras emitir un leve gemido.

Todos la contemplaban ahora tan petrificados como las columnas de estalactitas.

¿Qué extraño influjo de poder ejercía el espejo sobre ella?

– ¿Cuál es vuestro nombre? – Preguntó Derek.

La mujer levantó la mirada hacia él, con un gesto entre rabioso y resignado.

– Celene Antzas. – Respondió con una voz aflautada.

– ¿De dónde sois?

– De muy lejos. – Respondió ella, tras escudriñar su rostro durante unos segundos de silencio. Le costaba mucho gesticular palabra.

– ¿De dónde?

– No lo conocéis. Es un lugar muy remoto. *Σε όλη την άβυσσο.* – Añadió en un idioma desconocido para todos y cada uno de ellos. – Al cruzar la brecha. *Πέρα από την άβυσσο.* Más allá del abismo.

– ¿Cruzando el océano?

– Lo que separa los mundos. *Τι χωρίζει τους κόσμους.*

– Supongo que sí, que habláis de algún océano.

– Llamadlo como queráis.

Mientras escuchaban el interrogatorio, todos los demás aprovecharon para descansar y comer cualquier cosa que Alan les ofrecía desde lo que quedaba en el fondo de su bolsa.

– ¿Cuál es ese idioma en el que habláis?

– Sí. Eso. ¿Cuál es ese idioma en el que conjura? – Interrumpió Jacinto, claramente nervioso, y con el temor de que la mujer pudiera con sus palabras ejercer sobre ellos algún tipo de maldición.

– Griego. – Respondió ella tras unos segundos. – Me hacéis demasiadas preguntas. ¿Por qué debería contestarlas?

– Os conviene hacerlo.

– No veo en qué puede beneficiarme. Sabíais cómo y dónde encontrarme, y os habéis tomado demasiadas molestias en ello. Debo ser valiosa para alguien, no creo que me hagáis daño.

– Supongo que sabréis la diferencia entre la comodidad de andar descalzo y calzado. Caminar con una piedra en el zapato no es del gusto y devoción de nadie en su sano juicio.

– Habláis de la comodidad del viaje, supongo.

– Veo que sois joven pero no estúpida.

– No os dejéis llevar por las apariencias. Hay cosas que el ojo no ve.

– Procurad no quedaros ciega entonces.

– Ya es suficiente. – Interrumpió Tristán. – Será mejor prestarle algo que llevarse a la boca y saciar su hambre, no nos interesa que desfallezca antes de llegar al Centella, y que en consecuencia tengamos que cargar con ella.

Derek guardó silencio y se apartó, sin mostrar ningún tipo de emoción ante las palabras de Tristán. Pasó junto a Alan, le pidió algo de comida, y se acomodó, apoyándose en una de las columnas.

Después de darle algo de comer, volvieron a taparle la boca y descansaron.

Pasado un buen rato, continuaron su regreso.

A lo lejos, consiguieron ver algo de luz, y una ligera brisa fresca les comenzó a acariciar, aliviando el calor húmedo que les invadía el cuerpo.

– Creo que me estoy mareando. – Dijo Alan, poco después.

– Yo también. – Añadió Jacinto.

– ¿Gases?

– No… esto es otra cosa. – Respondió Tristán. Mientras miraba las paredes y el techo de la galería.

– ¡Es un temblor!

– ¡Deprisa! ¡Salgamos de aquí! – Apremio Tristán.

– No me lo puedo creer. – Dijo Alan. – ¡Otro terremoto!

– ¡Esto no es un terremoto! – Gritó Tristán, mientras corrían hacia la salida. – ¡Es otra cosa… una erupción! ¡Esta montaña es un volcán!

Con esas palabras, montones de estalactitas empezaron a desplomarse alrededor de ellos. Como gigantescas lanzas de piedra, o gigantescos colmillos de una fiera inmensa y encolerizada.

Corrían esquivando grietas y estalactitas que iban abriéndose y cayendo a su paso.

Derek gritó algo y Alan miró hacia atrás.

Un río de fuego se abalanzaba hacia ellos. Como una marea roja subiendo por el influjo de una luna enfurecida.

– ¿Era un río subterráneo verdad, Tristán? – Echó en cara Jacinto.

– Eso dije, sí, un río de lava.

– Claro, por eso quemaba tanto la pared. – Añadió Alan.

– Es de sentido común. – concluyó Tristán, mientras llegaban a la salida y cruzaban el umbral, justo en el momento en el que la cueva se derrumbaba tras ellos.

La bestia había cerrado sus fauces, dejando su lengua de fuego atrapada dentro, dispuesta a lamer con saliva de fuego todo cuanto encontrara a su paso.

– ¡Vámonos de aquí! – Gritó Alan, mientras miraba hacia el cielo y observaba una inmensa nube negra, que comenzaba a oscurecer el día; extendiéndose como la gangrena.

Avanzaron entre la frondosidad de lo salvaje.

La tierra no temblaba bajo sus pies, pero eso los hacía sentir más incómodos que si lo hiciera. Ninguno de ellos había estado antes en una situación similar, no sabían cómo reaccionaría el volcán en cualquier momento. Podrían morir en esa isla, sepultados por la ceniza.

– Que Dios nos asista. – Comentó Jacinto, mientras miraba el cielo cada vez más ennegrecido.

Derek llevaba a la mujer sujeta del extremo del cabo, así se aseguraba de que les siguiera el ritmo, y de que no tuviera la más mínima oportunidad de escapar y desaparecer en la selva. Si eso pasara, deberían comenzar a buscarla otra vez, y eso no les convenía estando el volcán activo. Les había resultado bastante fácil encontrar a las dos mujeres, y no era cuestión de perder tiempo en despistes que pudieran echarlo todo a perder.

Pronto pareció como si hubiera atardecido de repente y fuera a caer la noche. Todo en cuestión de minutos.

Después de unas horas de camino, notaron que una fina capa de polvo gris cubría todo a su alrededor.

– ¿Cuesta trabajo respirar, o es cosa mía? – Preguntó Jacinto, mientras tosía repetidas veces.

– Es la ceniza que cae de esa nube oscura. – Respondió Tristán.

– Desde que encontramos a estas mujeres, no dejan de pasarnos cosas extrañas. – Murmuró Alan.

– Sí. Es una serie de extrañas coincidencias.

Esas palabras hicieron a Alan pensar de nuevo en la vieja caracola de mar que había dejado en casa, y en el ruido que se acercaba dentro de ella, reptando… Quería pensar que tan solo era el ruido del mar pero, todo cuanto vino después le hizo temer que se trataba de algo peor, mucho peor.

– Es muy raro. – Dijo Alan.

– Tú no hables demasiado, que estamos por llamarte Barlovento de aquí en adelante. – Respondió Jacinto.

– ¿Y eso por qué?

– Porque el viento sopla a tu favor. Saliste con vida de un terremoto y conseguiste sobrevivir cuando caíste a mar abierto. Tuviste la buena fortuna de ser recogido antes de ahogarte, o de quedar abandonado en plena mar gruesa y ser pasto de las bestias marinas.

– En realidad, me empujaron al agua.

– El resultado vino a ser el mismo. – Dijo, mientras miraba al frente y aceleraba el paso, intentando claramente evitar ese tema de conversación. Alan sabía perfectamente el motivo por el que quería evitarlo. Cada vez tenía más claro quién podía ser el responsable. El hecho de que lo empujaran al mar aquella noche, y el envenenamiento del agua de los barriles por aquellas hojas de color violeta, aún era un tema pendiente para él y su hermano.

Habían muerto personas por una causa deliberada, y debía encontrarse al culpable, o a los culpables, y ser castigados por ello. Como también debía ser juzgada esa mujer por las muertes de Roberto y David.

Pasadas unas horas, por fin llegaron al pueblo costero desde el que habían llegado.

– No hay moros en la costa. – Dijo Jacinto, tras observar que no había nada raro de lo que preocuparse.

– La nube nos persigue. – Dijo Tristán. – Debemos apresurarnos. Tendremos un gran problema si entra en erupción del todo mientras aún estamos aquí.

– Pensaba que ya había entrado en erupción. – Dijo Jacinto.

– No. Esto es solo un bostezo. Como despierte del todo, estaremos en un gran problema. Así que cuanto antes nos vayamos de aquí, mejor.

Se adentraron por las pequeñas callejuelas, reconociendo la granja en la que habían pasado la noche.

– He encontrado un espejo. – Dijo Tristán, mientras lo agarraba y se disponía a seguir la marcha con él entre sus manos.

Llegaron al pantalán, y vieron con estrepitoso asombro como una nube de humo surgía del The Reaper, y este parecía lentamente hundirse en las profundidades del mar.

Derek se quedó paralizado, viendo como su barco era pasto de las llamas. No expresó palabra alguna y siguió andando, tirando de la cuerda que sujetaba a la joven mujer.

Subieron al bote, acomodando a la mujer en el centro para tenerla vigilada por completo.

El oleaje era suave, y la brisa era fresca como las salpicaduras del agua que chocaba en la madera del bote, refrescando cada uno de sus rostros.

Todos miraban como ardía el The Reaper, cuestionándose en silencio, ¿qué habría ocasionado tan extraño destino en él?

Un buen rato después, se oyeron voces desde El Centella, dándoles la bienvenida, lo cual alivió claramente un poco la tensión que les amordazaba el cuerpo.

Tan pronto como subieron todos al barco, Derek y Tristán intercambiaron algunas palabras, y dieron órdenes a un par de marineros para que llevaran a la mujer junto a la otra. Entonces se acercaron al capitán, y los tres entraron en su camarote.

Alan estaba inquieto y sin saber qué había pasado en el The Reaper, pero le preocupaba más en ese momento qué tareas desempeñar a bordo de ese navío para salir de allí antes de ser alcanzados por el fuego.

Miró por dónde habían bajado los dos hombres a la mujer, y fue en su busca.

Una vez abajo, cruzó varios compartimentos y oyó risas y voces.

Los dos hombres estaban rasgando la ropa a la mujer, al tiempo que la ataban dentro de una gran celda, tocaban sus partes íntimas y seguían mofándose.

Justo al lado, había otra celda tapada con grandes telas, en la que Alan supuso que estaría la otra mujer.

– ¡Ya basta!

Los dos marineros se volvieron hacia él. Las risas habían cesado de pronto.

– ¿Os habéis perdido, mocoso? – Dijo uno de ellos con desprecio, con claro acento andaluz. – ¿Por qué os hicisteis a la mar si habíais perdido el norte?

– Quizá los que estén a punto de perderse seáis vosotros. – Respondió Alan.

– Si os chiváis os rajo.

– ¡Fuera de aquí! ¡Los dos! ¡Ya arreglaremos cuentas!

– No lo dudéis. – Susurró el marinero, mientras pasaban junto a él y salían de allí.

– ¿Estás bien? – Preguntó Alan a la mujer.

Ella lo miró y asintió. Se acercó a ella hasta el interior de la celda, e hizo un nudo rápido en su ropa para cubrir el pecho que había quedado visible.

Entonces cayó en la cuenta.

¿Cómo estaría Isabel? O como quiera que se llamara en realidad.

Con movimientos rápidos, salió y tiró al suelo los trapos que cubrían la otra celda.

La mujer estaba encogida, encadenada y desnuda, y varios moretones y arañazos delataban un claro maltrato hacia ella.

Buscó por las paredes el lugar en el que estuvieran colgadas las llaves de la celda. Las encontró junto a la puerta.

Con pasos ligeros las agarró, abrió la celda y entró.

Se acercó a ella y le tocó uno de los hombros desnudos. La ropa estaba sucia y rasgada.

– ¿Estás bien?

Ella levantó la cabeza y lo miró a los ojos. Su mirada era de cansancio y resignación.

– Hola Alan. Sí, estoy bien, todo lo bien que podría estar en estas condiciones.

– ¿Qué te han hecho?

– Pues ya lo ves. Un puñado de carantoñas… – Respondió, refiriéndose a los cardenales ocasionados por los marineros. – Pero solo esto, lo que ves, no han podido hacer nada más, no les he dejado, y así han reaccionado.

– Voy a traeros algo de comer… y agua y jabón.

Salió y buscó en la despensa.

Al encontrarla, un hombre gordo y de mediana edad, preparaba el zafarrancho de comida. Éste se alteró al ver a Alan abrir el armario y varios sacos, cogiendo comida, pero lo ignoró y salió tan pronto como hubo conseguido lo que buscaba.

Entró en el compartimento de las celdas, dejó los víveres a un lado y volvió a salir.

Subió a cubierta. Buscó un caldero, lo llenó con agua de uno de los dos barriles que estaban preparados para los marineros; buscó una esponja y un taco de jabón, y volvió con las dos mujeres.

Echó el cerrojo al entrar, y se dispuso a lavar a Celene, al terminar de lavarla, le ofreció comida y agua, la cual aceptó con agradecimiento, y mientras comía; lavó a Anaïs. Después ofreció comida a las dos otra vez. Entonces se sentó frente a las celdas, y se sintió exhausto de repente. Se levantó, agarró la esponja, y dando la espalda a las mujeres, también se lavó con el resto del agua del caldero las manchas de ceniza que le cubrían el cuerpo. Volvió a sentarse tras terminar, y empezó a comer de lo mismo que había traído para ellas.

Ellas comían en silencio. Mirándolo.

Alan se propuso hacerles un montón de preguntas, de toda índole, pero unos golpes en la puerta lo sacaron de su letargo enmarañado de pensamientos. Solo en ese momento, se fijó en que las tablas con los supuestos hechizos de contención y todos los demás grabados seguían allí. Las habían traído desde el The Reaper.

Se levantó y abrió la puerta, encontrándose con Derek, Tristán, el capitán y un par de marineros más.

Todos entraron y guardaron silencio, observando la escena.

– ¿Qué ocurre aquí? – Quiso saber el capitán.

– Lo que ocurre es que a esta mujer la han estado golpeando e intentando a la fuerza aprovecharse de su cuerpo, y no veo que importe a bordo de este barco, los culpables siguen libres y sin castigo.

– Os equivocáis, joven Alan. – Respondió el capitán. – Los responsables han sido azotados y suspendidos una semana de salario. En este barco no se toleran ese tipo de actividades. Hasta que no sean juzgadas, esas mujeres también merecen la presunción de inocencia. No se tolera la barbarie bajo mi mando.

– Bueno. Me tranquiliza oír esas palabras. – Respondió Alan. – Pero he encontrado a los dos hombres que han bajado a esta otra mujer intentando hacer lo mismo.

– Pues correrán la misma suerte que los otros. Sé quiénes son. En cualquier caso, como os veo muy capaz en tal cometido, si a vuestro hermano y al señor Addams no les importa, os encomiendo la labor del cuidado y protección de estas mujeres en el resto del viaje.

Tristán habló en inglés con Derek, y éste pensó en silencio durante unos segundos; entonces asintió.

– De acuerdo pues. Que así sea.

– Cualquier cosa que les acontezca a partir de ahora, será bajo vuestra responsabilidad. – Reprendió el capitán.

Alan asintió al oír sus palabras.

Entonces, tras un último vistazo a las mujeres encarceladas, abandonaron el habitáculo.

Derek marcaba un rostro serio y de decepción, no muy diferente al que solía lucir. Seguramente estaba afectado por la pérdida irreparable del The Reaper. Cualesquiera que fueran sus planes, habían sido truncados de una manera drástica, muy a su pesar.

– Las dos mujeres terminaron de comer.

– ¿Os encontráis mejor ahora?

– Sí, gracias Alan.

– Gracias. – Agradeció la otra mujer.

– No se merecen. Es lo menos que podía hacer. No me gusta juzgar a nadie, así que, para mí hasta el momento, y hasta que no se demuestre lo contrario, solo veo dos personas encarceladas.

– Es muy noble vuestra forma de pensar, Alan.

– Cada vez es más difícil encontrar nobleza en este mundo.

– Siempre ha sido difícil encontrarla. La honestidad es un bien más preciado que cualquier piedra preciosa.

– Tenéis toda la razón, pero aún hay muchas personas buenas.

– Sí, pero es como buscar una aguja en un pajar.

– Supongo que ya os conocéis, ¿verdad?

– Sí, Alan, hace muchísimo tiempo que nos conocemos.

– Has nacido en un mundo en el que ser buena persona es una desventaja.

– Habéis nacido en el mismo mundo.

Ellas guardaron silencio y se miraron.

– En cualquier caso, vivimos en él.

– Estas últimas palabras desconcertaron un poco a Alan, pero pensó que quizá se referían tan solo al nuevo mundo, a las Américas, y que esa era su forma de referirse al nuevo continente, aunque para él no fuera tan nuevo.

Una serie de sacudidas movieron el barco, y Alan supo al instante que El Centella se empezaba a desplazar con la ayuda del viento.

Decidió subir a cubierta, asegurándose bien de llevar encima las llaves de las celdas, por lo que pudiera pasar en su ausencia. No quería más sorpresas desagradables por parte de los marineros.

El viento fresco le golpeó con rabia.

Varios marineros miraban hacia atrás.

Alan los imitó, descubriendo la inmensa nube negra que se extendía desde el interior de la montaña, oscureciendo el cielo.

Nunca había visto nada igual.

Los restos humeantes del The Reaper se quedaban lentamente atrás, como un amante marchito de la isla.

– Parece ser que al final, aunque explote, ya no nos alcanzará el fuego del infierno. – Dijo un viejo que pasaba a su lado, recogiendo un aparejo.

Alan lo miró, y después se percató de la intensa actividad que rondaba sobre jarcias, aparejos y cubierta. Los marineros se movían como hormigas sobre un hormiguero en plena época estival, totalmente organizados.

Pronto la maestría de los hombres, y la destreza del capitán, habían alejado varias millas al Centella de San Cristóbal. Nieves, la otra isla junto a San Cristóbal, se dejó entrever durante un rato hasta que se alejaron.

El mar se estaba embraveciendo, cual animal infecto de rabia.

Una tormenta se atisbaba en el este.

Tristán y Derek salieron del camarote del capitán.

– ¿Qué es lo que le pasó al The Reaper?

– Qué ardió.

– Sí, pero ¿con ayuda de quién?

– La Santabárbara explotó. Un barril de pólvora cayó, derramándose junto a una lámpara de aceite. Tres marineros han muerto.

– Cada vez somos menos.

– Eso parece. Hay que hacer recuento, detallar prioridades, y estudiar en quién podemos confiar. Derek está muy descontento. Me espero alguna jugarreta por su parte para conseguir su objetivo. Hay que vigilarlo con más ímpetu que antes. El destino aún no ha mostrado sus cartas.

– A mí no me gusta jugar, ni siquiera sé hacerlo.

– Pues tendrás que aprender, estás dentro del juego.

– ¿Demasiado casual lo del The Reaper? ¿No crees?

– Todo es casual.

– Supongo que sí. ¿Y cuál es nuestro rumbo ahora?

– Ahora, querido hermano, nos espera un largo viaje, y muy complicado.

– ¿Por qué lo dices?

– Por los vientos elíseos. Navegar hacia las islas Bahamas será un arduo trabajo. Debemos jugar con el viento transversal.

– Una pregunta estúpida. ¿Dónde están esas islas Bahamas?

– Debemos volver atrás, más allá desde donde hemos venido. Al sureste de La Florida.

– ¿No te inquieta pensar cómo habrán llegado estas mujeres hasta esos lugares tan remotos?

– Claro, pero en estos días hay mucho movimiento comercial en cualquier parte del mundo conocido. Pero no olvides que son supuestamente brujas.

– Por supuesto.

– Me inquietan más la serie de acontecimientos y seres extraños que se están cruzando en nuestro camino. Nunca había visto nada igual a esas bestias que nos asaltaron en esa isla. En fin, ahora debemos preocuparnos por el viaje, el capitán ha tomado la decisión de navegar fuera del mar Caribe. Iremos por el Atlántico, lo cual es mucho más peligroso. ¿Te arrepientes de haberte embarcado en este viaje?

– Para nada, no lo dudes.

– Esperemos que pienses igual si nuestra suerte cambia.

– Llegado ese momento, nos las arreglaremos. Estoy seguro de ello.

– Por supuesto. – Finalizó Tristán, mientras sonreía, tocaba en el hombro a su hermano, y se marchaba hacia el otro extremo de cubierta.

Alan no sabía bien qué hacer. Al menos ya no hacía guardias ni comida para nadie; así que decidió bajar para llevar a cabo su cometido; atender y vigilar la seguridad de las dos mujeres.

Entró al compartimento en el que ellas estaban. Vio que todo estaba bien. Cerró la puerta tras él, y se sentó sobre el suelo de madera, apoyado en la puerta; y sin darse cuenta, cayó rendido de cansancio, durmiéndose profundamente.

César Rai

26 de junio

Alan se despertó con el zarandeo y el ruido.

Al principio pensó que se trataba de la fuerza del mar golpeando la embarcación.

Pero no era así.

Intentaban abrir la puerta.

Todo estaba oscuro.

Había perdido la noción del tiempo.

¿Cuántas horas llevaría durmiendo?

Se incorporó; abriéndola.

La luz de una lámpara de aceite lo deslumbró.

– ¿Qué pasa? – Quiso saber; mientras intentaba no mirar el resplandor, y apartaba la vista de la fuente de luz.

– Ven conmigo. – Respondió la voz de un marinero; que sujetaba la lámpara a la altura de los ojos de Alan, era bastante más alto que él.

– ¿Ha pasado algo?

Se abrió paso y entró. Se acercó a las celdas; miró a las dos mujeres. Las observó soñolientas y entre abriendo los ojos, encandiladas por la luz de la lámpara.

– Sígueme, ahora lo verás.

– ¿Aún es de noche? – Preguntó Alan, mientras se desperezaba y lo seguía. Éste asintió.

– Tu hermano, el capitán y el señor Addams nos esperan.

En vez de subir a cubierta como esperaba, Alan lo siguió hasta el compartimento en el que estaban afinados los animales.

Alan se sorprendió al ver allí a tres marineros más junto a los ya nombrados, esperándolo.

– ¿Qué hacéis aquí? ¿Qué ha pasado? – Preguntó Alan.

– Miradlo con vuestros propios ojos. – Respondió el capitán.

Alan miró hacia dónde señalaba y alumbraba con la lámpara, y se quedó paralizado al ver la carnicería.

Todos los animales estaban descuartizados.

– ¿Pero qué demonios ha pasado? ¿Quién ha sido?

– ¿Las mujeres están encerradas? – Preguntó el capitán.

– Sí señor, tal como se me encomendó, así…

– Bien pues. ¿Quién o qué? Aún no lo sabemos. – Interrumpió el capitán. – Debemos estudiar si los han despedazado con algún arma afilada, o si es el resultado de la mandíbula de alguna alimaña. La verdad es que esperaba que nos ayudarais. Pensé que quizá, habríais escuchado ruidos o golpes durante la noche.

– Lo siento señor, me quedé dormido. – Respondió Alan, avergonzado.

– Supongo que llegasteis muy cansado de San Cristóbal.

– Al menos aprovecharemos la carne que podamos, podemos secarla al sol, salarla, ahumarla o meterla en aceite. – Dijo uno de los tres hombres que estaban allí. Todo indicaba que se trataba del cocinero.

– Podría ser peligroso. – Respondió el capitán. Lo último que necesitamos a bordo después de esto, es que todos caigamos enfermos.

– ¿Por qué íbamos a enfermar? – Preguntó otro marinero.

– No sabemos si está envenenada, o que pueda transmitir alguna enfermedad.

– Eso se cocina bien y no hay problema.

– Es arriesgarse demasiado.

– Recoged toda esta carnicería y subidla a cubierta, entradla en mi camarote, y que don Fernando la investigue. Después veremos qué hacer con ella. Ah, y no manchéis nada de sangre. Tendremos hedor a podredumbre en poco más de un día. Toda la sangre se ha filtrado entre los tablones y ha caído abajo. Pero ya nos encargaremos de ese problema en otro momento, aunque es algo muy importante, podría transmitir también enfermedades a bordo, y alimentar a las ratas que puedan anidar por ahí; y eso no nos interesa para nada. – Concluyó el capitán.

Más tarde, Alan descubrió que don Fernando era en realidad el médico del barco. Todos parecían guardarle respeto en mayor o menor medida, ya que sabían que en algún momento sus vidas podían depender de él; aunque algunos cuchicheaban a sus espaldas el mote de *matasanos*. Al parecer, era demasiado aficionado al vino tinto. Se decía incluso, que no le gustaban las mujeres, que vivía sin sexo, como los ángeles. Pero no eran conscientes de que ellos vivían de igual modo durante largos periodos de tiempo, confinados dentro de una casa flotante en medio del océano.

Poco a poco, iba conociendo a esa extraña tribu que habitaba El Centella y otros cientos de navíos, a la que medio mundo solía dirigirse a ella como lobos de mar.

El Centella parecía avanzar cruzando el océano sin problemas.

Atrás había quedado la amenaza del volcán de San Cristóbal; pero el océano era un ser viviente, capaz de lanzarle un mordisco en cualquier momento si se descuidaba.

Tras unas horas atendiendo su obligación hacia las dos mujeres encarceladas, decidió subir a cubierta y tomar el aire fresco. Entonces Tristán lo abordó.

– ¿Cómo está la situación ahí abajo? – Le preguntó.

– De momento bastante bien.

– No te encariñes con ellas, ya sabes cuál será su final.

– Sí, lo sé, en eso estoy. – Dijo Alan, bajando la mirada. – Es una pena, ¿no crees?

– Depende de cómo te lo tomes. Hace tiempo que aprendí a deshacerme de las cosas. Se vive mejor, con menos fantasmas merodeando en tu cabeza cuando estás lejos. El pensamiento de los seres queridos que se abandonan se convierte en una carga muy pesada. Mejor viajar ligero de equipaje.

– Pero nunca tienes a nadie que te espere en algo a lo que llamar hogar, supongo.

– Todo tiene sus inconvenientes, Alan. Podrías ser el hombre más rico del mundo y nunca encontrar la felicidad. Todo depende de tu forma de sentir y de ver el mundo que te rodea.

– Yo pienso que no hay aventura, trabajo o viaje que merezca la pena, si no hay alguien o algo especial esperando tu regreso.

– Bueno, supongo que yo aún no he encontrado ese algo o alguien que espere mi regreso con impaciencia, al menos en el buen sentido de la palabra.

Alan entendió con sus palabras, que tenía enemigos en algún puerto esperando una posible revancha o venganza… o quizá justicia. Después de tantos años sin dar señales de vida, no sabía en qué clase de problemas o negocios maltrechos se habría metido. Ya no lo conocía como antes. Ahora era solo la sombra desdibujada de la persona con la que había crecido, a pesar de que siguiera siendo su hermano, había cambiado; como también había cambiado él.

Entonces, una isla asomó a lo lejos, como un espectro enfermizo.

– ¿Qué isla será?

– Aquí hay demasiadas como para saberlo con seguridad, pero según la derrota que seguimos, podría tratarse de Puerto rico. Pero sabes qué, vayamos a consultarlo.

Se dirigieron al camarote del capitán. Llamaron y entraron, tras esperar unos segundos de cortesía.

Una vez dentro, vieron al capitán, al médico y a dos hombres más, los cuales recogían en cajas los restos de los animales que habían estado estudiando.

– ¿Alguna novedad, don Francisco? – Preguntó Tristán al capitán.

– Pues sí, parece ser que tenemos a bordo alguien con grandes aptitudes para la carnicería.

– ¿Y qué tiene pensado hacer al respecto? – Preguntó el médico.

– Mañana por la mañana, cuando nadie lo espere, reuniremos a toda la tripulación, y veremos qué armas esconde cada uno entre sus pertenencias. Al parecer, lo han hecho con un cuchillo de hoja gruesa, corta y con poco filo; pero no será difícil dar con el responsable, la hoja del puñal está mellada, se nota la marca en cada puñalada y corte asestado en la carne. Es una suerte no haber llevado caballos a bordo, hubiera sido una auténtica pena. Intentaremos aprovechar toda esta carne de alguna manera; estaremos comiendo de ella unos cuantos días, al menos lo intentaremos. A ver si podemos pasar sin parar para reponer provisiones en ninguna isla. Muy a pesar del señor Addams, fue una suerte reunir los víveres del The Reaper. Mientras tanto, actuaremos con total normalidad ante los demás.

Tristán salió del camarote. Alan lo siguió.

– Al parecer, cree que alguien tiene la intención de que nos veamos forzados a tomar tierra. – Dijo Tristán.

– ¿Quién podría querer tal propósito?

– La única persona que se me ocurre es Derek. Para buscar barco y nueva tripulación, esa era su intención desde el principio, y ahora que ha perdido el The Reaper, más aún.

Alan volvió a sus obligaciones, intentando seguir el consejo de su hermano, el de no entablar lazos emocionales con las dos mujeres. Aunque no podía evitar pensar por momentos en ella, en el beso que intercambiaron unos días antes, y en su cuerpo desnudo. Por ese mismo motivo pensó que era mejor resistirse a sus encantos, al fin y al cabo, todo indicaba que eran brujas, y caer bajo su hechizo era algo muy peligroso. No sabía diferenciar entre lujuria, pasión y amor. Su experiencia con las mujeres aún era escasa. A pesar de que en Port royal había mucha facilidad para estar con cuantas mujeres hubiera deseado, siempre negociando el precio adecuado. Fuera cual fuere su suerte, nunca había frecuentado burdeles, y mucho menos para tales oficios.

Entre quehaceres triviales pasó el resto del día; y pronto llegó una nueva noche, aunque ninguna noche fuera nueva, como tampoco lo era el mundo al que dejaba a oscuras cada anochecer.

27 de junio

Esa mañana tocaron zafarrancho para reunir por sorpresa a toda la tripulación, como si de un combate inesperado se tratase.

El viento soplaba fuerte desde el este, hinchando las velas a todo trapo.

Una tormenta se acercaba desde la misma dirección. El cúmulo de nubarrones negros se iluminaba desde sus entrañas con continuos relámpagos escalofriantes, llegando cada uno de sus estruendos a los pocos segundos hasta sus oídos. En poco más de media hora se les echaría encima.

Mientras todos vaciaban sus bolsillos y cinturones, y eran registrados por los hombres de confianza del capitán, otros fueron enviados a registrar cada una de sus pertenencias; después, estos también fueron registrados por otros. Un par de ellos se quejaron de la situación, y en consecuencia; el capitán, Derek, Alan y el médico, también fueron sometidos al mismo ritual.

Pronto la lluvia hizo acto de presencia, golpeando con intensidad cada rincón de cubierta. El fuerte viento lanzaba las gotas de lluvia como proyectiles. Parecía un castigo divino.

– Veo que el responsable ha tomado medidas para deshacerse del arma. En realidad, tiene mucha suerte de que se acerque esta tormenta tan inoportuna. Muy bien entonces. ¡Quiero a cada hombre en su puesto! Ya seguiremos con este asunto después.

Todos los hombres se desparramaron por cubierta como balines de trabuco. El capitán, Derek y Tristán, entraron deprisa en el camarote de capitanía.

Alan se encontró solo bajo la lluvia y el viento, por lo que se vio forzado a bajar y seguir vigilando a las dos mujeres; pero esta vez lo haría desde fuera del compartimento, y con la puerta abierta. Intentaría por todos los medios no entablar la más mínima conversación con ellas, tal y como estaba intentando hacer desde el día anterior.

Las olas cada vez eran más altas y agresivas.

El barco tenía convulsiones a lomos de un caballo colosal, al que intentaba domar con enfermizo frenesí. Era una causa perdida. El mar, o la mar, según se refirieran a él o ella, era imposible de domesticar por el ser humano. Solo el frío intenso tenía la potestad de apaciguar a tan aciago elemento. Congelándolo. Convirtiéndolo en un desierto de hielo.

Poco a poco, el temporal fue empeorando, zarandeando el barco, como un títere en las manos de un borracho desquiciado.

Alan bajaba, cuando uno de los vaivenes le hizo salir disparado por los aires cual bola de cañón, estrellándose de cabeza en la puerta del camarote donde estaban encerradas las dos mujeres.

***

Despertó en medio de una ventisca.

¿Dónde estaba?

¿Cómo había llegado hasta allí?

¿Qué había sido de todos los demás?

Se incorporó, y comenzó a avanzar entre la blancura cegadora de esquirlas de agua congelada, lanzadas por el viento hacia él.

El hielo crujía bajo sus pies.

Por algún extraño motivo, no sentía frío alguno.

Pronto escuchó una extraña letanía. Susurros dibujados en la tormenta de hielo y nieve.

¿Serían esas voces las que escucharía Ulises cuando las sirenas lo atraían hacia la muerte?

Entonces oyó un ruido que se acercaba.

Pronto el sonido se transformó en una nube negra e informe que reptaba en el hielo hacia él, buscándolo entre el infierno blanco.

Otro ruido se oyó a su izquierda. Pronto tomó forma. Era un oso blanco. Sus pisadas apenas se escuchaban con el ruido del viento.

La Sombra informe se detuvo entre sonidos que chirriaban como el metal. Se quedó expectante durante unos segundos, como un animal acechante, buscando a su presa. Empezó a moverse sobre el hielo en busca del oso, haciendo saltar agujas de hielo a su paso. Cuando llegó al animal, solo con alcanzarlo, este se deshizo en una nube de polvo negro que pronto se desvaneció. La nube negra se movió hacia Alan y comenzó a avanzar. Cayó de espaldas sobre el hielo, mientras esa cosa se acercaba hacia él, con sus ruidos metálicos y chirriantes. Tuvo la sensación de que había crecido de tamaño después de matar al oso, o como quiera que se llamara lo que había hecho con él. Cuando la forma informe alcanzó a tocarlo, Alan sintió una fuerte sacudida, con una quemazón interna e intensa.

**Islas turcas
Mar de las Antillas**

César Rai

30 de junio

Despertó de nuevo, pero en una de las hamacas del Centella.

No sabía qué estaba pasando, se sentía desorientado.

Se levantó y dirigió hacia cubierta.

Todos los hombres se movían rápido, preparándose para tomar un par de barcas. Se dio cuenta entonces de que la tormenta había pasado. Miró al cielo, comprobando que el sol estaba justo encima de él. Era medio día.

– Alan. ¿Cómo te encuentras?

– ¿Qué ha pasado?

– Qué te golpeaste en la cabeza, eso es lo que ha pasado. Dormías desde hace dos días. Vamos a tomar tierra, la tormenta nos arrastró hasta aquí sin que pudiéramos evitarlo, haciéndonos encallar en un banco de arena. Por suerte, no son arrecifes coralinos.

– ¿Dónde estamos?

– En las islas turcas, según los cálculos del capitán.

– ¿Y qué tenéis pensado hacer en tierra?

275

– Vamos a construir una serie de balsas con velamen, para intentar remolcar al Centella fuera del banco de arena.

– ¿Y eso funcionará?

– No lo sé, pero ¿qué otra cosa podemos hacer para sacarlo de aquí? Por cierto, perdimos a dos hombres durante la tormenta.

– ¿A quiénes?

– A José Manuel Campeche y Antonio Sáez.

– Creo que no hablé con ellos en ninguna ocasión.

– En cualquier caso, no podemos permitirnos perder a ninguno más. Cada alma cuenta para manejar este navío. Me alegra que estés bien. Pensé que te despertarías peor. Un golpe en la cabeza puede volverte loco o dejarte siempre dormido. Muerto en vida.

– ¿Puedo ir a tierra también?

– Deberías descansar.

– Me vendría bien pisar tierra firme para sanar. – Tristán lo miró, y se le escapó una sonrisa al oír la excusa que había inventado para intentar convencerlo.

– ¿Quién hará tu trabajo entonces?

– ¿Quién lo ha hecho mientras he estado dormido?

– Pues… no recuerdo cómo se llama en este momento. Creo que Fernando, pero no estoy seguro.

– No importará que siga un poco más encargándose de ello entonces, ¿no crees?

– Está bien, Alan. Que así sea. De todas formas, contábamos con que él se quedara a bordo junto con otros dos hombres más.

– ¿Hay riesgo de que ataquen El Centella?

– Nadie en su sano juicio se arriesgaría a encallar en los bancos de arena de estos caicos, sin tener claro si hay un buen botín a bordo; pero más vale prevenir que curar. Lo bueno es que no estamos en la derrota de la flota de indias. No hay barcos que suelan fondear estos cayos. De todas formas, han decidido dejar preparados algunos cañones por si surge algún problema.

– Mejor así. Por cierto. Supongo que remolcar el Centella a remos desde los botes no es suficiente para intentar sacarlo de aquí, ¿verdad?

– No lo es. Además, no tienen capacidad como para montar un velamen en ellos que sirva para tal efecto.

– Esas balsas que pretendéis construir, deben ser grandes entonces.

– Sí. Bastante grandes. Y necesitaremos una buena cantidad de madera. Por eso he dicho que no podemos permitirnos perder más hombres.

Un rato después, cuando todo estaba dispuesto, botaron las barcazas y cargaron todo cuanto necesitaban en ellas, descolgándolo todo desde una soga.

Zarparon hacia tierra firme un poco tiempo después.

En ese momento, Alan divagó en todo lo extraño de esa aventura hasta el momento. Desde el ruido dentro de la vieja caracola, pasando por el terremoto de Port royal, cuando lo empujaron por la borda, las muertes por envenenamiento, las extrañas criaturas en San Cristóbal, y por si no fuera suficiente, las pesadillas que le rondaban en sueños. Era todo demasiado irreal. Por encima de todo lo surrealista estaban esas mujeres. Era como si pertenecieran a otro mundo. Quería pensar que era por su forma de vivir y sus costumbres. Luego estaba ese mapa y la isla magnética en el fin del mundo. ¿Por qué motivo tendría

Derek Addams ese mapa en sus manos? ¿Con qué propósito?

Demasiadas preguntas pendientes crecían dentro de su mente como la mala hierba. Demasiados callejones sin salida en ese laberinto sin sentido. Lo mejor sería no pensar demasiado en ello para no perder la cordura.

En poco tiempo llegaron a tierra, y todos comenzaron a hacer una suerte de rituales, agradecidos de pisar tierra firme de nuevo.

Unas decenas de pasos más adelante, había un buen grupo de árboles parecidos a los manzanos, pero con frutas en miniatura. Se acercaron a ellos y comenzaron a tocarlos, para comprobar que fueran útiles para utilizarlos, y sobre todo, para estudiar si esa madera flotaría en el agua sin riesgo a que se empapara y hundiera, o que fuera demasiado pesada como para flotar.

– ¿Cómo lo ves? – Preguntó el capitán a uno de los marineros.

– Solo hay una forma de averiguarlo.

– Adelante pues.

Sacaron todo de las barcazas y comenzaron a serrar y talar varios de los árboles. Estos comenzaron a soltar una sabia lechosa.

– Intentad no tocar demasiado la sabia blanca. Tengo la impresión de que puede provocar picores y malestar, como ocurre con la leche de higuera.

– ¿Os habéis fijado en esos cactus? Parecen los gorros típicos de los moros. – Comentó Jacinto.

– Por eso las llaman islas turcas; por esos cactus en forma de fez. – Respondió Tristán.

– ¡Malditos moros! – Gritó uno de los marineros, al tiempo que corría hacia uno de los cactus y le arreaba una patada.

– ¿Qué problema tienes con los moros? – Preguntó Alan.

El cactus salió volando por el aire unos diez pasos más allá de ellos.

– ¿Qué problema tengo? Los berberiscos secuestraron a mi abuelo. Como también lo hicieron muchos años antes con Cervantes y su hermano, junto con miles de habitantes del Mediterráneo.

– De ahí la expresión, no hay moros en la costa. – Concluyó Tristán. – Para que luego digan que nosotros esclavizamos africanos. Han hecho los moros más esclavos, que nosotros los europeos.

– Algunos solo ven lo que quieren ver. – Añadió el capitán. – Deja de patear cactus, no sea que te claves un puñado de espinas y te encuentres con un problema de identidad y te creas puercoespín.

– Convendría dejar secar los troncos al sol.

– Que bien huelen estas manzanillas. Que hambre me está entrando. – Dijo Jacinto, mientras agarraba uno de los frutos verdes de la arena y comenzaba a comerlo. – Está muy bueno. Es dulce.

– Sigamos. – Apremió Tristán.

Pronto tenían una gran cantidad de troncos secándose al sol.

Los fueron atando uno junto a otro mientras se secaban, conforme al diseño que habían hecho el capitán y uno de los marineros más experimentados.

Aparecieron en ese momento las primeras reacciones a la sabia de esos árboles. Todos comenzaron a sufrir picores y enrojecimiento en la piel, que más tarde se convirtieron en ampollas. Jacinto, por otra parte, fue el peor parado. Aparte de las mismas reacciones que los demás, comenzó a sentir hinchazón en la garganta. No podía respirar con normalidad, y parecía ir a peor.

– ¿Qué nos está pasando? – Quiso saber uno de ellos.

– Debe ser a causa de estos árboles. – Respondió Jacinto, mientras se sentaba en la arena, intentando respirar con normalidad.

– ¿Son venenosos? – Preguntó el capitán.

– Eso parece.- Respondió Tristán. – Todos estamos sufriendo infección en la piel, excepto él, que está mucho peor. Debe ser por haber comido una de estas manzanillas.

– Está claro que son árboles de muerte. – Dijo, mientras tosía repetidas veces y tragaba saliva ruidosamente, intentando respirar con normalidad. – Su sabia blanca ya lo advierte. Pensé que serían como las higueras, y que su fruto podría comerse. Pero nada más lejos de la realidad.

– Deberíais beber mucha agua. – Expresó Tristán. – El agua lo limpia todo.

– Agua de coco, por ejemplo. – Sugirió uno de los marineros.

– Eso podría seguramente sentarle bien. Al menos, ayudaría a limpiarle por dentro.

– Limpiaría el envenenamiento dentro de mi cuerpo, ¿verdad? – Añadió Jacinto.

– Es evidente que debéis sanar vuestro cuerpo, y eso con comida sólida no creo que lo consigáis. El agua de coco tendrá algo de alimento en su propio jugo.

– Pues allí hay un buen grupo de cocoteros. Si alguien tiene la gentileza de conseguirme algunos, le estaría muy agradecido.

El capitán envió a uno de los hombres a recoger un puñado.

– No os rasquéis. – Sugirió Tristán, viendo como el marinero se alejaba rascándose las picaceras de todo el cuerpo. – Solo conseguiréis empeorar las heridas.

El hombre dejó de hacerlo, mientras seguía alejándose y asentía.

Mientras Jacinto descansaba, los demás seguían cortando y apilado madera de los mismos árboles, a pesar de que cada vez estaban más afectados e irritados por el contacto con ellos. Debían hacerlo a cualquier precio. No se podían quedar abandonados en aquel islote. Cada cierto tiempo, iban al mar y se bañaban para intentar aliviar la irritación.

Pronto les sorprendió la noche.

Improvisaron unos lechos bajo los cocoteros con sus mismas hojas, y se acostaron bajo el cielo nocturno.

La noche era oscura.

El abismo que se extendía sobre ellos estaba salpicado de un millar de estrellas parpadeantes.

– ¿Qué habrá más allá de donde ven nuestros ojos? – Susurró Alan. – Me pregunto si habrá un mundo allá arriba como el nuestro, y si habrá un grupo de hombres mirando hacia nosotros en este preciso momento, preguntándose lo mismo. Debe haber algún tipo de vida allí, entre las estrellas.

– Lo que a mí me preocupa en realidad, es qué es lo que habita toda esa negrura que hay entre las estrellas. – Dijo

Tristán. – Si te fijas, hay muchísima más oscuridad que luz allí arriba.

– Supongo que primero deberíamos saber que hay en nuestro mundo. Hay muchos lugares a los que no hemos llegado aún. ¿Qué clase de criaturas se ocultan en las profundidades del océano?

– Tengo la impresión de que toda esa oscuridad entre las estrellas, es un abismo muchísimo más inmenso que el que se oculta bajo los mares más profundos, y de que esconde bestias más salvajes que cualquiera de las que habiten nuestro mundo.

– Está claro que algo debe habitar entre tanta inmensidad. Algo que anida mucho más allá de la más oscura de nuestras pesadillas.

– Supercherías. Toda superchería. No hay nada hay arriba, como tampoco existe un más allá. Dios está muerto, lo mató el hombre hace mucho tiempo, con su maldad. El camino al paraíso es un callejón sin salida plagado de cosas que muerden. La ciencia mató a Dios hace tiempo.

– ¿En qué depositáis vuestra fe entonces?

– En seguir con vida… y en retrasar lo máximo posible el momento en el que los gusanos se coman esta cáscara a la que llamamos carne y hueso.

– Si empiezan por comeros el rabo, el problema no parece tan grave. – Exclamó uno de los marineros mientras soltaba una escandalosa carcajada.

– Si lo comiera alguna damisela agraciada estaría de acuerdo con vuestras palabras.

– Si os dormís ahora, quizá pase eso en el más febril de vuestros sueños.

Está vez fueron varios marineros los que rieron.

– Pues una cosa os digo. Eso estaría bien. Que soñéis con los angelitos rufianes de salinas.

– Mi madre decía cuando era tan solo un gusarapo: Si eres bueno, vendrán los ángeles y te menearan la cuna. Y mi hermano, que era poco más de un año mayor que yo respondía: ¡Eso, eso! ¡Que me la meneen, que me la meneen! Y entonces ella decía enfadada: Pero si eres malo, vendrá el demonio y te chupará la sangre. Y él gritaba: ¡Eso, eso, que me la chupe, que me la chupe! Siempre terminábamos castigados. – Finalizó con una carcajada.

– No me lo puedo creer, que cosa más extraña. Que madre más inquisidora. – Concluyó el otro marinero con ironía; mientras se acomodaba para dormir, y sonreía como las hienas de dientes afilados.

– Sabéis… el día que llueva sobre la tierra que cubra vuestra tumba, vuestros descendientes descubrirán que no crecerá nada. Tenéis tan mala sangre que ni los mosquitos osan clavar su aguijón en vuestra carne. Sois un bastardo de mil leches. – Refunfuñó, claramente ofendido por el comentario sobre su madre; sin haber entendido la ironía de sus palabras.

– Dormid ya. – Concluyó el capitán. Sabiendo perfectamente que el cansancio y la falta de sueño provocaba mal humor en el más gentil de los hombres, sobre todo si estaban enfermos, como era el caso.

1 de julio

No pudieron pegar ojo en toda la noche a causa del picor que recorría cada uno de sus cuerpos, sentían como millones de hormigas correteando y mordiendo por debajo de su piel. El veneno de esos manzanillos era de lo peor que habían encontrado hasta el momento. Algunos habían estado durante toda la noche acercándose al mar para bañarse, intentando aliviar su malestar.

– Apresurémonos. – Dijo el capitán. – No podemos retrasarnos mucho más recogiendo madera de estos árboles, o terminaremos demasiado enfermos como para poder gobernar el Centella.

– Cada vez me siento peor. – Añadió Jacinto.

– Lo sé. Se os ve a simple vista. Tenéis muy mal aspecto. Comenzaremos a transportar troncos en las barcazas ahora mismo, y allí armaremos las balsas. Debemos salir de aquí lo antes posible. Debemos estar listos para cuando vuelva a soplar el viento a favor.

– Solo nos faltan unos cinco troncos para montar las velas, ¿verdad? – Puntualizó Tristán.

– Puede que alguno más. – Respondió el capitán, mientras hacía el recuento de la madera que tenían tirada bajo el sol vespertino.

Varios hombres, incluido Alan y el capitán entre ellos, comenzaron a cargar de forma segura los troncos en las barcazas, transportándolos a bordo del Centella, y aprovechando la calma chicha de los vientos de esa zona del mar de las tinieblas; para que mientras, los marineros que estaban a bordo, empezaran el trabajo de montaje de las balsas.

Cuando regresaron a tierra, informaron a los demás de un nuevo problema añadido. Al parecer, en la lejanía del horizonte, más allá de los bancos de arena, un barco aguardaba expectante su situación.

– Apareció de la nada al despuntar el día. – Dijo el capitán en tono de preocupación, pero con calma. – Seguramente llevan toda la noche en esa posición. Observándonos.

– Les atraería el brillo de nuestras hogueras. – Observó Tristán.

– ¿De qué clase de empresa debe tratarse?

– Por la forma del navío, yo me aventuraría a señalar que se trata de un barco inglés. No es extraño que se muevan por estas latitudes. Aunque se han desviado bastante de la ruta hacia Nueva Inglaterra.

– ¿Por qué nos vigilan?

– Nos ven una presa fácil. Nos estudian, como un depredador acecha a su presa, atrapada en su tela de araña.

– ¿Y qué hacemos al respecto?

– Apresurarnos a salir de aquí. Los cañones no sirven de nada si no podemos maniobrar. Somos un blanco fácil, y no tenemos tripulación suficiente para entablar combate cuerpo a cuerpo.

– Es el momento de rezar a vuestros dioses, vuestra idolatrada virgen María, o sea cual sea la fe en la que depositáis vuestra vida. – Dijo Tristán.

– Antes del anochecer debemos tener listas las balsas. Con un poco de suerte y el favor del viento, esta noche intentaremos salir de aquí sin ser vistos por los que quiera que gobiernen ese barco, aprovechando la oscuridad nocturna. Será difícil, pero lo conseguiremos.

– Lo conseguiremos. – Confirmó Tristán.

– Seguro que sí. No nos queda otra opción.

– Lo sé. Tendremos éxito. Debemos tenerlo.

La noche no se hizo de rogar.

Era oscura y nublada.

Una brisa fuerte había ido creciendo desde antes del anochecer, como también lo había hecho el cansancio, el malestar y la preocupación en cada uno de ellos; como una plaga que va devorando poco a poco un cultivo.

El último velamen fue colocado antes de la media noche y botada junto a las demás. La primera había sido probada al caer la noche con las velas recogidas.

Amarradas con gruesas sogas, las velas fueron desplegadas poco a poco para ir probando el efecto remolcador que producía sobre El Centella, y para asegurarse de que no se partían por la mitad por el efecto del viento. Movieron y desplegaron las demás para absorber la mayor cantidad de aire posible, ayudándose de varios hombres que remaban desde ellas. En el silencio más absoluto y con todas las lámparas apagadas, se dispusieron a intentar sacar El Centella de allí.

Por suerte para todos, el viento fue en aumento, y con fuertes dolores y gemidos de madera, empezó a salir del banco de arena.

Uno de los marineros que remaba desde una de las balsas, no pudo contener un grito de emoción, y su compañero lo apremió a que guardara silencio. En la oscuridad del mar, cualquier sonido delataba su presencia.

Desplegaron el velamen del Centella, colocándolo en la posición correcta para que el viento los sacará de allí.

Entonces, algo surgió de las oscuras aguas y arrastró hacia el mar al marinero que poco antes había gritado, engulléndolo hacia sus entrañas húmedas y espumosas. El hombre que estaba a su lado, se asustó de tal manera que se agarró a la soga que unía la balsa al Centella, y comenzó a trepar por ella como alma que lleva el diablo.

Alan estaba en cubierta, cuando vio una sombra sigilosa subir a bordo. Agudizó la vista para intentar distinguir de qué se trataba. La sombra se dirigió agazapada hacia el camarote de capitanía. Entonces la distinguió. Era un hombre negro, pero con todo torso desnudo pintado de blanco resquebrajado, al igual que su rostro.

Le saltaron las alarmas en su cabeza, y corrió hasta dar alcance al capitán y a su hermano, que trabajaban en la arboladura. Tras avisarles de la situación, corrieron los tres hacia el camarote y entraron apresurados.

El hombre estaba registrando todas las pertenencias del capitán. Al verse sorprendido, sacó un cuchillo de la faja de su pantalón y lo esgrimió contra ellos. Se abalanzó sobre Tristán, que permanecía frente a la puerta. Lo derribó de un empujón y salió corriendo. Le siguieron, intentando darle caza, pero se lanzó al agua antes de que pudieran tan siquiera pestañear.

Miraron a su alrededor, viendo como otro hombre subía agazapado a cubierta. Se pusieron alerta de nuevo, pero comprobaron que se trataba de un compañero. El capitán soltó un silbido, y unos minutos después, los demás hombres ya estaban a bordo. Cada uno de ellos se colocó en su nuevo puesto.

El Centella fue cogiendo velocidad, alejándolos de allí.

Cortaron las sogas que tiraban de las balsas y aumentó su velocidad. Avanzando completamente a ciegas, en la oscuridad de la noche. Era muy arriesgado, podían encallar otra vez en los bancos de arena de los caicos que rodeaban cada una de las islas turcas.

Poco después, Alan pensó en las mujeres que estaban encarceladas. ¿Cómo estarían allí abajo? Ya iría a verlas en cuanto estuvieran a salvo y lejos de allí.

Todos estaban sobre la proa, vigilando la negrura del horizonte, intentando identificar algún tipo de amenaza a la que pudieran aproximarse.

– No… no puedo creer que lo hayamos conseguido. – Balbuceo Jacinto, después de varias horas de travesía. Aún se encontraba mal, y cada vez le costaba más realizar cualquier movimiento con su cuerpo.

– Hemos perdido a otro hombre, él no lo ha conseguido. – Respondió el capitán.

– Es una lástima. Ya hemos perdido demasiados. Por algún motivo, la providencia nos ha mantenido vivos a nosotros hasta el momento, y no a ellos. ¿Qué extraño motivo nos hace merecedores de tal regalía?

– La muerte es caprichosa, y ojalá que siga siéndolo. Que nos ignore por mucho más tiempo. – Añadió Tristán.

– Al menos, esperemos que estas heridas sanen pronto. – Dijo Jacinto.

Alan se había quedado dormido, sentado y apoyado sobre la balaustrada.

– Dejémoslo dormir un rato. – Dijo el capitán, viendo como lo miraban silenciosamente los demás marineros. – Después haremos guardias de dos horas cada uno, en la medida de lo posible. Con un poco de suerte, y el favor del viento a todo trapo, en poco más de un día llegaremos a nuestro último destino, Pequeña Inagua. Esperemos encontrar allí a la última mujer, y con la misma facilidad que a sus amigas.

– Si no surgen más imprevistos, después de las islas Bahamas, nos dirigiremos a Nueva Inglaterra para que desembarque su eminencia, el señor Addams y su preciada carga. – Dijo Tristán a los demás, despacio y pronunciando lo mejor posible el castellano aprendido de su madre, sabiendo que Derek entendería gran parte de sus palabras. Deseaba seguir con el viento a su favor. Derek escondería algún secreto por si algo se salía de sus planes. De eso estaba Tristán completamente seguro. El inglés hablaba poco, pero no porque fuera un hombre de pocas palabras, sino porque estaba claro que dialogar en un idioma extranjero no podía hacerlo con fluidez, y que mantenía la boca cerrada para evitar que se le escaparan algunas palabras indiscretas, siendo conocedor de que Alan y Tristán entenderían a la perfección cada una de sus palabras. Quizá si lo emborracharan, soltaría prenda, ya que no lo habían visto probar ni gota de cualquier bebida espirituosa hasta el momento.

2 de julio

Los primeros resplandores del amanecer sorprendieron a Alan haciendo su guardia. Los tonos azul turquesa y rojo ámbar se mezclaban en el horizonte en un resplandor con la extraña sensación de que intentara fundir el cielo y el mar en un destello de esperanza. Una pizca de luz. Lo que daba forma al mundo que veían sus ojos.

Alan estaba observando el timón, y estudiando cada crujido de la arboladura al tiempo que observaba el alba. El viento estaba castigando el velamen con furia. Eran muchos los días seguidos a los que se estaba sometiendo el barco a exprimir todo su potencial en velocidad, y eso era algo muy peligroso, podían partir algún palo o verga en cualquier momento, un giro mal estudiado al utilizar la fuerza del viento, y podrían perder días arreglando el desastre ocasionado, contando con que tuvieran la suerte de poder arreglarlo.

Ya se le hacía pesado por momentos ese desierto movedizo de agua y sal sin fin. Pero la agonía de tener que seguir el rumbo sin perder la corriente invisible del viento se le hacía más difícil aún. De vez en cuando lanzaba un cuenco de agua al aire para asegurarse de su dirección.

La añoranza del hogar también a veces le hacía perder más de un latido dentro del pecho.

¿Cómo se encontraría su tía?

¿Habría afectado mucho el terremoto de Port royal a Spanish town?

Despertó en plena noche sobre cubierta, apoyado en la balaustrada. Vio a su hermano haciendo la guardia junto al timón, y se dirigió después hacia las entrañas del barco, buscando una hamaca. Se había apoyado un poco para descansar. Al parecer, Tristán había preferido ignorar el hecho de que se hubiera quedado dormido durante su guardia, y había decidido dejarlo dormir; al fin de cuentas, no había pasado nada.

Más tarde, en pleno sueño, le despertó otro marinero, avisándole de que era el turno de su guardia de nuevo.

Así que allí estaba otra vez. Perdido en dos mares, uno de sal y agua, y otro de recuerdos aún más tormentosos.

"La vida es un laberinto de emociones. Puedes perderte dentro de sus pasadizos, o tener la suerte de ir directo a la salida".

Alan aún no comprendía del todo aquellas palabras, las que su difunto abuelo le repitió en varias ocasiones, cuando hacía alguna travesura de niño, o cuando quería hacerle entender las consecuencias de algunas conductas insanas de ciertas personas. Todo tenía consecuencias, cada uno de nuestros actos, por pequeño que fuera, desembocaba en hechos con los que a menudo no se contaban. El horizonte donde desembocan el libre albedrío, la incertidumbre y el azar. Siempre y cuando no existiera ese algo llamado destino.

Ese pensamiento le hizo buscar la campana de alarma con la mirada. Debía estar preparado en cada momento para avisar a los demás de cualquier peligro que pudiera surgir durante su guardia.

Miró hacia el horizonte contrario al alba.

La oscuridad se resistía a desaparecer, agonizante.

Unas cuantas estrellas aún se negaban a apagarse en la lejanía oscura del firmamento.

"Las estrellas solo son una distracción para las amenazas del cielo nocturno."

Era curioso como afloraban los recuerdos sobre su abuelo, y la cantidad de palabras que aún no llegaba a entender que a menudo le decía.

Miró las olas del mar, entonces llegó a su mente el momento en el que lo empujaron al agua. Sobrevivió gracias a alguna especie de milagro divino. Ese era un asunto aún pendiente por resolver. La cuestión era, ¿Habría muerto ya el hombre que intentó matarlo, o seguiría vivo aún a bordo con la intención de terminar lo que intentó hacer con él aquella noche? Derek seguía siendo el primero al que apuntaban las sospechas. Aquel día, cuando limpiaba y ordenaba el camarote del capitán del The Reaper, el inglés casi lo sorprendió observando aquellas cartas y el extraño mapa con aquella isla lejana y misteriosa. Revolvió en sus recuerdos hasta encontrar el nombre, Rupes nigra. ¿Existiría tal lugar en la cima del mundo? Cada vez quedaban menos lugares accesibles por descubrir. ¿O acaso habría algo más allá del hielo infranqueable que impedía encontrar el tan famoso y reclamado paso del noroeste para la corona inglesa? Algunos lo llamaban El paso de Anián.

3 de julio

Un rato después, aparecieron casi todos los demás en cubierta.

Hicieron mediciones varias y cambiaron ligeramente el rumbo, ajustando con cuidado las velas para seguir con el favor del viento.

Era sorprendente ver como la maestría de los buenos marineros hacía que el barco se deslizara sobre las olas como un jinete cabalga a sobre un caballo bien amaestrado.

– Esperemos que el viento siga siendo favorable. – Dijo Tristán, mientras se acercaba a proa y observaba el horizonte. – Si todo sale bien, llegaremos allí en breve.

– Escuché hace unos años que hay un arrecife en esa isla que es inaccesible para cualquier barco. Dicen que muchos navíos cargados de tesoros yacen allí. – Dijo el capitán.

– Imagino que os referís al Santa Rosa. Sí, yo también he escuchado esas historias. Ese barco decían que casi inaugura este siglo. – Añadió Tristán.

– Por poco. Se hundió en el año 1599. ¿Imagináis lo que sería encontrar un tesoro de tal magnitud?

– Imaginación es algo que precisamente nos sobra a todos cuantos estamos aquí, de lo contrario no habríamos abandonado nuestros hogares en busca de una vida mejor.

– Una vida mejor… que ironía. – Se lamentó Jacinto.

– A esto no se le puede llamar vida. – Añadió otro de los marineros.

– A mí me encanta esto. Sentir la brisa y la fuerza del viento mezclada con el olor del mar. El olor de la libertad. – Exclamó el capitán.

– Estar encerrado en una cabaña flotando a su suerte en medio del océano, no lo llamaría yo precisamente libertad.

– A mí lo que me gusta es un buen plato de lentejas. – Interrumpió Jacinto.

– Y a mí el calor del cuerpo desnudo de una buena mujer.

Algunos soltaron varias carcajadas.

– Sí. Eso también está bien. Eso, y el plato de lentejas. – Más carcajadas fluyeron de cada uno de ellos.

– Mi primogenitura por un plato de lentejas… – Suspiró Jacinto con resignación.

Y así pasaron el resto del día.

Todos y cada uno de los presentes iba recolocando aparejos y hablando de cosas mundanas. Del amor, del dolor, y de los placeres de la carne; de la añoranza del hogar y la familia; y de los planes venideros después de hacerse rico como buscador de fortuna. Filigranas de una melodía inventada en torno a sus vidas. Algo por lo que luchar. Simplemente sueños que alimentaban de fuerza su espíritu día a día.

– Volviendo al tema del Santa Rosa.

– Olvidaos de ese barco. – Interrumpió el capitán. – Dar con el paradero de ese tesoro es imposible. Podríamos estar toda una vida buscándolo en estos arenales sin encontrarlo.

– Es como perseguir un fantasma, la verdad. – Concluyó Jacinto.

– Eso es. Y tenemos otro asunto en este momento que requiere toda nuestra atención. Algo real.

– Malditas brujas. – Suspiró Jacinto, en un lamento.

– Que sean malditas o brujas no es de nuestra incumbencia. Pero hemos encontrado a dos, y nos falta la más importante. El motivo de nuestra misión. Podría ayudarnos mucho el hecho de quedar bien ante los intereses de la corona de nuestras añoradas Españas.

– Estaría bien que nos abrieran algunas puertas.

– Pues sí. Pero para eso tenemos que conseguir lo que quieren.

– Eso es. – Sentenció el capitán.

Poco después, se dispersaron para llevar a cabo sus labores.

El capitán y Tristán siguieron buscando indicios de la matanza de los animales. Era otro misterio más sumado al envenenamiento del agua y al hecho de que tiraran a Alan al agua. Sin contar con la extraña aparición del barco del que surgieron hombres de color que los atacaron, y como no, más extraño aún, andar tras la caza de tres brujas huidas de Salem y de la corona española.

El día concluyó sin novedades.

Ésa noche, Alan soñó con el ruido del mar.

Acercándose desde las profundidades silenciosas.

Observó desde la orilla del mar, como una horda de alimañas surgía desde las entrañas del océano, tan oscuro como el cielo nocturno. Reptando sobre la arena húmeda de la playa. Como reptiles sombríos, fluctuantes como un fuego fatuo. Poseedores del calor incandescente del infierno.

**Pequeña Inagua
Islas Bahamas**

César Rai

4 de julio

Un grito despertó a toda la tripulación.

El vigía había divisado tierra.

El día empezaba con buenas noticias.

Su último destino los aguardaba.

Pequeña Inagua se divisaba en el horizonte como una sombra, casi como una nube que rozara el océano.

El sol surgió tímido tras un grupo de nubes dispersas en la lejanía, mientras todos hacían sus preparativos sobre cubierta.

– Crucemos los dedos y esperemos que los santos nos amparen. – Dijo el capitán.

– Si lo hacemos bien y la suerte está de nuestro lado, no hará falta la ayuda de ningún santo. – Respondió Tristán.

– Aun así, me encomiendo siempre a mi creador.

– Me parece bien, mientras esperáis su respuesta, yo intentaré que la suerte esté de nuestra parte. – Concluyó Tristán, y acto seguido soltó una pequeña carcajada.

Pocas horas después, el Centella fue anclado bastante alejado de la costa, evitando los bancos de arena y los arrecifes.

Echaron al agua un par de botes, y subieron a bordo de ellos los espejos de plata, junto con varias armas. Alan, Tristán, Derek, Jacinto y el capitán subieron en ellos, y minutos después, comenzaron a bogar dirección a la costa.

Perdieron de vista al Centella.

Se adentraron en una ensenada, que los condujo hasta algo que no esperaban encontrar.

Los restos de un naufragio yacían esparcidos por cada rincón de ella. La parte casi completa de todo un navío se apoyaba en unos escarpados acantilados, castigados por las grandes olas azotadas por el viento. La parte de la obra viva parecía casi intacta desde donde estaban, pero la obra muerta se presentaba plagada de listones de madera que apuntaban hacia el cielo, como si de un gigantesco esqueleto se tratara.

– Estos restos llevan aquí poco tiempo. No más de dos o tres meses. – Dijo el capitán.

– Eso diría yo. – Añadió Tristán.

– Qué opina, señor Adams? – Preguntó el capitán.

Derek entendió sus palabras en castellano. Negó con la cabeza y sacó su péndulo, dejándolo colgar de sus dedos segundos después. Estaba claro que le importaban bien poco los restos del naufragio.

Poco después, el péndulo comenzó a oscilar, quedándose estático en dirección al cascarón destrozado. Cerró el puño sobre el péndulo, ladeó la cabeza, e inspiró y expiró profundamente, en un gesto de fastidio y resignación. Entonces señaló dirección al navío con desánimo.

– Parece que le echaremos un vistazo después de todo. – Dijo Alan, con un toque de emoción en la voz.

– Lo difícil será llegar hasta él. Esas rocas escarpadas son muy castigadas por las corrientes marinas. – Puntualizó el capitán.

Derek no dijo nada. Casi nunca hablaba. No les sorprendía. Los ingleses siempre tenían ese aire de superioridad para con los demás. Y si a eso le sumabas el hecho de tener que comunicarse con un puñado de españoles de mal vivir, el esfuerzo de hacerse entender no solo era mínimo, sino también nulo.

– No entiendo cómo siendo este el primer destino en ruta desde Nueva Inglaterra para buscar a esas mujeres, la expedición del señor Addams empezó buscando en Portal Royal. – Dijo el capitán.

Estaba claro que Derek sabía más castellano del que parecía, porque respondió en su idioma.

– Al parecer fue una decisión del capitán del The Reaper. Algo relacionado con los vientos favorables, las corrientes marinas y el aprovisionamiento. – Tradujo Alan.

– Vientos y corrientes… – Repitió pensativo Tristán. – Si él lo dice…

Algo hizo pensar a Alan en la respuesta de su hermano, que no era una explicación convincente.

Se acercaban poco a poco a los restos más significativos del naufragio.

Desde que cruzaron el rompiente de los arrecifes, y se adentraron en la ensenada, un viento fuerte les hacía difícil remar hacia su destino. El oleaje se movía como una fiera poseída por el demonio, lo cual era extraño dentro de una ensenada. Estaban en las islas Bahamas, zona de extraños climas. Podía pasar desde el más devastador huracán, a la más pacífica calma chicha en cuestión de segundos. Era una zona extraña, y el enigmático mar de los sargazos y sus calmas ecuatoriales, no se encontraban lejos de ésas latitudes.

Poco después, llegaron al navío.

Ataron un cabo a una de las muchas maderas que sobresalían del casco, y subieron trepando a su interior.

Desde fuera no se apreciaba demasiado, pero el desnivel de cubierta era considerable.

Caminaron entre restos hasta llegar al palo mayor, que partido, se había derrumbado sobre el castillo de popa. Los restos de una bandera de nueva Inglaterra, colgaban hechos jirones ennegrecidos de una cuerda que aún luchaba por mantenerla a salvo de los vientos hambrientos.

Se adentraron en el camarote del capitán.

Todo estaba revuelto.

– Será difícil encontrar el diario entre todo este desorden. – Dijo el capitán.

– Eso parece. – Respondió Tristán. – Bajemos a echar un vistazo. Descubramos que transportaba este animal muerto dentro de sus entrañas.

Derek dijo algo en su idioma, señalando en otra dirección, algo nervioso. Había sacado el péndulo sin que los demás se percataran. Este colgaba entre sus dedos, balanceándose.

– No nos iremos de aquí sin saber si hay algo de utilidad que podamos llevar con nosotros. – Reprendió el capitán.

– Y de valor. – Añadió Jacinto.

– Sigamos. No nos llevará mucho tiempo. – Apremió Tristán. – Cuanto antes terminemos, mejor. Antes nos iremos.

Derek aumentó su nerviosismo. Al parecer, estaba ansioso por encontrar a la última mujer.

Bajaron a las entrañas del navío.

No había un solo cadáver a bordo, abandonarían el barco antes de su fatídico destino. En el caso de que lo hubieran abandonado al estrellarse en los acantilados, algún superviviente podría haber llegado a la costa con vida, y en tal caso, deambularían por ella intentando sobrevivir como auténticos náufragos.

– ¿Cómo es posible que llegara hasta aquí con los arrecifes y el poco calado? Debería haber encallado mucho más lejos. – Puntualizó el capitán.

– No lo sé, pero estaba pensando en eso hace un momento. – Respondió Tristán.

– Un golpe de suerte, supongo. – Añadió Jacinto.

– Quizás una ola gigante, provocada por un huracán o algo parecido lo trajo hasta aquí.

– Es posible. – Respondió Tristán. – No creo que haya muchas otras explicaciones.

Al llegar a la zona más amplia y baja, descubrieron algo insólito.

Una especie de artilugio gigantesco. Una maquina hecha de hierro forjado, con ruedas dentadas, cadenas, engranajes, mecanismos y demás cosas que no podían explicar.

– ¡Por todos los santos! ¿Qué es esta cosa? – Exclamó Jacinto.

– No lo sé. Nunca había visto nada parecido.

– Ni tú, ni nadie.

– Debe ser parte de alguna especie de experimento científico. – Dijo Alan.

– ¿Eso lo habéis pensado solo, o por el contrario, os ha ayudado alguien a llegar a esa aplastante conclusión? – Se burló Jacinto.

– Los cementerios están llenos de gente como vos. – Respondió Alan.

– Muchacho. Los cementerios están vacíos. Los cadáveres los desentierran los desposeídos para comérselos.

Alan lo miró en silencio. Sin saber qué pensar de sus últimas palabras.

– Ya basta. – Reprendió el capitán.

Derek se mantenía al margen de la conversación. Su nerviosismo había aumentado. Se quedó en el umbral, sin llegar a entrar junto a los demás.

Rodearon cuanto pudieron el gigantesco artilugio. Observándolo con detenimiento.

Una parte de él estaba sumergido en el agua. Una gran roca había destrozado una parte del casco.

Antes de que se dieran cuenta, Derek había desaparecido.

Alan pisó algo bajo el agua. Su instinto le incitó a ver de qué se trataba. Introdujo la mano bajo el agua y lo recogió. Era un colgante con una piedra ovalada y pulida de color negro. Lo colocó sobre su cuello.

Tristán fue el primero en salir.

Encontraron a Derek en el camarote del capitán; removiendo baúles, papeles y libros.

– ¿Qué buscáis? – Preguntó el capitán.

– ¡Mirad esto! – Exclamó Alan. Se había acercado a varios bultos cubiertos por mantos gruesos de lana y algodón, y había destapado uno de ellos.

– ¡Espejos! – Exclamó el capitán. – Pero… ¿Qué hacen aquí? ¿Qué sentido tiene?

Pronto escucharon un ruido desde dentro de una de las paredes de madera.

– ¡Silencio! – Apremió Tristán.

Derek cruzó la puerta con un puñado de libros y papeles en las manos.

– ¿Dónde va el inglés? – Se quejó Jacinto.

– ¡Olvidadlo! ¡Guardad silencio! – Apremió Tristán. Susurrando.

Una tos seca y débil surgió de nuevo desde el interior de una de las paredes.

– ¡Viene de aquí! – Dijo Alan, señalando la pared del fondo, frente a la entrada.

– ¿Habéis oído a un hombre toser? – Preguntó Jacinto.

– No sé si es un hombre o una mujer, pero sí, se ha oído a alguien toser tras esa pared. ¡Rápido! ¡Preparad esos espejos! – Apremió Tristán. Se acercó lentamente a la pared de la que había surgido el sonido, y se fijó en un detalle. Una especie de blasón tallado en madera estaba pegado o incrustado a la pared. Su forma era un tanto extraña; una serpiente mordiéndose la cola y formando un circulo. Había visto antes ese símbolo en libros, pero no recordaba su alegoría. Se quedó pensando. Pegó la oreja a la pared, intentando escuchar los latidos del otro lado. Conocía el símbolo, pero el recuerdo al respecto se le había perdido en el laberinto de la memoria. – Tiene que haber alguna forma de pasar al otro lado. Está claro que hay un camarote secreto. – Dijo, tras observar con detenimiento la pared, el blasón y una especie de rendijas que parecían formar una entrada.

Comenzó a palpar por todas partes. Empujó por los lados, hasta que tocó el blasón, tiró de él, girándolo, al darse cuenta de que estaba suelto. Enseguida, algo crujió y la pared se abrió, quedando entornada.

Dentro estaba completamente oscuro, y el aire apestaba, viciado y rancio.

– Traed alguna lámpara. ¡Deprisa! – Apremió Tristán. Alan salió corriendo. Al poco tiempo ya estaba de vuelta, con dos lámparas de aceite encendidas que había cogido del bote. Los demás estaban ya con los espejos que habían encontrado allí, preparados frente a la entrada. Tristán agarró una de las lámparas; y la otra, Jacinto. El capitán, Tristán y Alan sujetaban los espejos.

– ¿Dónde demonios se ha metido Derek? – Se quejó el capitán.

– Olvidaos de él. – Respondió Tristán.

Alan sabía que esa última mujer era la que su hermano buscaba para llevarla ante la corona de las Españas. Todo lo demás parecía no importar en ese momento.

– ¿Estáis seguro de esto? – Le preguntó Jacinto. – Él conoce como someter los embrujos de éstas mujeres.

– Atentos. – Susurró Tristán. Ignorando las súplicas del marinero.

Empujó la puerta.

Entró.

El hedor a excrementos y orina era insoportable.

Toda oscuridad se fue iluminando con la lámpara.

Avanzó unos pasos.

Levantó la lámpara para alumbrar lo máximo posible.

Entonces lo vio.

El hombre estaba tirado en el suelo, junto a un camastro y varios baúles.

Mendrugos de pan enmohecido y restos de frutas estaban esparcidos por todas partes, pudriéndose desde tiempo atrás.

El hombre se movió.

Volvió a toser.

– ¿Quién sois? – Preguntó Tristán.

El hombre se movió de nuevo.

Boca abajo, su rostro era imposible de ver.

– ¿Se ha ido ya? – Preguntó el hombre en su idioma. La voz surgió desde su garganta rasgada. Estaba muy enfermo.

– ¿Quién? – Volvió a preguntar Tristán, también en inglés.

– Ése ser.

– No hemos visto a nadie a bordo.

Aguardaron unos segundos, en silencio.

– ¿A qué ser os referís? – Preguntó Alan. Claramente perturbado por esas últimas palabras.

– Ayudadme a sacarlo de aquí. – Ordenó Tristán.

Se dispusieron a incorporarlo.

Su rostro estaba poblado por una barba de meses de descuido, y su cara estaba tan sucia como el resto de su ropa.

Lo levantaron, agarrándolo por los brazos.

Salieron a cubierta.

El viento arreciaba por momentos.

– Agua, por favor. – Suplicó el hombre.

Tristán pidió la cantimplora a Jacinto. La acercó a sus labios y éste bebió como si no existiera un mañana con agua dulce.

– Tranquilo. Dejad algo para después. – Dijo Tristán, mientras se la apartaba y la devolvía a Jacinto.

Apoyaron al hombre sobre un tramo de la balaustrada que permanecía intacto.

– ¿Cuál es vuestro nombre? – Preguntó Tristán.

Éste guardó silencio durante unos segundos, mientras observaba a su alrededor.

– Thomas Chambers. – Respondió casi en un susurro.

– Muy bien. Ellos son, Eduardo Levín, Alan Hammett, Jacinto y un servidor, Tristán Alvarado. – Jacinto no abrió la boca, porque no entendió nada de lo que hablaban en inglés. El hombre comenzó a sentirse mejor. Se le notaba en el rostro. – Y bien, señor Chambers, ¿cómo ha venido a parar aquí, y por qué motivo?

– Tengo mucha hambre, por favor. – Suplicó.

Alan sacó de un fardo un trozo de tocino y se lo tendió. El hombre empezó a comerlo lentamente, haciendo un gran esfuerzo por disfrutarlo y no engullirlo.

– Nos trajo aquí una misión. – Comenzó a relatar. – Buscábamos a… Bueno, a una mujer, acusada de brujería en Nueva Inglaterra. – Alan miró a su hermano, pero éste lo ignoró, estaba escuchando con detenimiento al hombre. Le costaba trabajo entenderlo mientras comía. – Su rastro nos trajo hasta aquí. La encontramos, pero todo salió mal. Los hombres no acataron las ordenes tal y como se les habían indicado, y pronto todos sucumbieron a la muerte. Al menos eso creo. No he vuelto a ver a ninguno de ellos. Eludí la pisada del gigante por la gracia de dios. O dios es el gigante y no quiso aplastar mi alma… Volví de aquella cabaña, corriendo como alma que lleva el diablo. Subí a uno de los botes y volví al barco. Pocos días después, un vendaval o… no sé cómo explicarlo, una… una crecida en el mar, como una ola gigante, lo estrelló contra estas rocas como si fuera un barco de papel. Aún no puedo creer todo lo que ha pasado. Aquí estoy desde entonces, ocultándome de ese ser. Lo juro por lo más sagrado. La he tenido deambulando en las horas más inoportunas; adoptando la forma de otras criaturas. Sí. No he perdido el juicio. La he oído. He escuchado su respiración y el traqueteo de sus pezuñas y garras. Les aseguro y advierto de que se enfrentan aquí a fuerzas desconocidas para cualquier hombre. Les oí hablar a través de la pared. Ella nunca habla, solo oigo sus pisadas y el crujir de la madera a su paso. Ningún animal puede bajar esos acantilados o nadar hasta aquí.

– ¿A qué nos enfrentamos entonces, según usted?

– A un ser diabólico… de otro mundo.

– Creo que lleva aquí demasiado tiempo solo. Le llevaremos a bordo del Centella, si le parece bien.

El hombre dudó un instante y asintió con ímpetu.

Entonces llegó Derek.

– Ah, por supuesto. Este caballero es Derek Addams.

El hombre se quedó inmóvil. Estudiando los rasgos de Derek. Lo que más llamó su atención fue la cicatriz que le surcaba el rostro, y su mirada intensa y penetrante.

– ¿Qué ocurre? – Preguntó Tristán.

– Nada. No os preocupéis. Debe ser el hecho de encontrarme con un paisano, después de tanto tiempo. He olvidado mis modales. Disculpe señor Adams, un placer conocerle.

– El placer es mío, señor…

– Chambers, Thomas Chambers. – Interrumpió Tristán. Disculpen, pero el temporal está empeorando y cuanto antes salgamos de aquí, mejor para todos. Aún nos queda mucho por hacer.

El mar se agitaba con fuertes olas.

Resultaría difícil salir de allí.

El hombre fue conducido hasta donde poder asearse, usar ropa más o menos limpia de uno de los difuntos, y comer algo más en condiciones.

– ¿Todo bien, señor Chambers? – Preguntó Tristán.

– Sí, muy bien, gracias.

– Como comprenderá, hay muchas preguntas que requieren su respuesta.

El hombre guardó silencio. Inquieto.

Derek no le apartaba la mirada.

– ¿Cuál es el nombre del navío?

– Uróboros.

– ¿Uróboros? – Preguntó el capitán. Ésa palabra no necesitaba traducción, y sabía de antemano cual sería la primera pregunta que le formularía Tristán en su idioma.

– Sí. Uróboros. Ya lo recuerdo. – Dijo Tristán en castellano – La serpiente que se muerde la cola. El circulo vicioso.

– Curioso nombre para un barco. – Añadió el capitán, con aire pensativo.

– ¿Cuál era su misión antes de acabar así?

– Este lugar está vivo. Hay cosas de las que es mejor no decir palabra. – Se quejó el hombre.

– ¿Qué es ésa máquina que descansa en sus entrañas?

– Si os lo dijera, tendría que mataros.

– ¡Responded! – Gritó el capitán.

– Es el móvil perpetuo. – Susurró.

– ¿Qué demonios es el móvil perpetuo?

– ¿Habláis en serio? – Quiso asegurarse el capitán.

– Ya lo creo que sí. Podéis creerme, es el móvil perpetuo.

– ¿Cómo es posible? Preguntó el capitán de nuevo.

– ¿Funciona? – Preguntó Tristán, con el rostro endurecido.

– Viajábamos para confirmarlo. Necesitábamos encontrar la energía infinita. Estábamos cerca, sí señor, ya lo creo que estábamos cerca. Después de encontrar a las tres herejes, debíamos adentrarnos en la cima del mundo, donde los egipcios creían que no existe la muerte. La roca negra… Rupes Nigra et Altissima. La fuente de la energía infinita que mueve el mundo. Donde están las estrellas que nunca duermen.

Alan escuchó ésas palabras en latín. Rupes nigra. Aún las recordaba. Escritas en aquel mapa a bordo del The Reaper. La isla magnética rodeada por continentes infranqueables.

– ¿Las estrellas que nunca duermen? – Se mofó Jacinto. – Este hombre ha perdido el norte.

– ¡No señor! ¡No lo he perdido! ¡Aún lo conservo! – Gritó, mientras se inclinaba y sacaba de uno de los bolsillos de su pantalón una pequeña y usada brújula, y la miraba con detenimiento, como observando un tesoro. Al inclinarse, un medallón ovalado, negro y pulido, se descolgó de su cuello. Lo agarró con la mano que no sujetaba la brújula, y miró su reflejo sobre la superficie ennegrecida del colgante. – Nada es lo que parece. – Meditó para sí mismo en voz alta.

Alan lo observó.

El medallón era exactamente igual al que había encontrado abajo y estaba colgado de su cuello.

– Se dice desde hace un tiempo, que ese lugar es un mito.

– Eso dicen los ignorantes y los que ni siquiera aceptan que exista el paso de Anián.

– ¿En el caso de que existiera, cómo llegaríamos hasta allí? – Preguntó el capitán.

– ¿Al paso de Anián, o a Rupes Nigra?

– A Rupes Nigra.

– Esa pregunta solo la formularía un estúpido.

– ¡Medid vuestras palabras! ¡Mal nacido inglés! Puede que os arranque los cuatro dientes que os quedan. ¿Acaso queréis seguir abandonado en esta isla alejada de la mano de dios?

– Disculpad, pero, si buscarais el lugar al que señalan las brújulas, ¿hacia dónde os dirigiríais?

– Hacia el norte, como no. – Respondió al tiempo que asentía. – Tenéis razón, era una pregunta estúpida, formulada sin pensar.

– Dicen que rectificar es de sabios, capitán.

– Bueno, debemos continuar. – Interrumpió Tristán. – Derek… no puede ser… otra vez ha desaparecido.

– El señor Addams parece estar muy inquieto desde que llegamos. – Dijo el capitán.

– ¿Addams? – Preguntó el náufrago.

– Así es.

– ¿Derek Addams?

– El mismo que viste y calza. ¿Por qué lo preguntáis? Os hemos dicho antes su nombre.

El náufrago pensó en silencio durante unos segundos.

– Perdonad, pensé que conocía ese nombre. Creo que me he confundido. El hambre, la sed y la soledad han hecho estragos en mi mente.

Se dispusieron a salir.

El náufrago guardó su brújula y palpó varias veces para asegurarse de que la había guardado bien en su bolsillo.

Tan pronto como se dirigieron al bote, se percataron de que no estaba. Miraron por todas partes hasta divisarlo a lo lejos.

– ¡Hijo de mil leches! – Gritó Jacinto. – ¡Traidor! ¡Un millón de demonios sodomitas os esperan en el infierno!

Derek Addams parecía estar ya demasiado lejos como para oír sus gritos. Se dirigía hacia El Centella.

– Debemos salir de aquí. – Dijo el capitán.

– ¿Y cómo sugerís que lo hagamos? – Preguntó Jacinto.

– Sabía que antes o después traicionaría nuestra confianza.

– No hay botes a bordo de este armazón.

– Hay una forma de salir. Pero no es tarea fácil. – Habló Thomas Chambers.

– Tenéis toda nuestra atención. – Dijo Tristán.

– Hay un tramo de rocas que se puede escalar, pero hay que ser muy cuidadoso. Las olas lo golpean continuamente con fuerza, y hay zonas resbaladizas a causa de las algas y el musgo adheridas a ellas. Pero puede hacerse.

– Os seguimos. – Dijo Tristán. – El tiempo apremia.

– No se irán sin nosotros. – Dijo el capitán.

– No lo tengo claro. Derek puede ser muy persuasivo. Su vida depende de ello. – Reprendió Tristán.

Chambers "El náufrago", los guio como pudo entre los destrozos y altibajos de cubierta hasta llegar al acantilado. Trepó el primero, no sin gran esfuerzo, al estar aún muy débil, pero a su favor estaba el hecho de conocer bastante bien las rocas, al haber trepado y descendido muchas veces por sus afilados salientes.

– ¿Hacemos una balsa? – Preguntó Jacinto.

– Sí, pero también una hoguera. Debemos hacer entender al Centella, que seguimos aquí. – Añadió Tristán.

– Cierto. Pronto caerá la noche, y más nos valdría no quedar varados en esta isla. – Añadió el capitán.

– Eso… y con esa bruja deambulando libre por aquí. – Puntualizó Jacinto, mientras preparaba unos cuchillos y se disponía a buscar árboles sanos.

Así hicieron, conforme llegaron a un tramo de cala del que poder zarpar desde la balsa con facilidad.

Al caer la noche, que no se hizo de rogar, la balsa estaba casi lista. Una enorme hoguera ardía en la orilla, junto a ellos.

Desde allí no podían divisar El Centella, pero rezaban para que la nube de humo fuera visible desde el barco. Era algo muy arriesgado, teniendo en cuenta que no solo atraería a la tripulación, si no a cualquier ser que vagara o morara en la isla, o fuera de ella.

El viento había cesado, y por efecto, el mar estaba en calma.

En cuanto acabaron la balsa. Subieron en ella Tristán, el náufrago y el capitán.

Zarparon rumbo al Centella.

Salieron lentamente de la ensenada, intentando ubicarse entre la oscuridad, pero sin lograr divisar el navío.

– ¿Se habrán ido sin nosotros? – Preguntó Jacinto en la playa, sin esperar respuesta.

– Lo dudo mucho. – Respondió Alan. – Aún no ha conseguido a la última mujer.

– Os referís al señor Adams?

– Por supuesto. Suponiendo que sea eso lo que en realidad busca. Sabemos solo lo que él ha querido contarnos. Hay muchas piezas que no encajan en su historia.

– Supongo que en ese asunto estáis más informado que yo.

Alan no respondió. Se quedó perdido en el fulgor de las llamaradas de la hoguera, embriagado por sus destellos de color y calor.

César Rai

5 de julio

El frío de la noche lo despertó.

La hoguera no era más que un puñado de ascuas humeantes.

Miró a su alrededor.

Estaba solo.

Jacinto había desaparecido.

"¿Dónde se habría metido ése chiflado?" Pensó con desconcierto. Parecía estar compinchado con Derek después de todo.

Ruidos que no había percibido antes, ahora se le antojaban amenazantemente peligrosos. Cada chasquido de ramas más allá de la cala, hacia el interior del bosque selvático, ponía su piel de gallina, y más sabiéndose solo en ese preciso momento. Con esa mujer pudiendo acechar en cualquier rincón sombrío de la ínsula. ¿Qué clase de alimañas se esconderían en la frondosa espesura, plagada de oscura incertidumbre? ¿Cuántos peligros ocultos bajo ese laberinto de raíces podridas y enterradas?

Miró hacia el cielo estrellado; después hacia el mar; intentando no alimentar los demonios de su mente. Entonces recordó de nuevo la caracola, aquella vieja y desgastada concha marina, y el ruido que reptaba desde su interior, acercándose. ¿Sería ese ruido un presagio del terremoto que llegaría después? "Cuando creas tener todas las respuestas, cambiarán todas las preguntas." Decía su abuelo; refiriéndose a que nunca se sintiera confiado. La seguridad era una ilusión del exceso de confianza en uno mismo. Todo eran espejismos de la juventud. "Aunque seas buen cristiano, matarás a un animal cuando estés hambriento. La necesidad puede convertir al mejor de los hombres, en la peor de las bestias." "No creas ser mejor que nadie, y mucho menos, peor." "Sus acciones convierten a un hombre en lo que es." "Lo que buscas te persigue, y lo que te persigue debe aclarar tus dudas, no acrecentarlas." Era extraño ver como los recuerdos más ocultos afloraban en los momentos más inoportunos y se amontonaban en su pensamiento.

Se mantuvo todo lo cerca que pudo del agua, evitando cualquier peligro que pudiera surgir de la espesura. Pero entonces le sobrevino otra idea enfermiza, alimentada por el miedo de la soledad y lo desconocido. ¿Estaba a salvo cerca del agua, o por el contrario, alguna criatura de las profundidades del océano podría surgir y atacarlo? Debía centrar sus pensamientos en algo ajeno a su situación.

El horizonte pronto comenzó a iluminarse con los primeros rayos de Sol, que se abría camino entre las sombras, apagándolas.

Divisó un bote a los lejos, acercándose hacia donde él estaba. Poco después distinguió a su hermano dentro de él.

Cuando llegó, le incitó a subir a bordo. Preguntó por Jacinto, y al escuchar la respuesta de Alan, apremió a volver al Centella. Más tarde volverían a buscarlo, y a intentar capturar a Isabel. Esperando que fuera ella la auténtica, puesto que después de pensar que la primera lo era, ya podían esperar cualquier cosa. Haber creído al principio que la tenían, era como encontrar una mina de pirita pensando que se trataba de oro. Todo se reducía a una verdadera decepción.

Conforme crecía la luz a lo lejos, sus miedos se iban apaciguado, al igual que la oscuridad que lo envolvía.

– ¿Qué ha sido de Derek?

– No lo sé, pero el náufrago me ha dado información muy valiosa sobre él. Nos es el verdadero Derek Adams, nunca lo ha sido. Es un impostor. Descendiente de John Dee. Él lo conoce. En cuanto lo vio en el Uróboros, supo de quién se trataba al instante. Una cicatriz surcándole el rostro, su indumentaria y todo lo demás. Un hombre así no pasa nunca desapercibido. Es en realidad el nieto bastardo del alquimista, su verdadero nombre es William Dee. Busca llegar a la fuente del magnetismo, a la cima del mundo, para dar vida a la máquina de movimiento perpetuo secreta que creó su abuelo. Busca Rupes Nigra para conseguir la fuente inagotable de energía y así dar vida a la máquina, que es la que hemos encontrado a bordo del Uróboros, tal como nos dijo Chambers. Le robaron los planos de la máquina a John Dee y la construyeron. En la que tanto trabajó su abuelo; que fue amigo íntimo de Mercator, el hombre que cartografió Rupes nigra. Éste podría hacer a Inglaterra dominar el mundo a través de los océanos, y derrotar al imperio español definitivamente, al menos eso es lo que creen. Al parecer, según mis suposiciones, subió a bordo del The Reaper, haciéndose pasar por Derek Adams, fue contando sus planes a la tripulación, para intentar embaucarla en su causa pero, tras no poder manipularla para conseguir sus fines, los mató a casi todos con la ayuda de varios que sí se unieron a él. Más tarde, después de dar en Port Royal con una de las mujeres que podían dirigirlo hasta Rupes nigra. Los demás terminaron por sublevarse, hinchados por la avaricia de cuantioso botín, así que los mató a todos, y ahí fue cuando lo encontramos. A la deriva. – Relató Tristán, mientras remaba. – Solo importa reagruparnos y, estudiar cómo encontrar a la mujer que hemos venido a buscar. Ese maldito inglés ya no es un problema para nosotros, ha desaparecido.

– Seguro que es lo que intentó con nosotros. Envenenarnos y amedrentarnos matando a los animales. Me jugaría los dedos de una mano a que fue él mismo, o algún marinero enviado por él, el que me lanzó por la borda. Se habrá escondido en algún lugar de esta isla ese mal nacido.

– Seguro. No tiene más opciones.

– Hasta un estúpido sabría que es una locura adentrarse en el océano en ese bote y sin provisiones.

– Allá él.

– Entonces… ¿esas mujeres son en realidad brujas?

– Eso aún no lo sé con seguridad. No sé lo que son, ni por qué son tan importantes, ni por qué es tan importante llegar a Rupes Nigra. Ni siquiera creo que exista. Nadie ha llegado allí con vida y vuelto para contarlo, solo un monje que dijo haber navegado hasta allí, y escribió el Inventio Fortunata, que es el diario en el que se basó Mercator, amigo de Dee, para dibujar su mapa del mundo.

- ¿Y el verdadero Derek Adams?
- El auténtico Derek murió en esta isla a manos de Isabel. La más poderosa de las tres mujeres. Al menos eso dice el náufrago del Uróboros. Él fue el único superviviente. El auténtico Derek cojeaba, y llevaba un bastón con una serpiente enroscada tallada en madera.
- Me parece increíble.
- ¿No querías aventura, Alan? Pues aquí la tienes, y de las buenas.
- Pero... hay algo que no entiendo. Había una carta a bordo del The Reaper destinada a Derek, ¿cómo se hizo con ella?
- Sencillo. La robaría en algún momento, al mensajero que debía entregarla, o al verdadero Derek antes de embarcarse.

Un rato después, llegaron al Centella.

Amarraron el bote y subieron a bordo.

No esperaban encontrar al otro lado, tapado por el mismo casco de El Centella, a otro navío anclado junto a él.

Un grupo de hombres de color se preparaba para abordarlo, con el cuerpo completamente pintado de blanco.

- Rápido, Alan. ¡Bajemos! – Gritó.

Lograron ver al capitán y a otro marinero en la proa, preparándose para la lucha, pero era demasiado tarde para ayudarles; debían armarse primero.

- ¿De dónde diablos ha salido ese buque?
- Se trata del mismo que nos asaltó hace unos días. – Respondió, mientras bajaban a toda prisa y cerraban el portón tras ellos. – Nos han seguido. ¿Cómo es posible?
- Ahora no podrán entrar.

– Cierto. Pero tampoco podremos salir. – Respondió Tristán, mientras meditaba. – Alguien ha debido ayudarles. De nada sirve ser buen marino si no tienes las correctas cartas de navegación. La casa de contratación de Sevilla lleva años vendiendo cartas de navegación falsas para que lleguen a manos de piratas. De esa forma no encontrarían las rutas y encallarían en arrecifes.

Comenzaron a oírse golpes y gritos en cubierta. El capitán y los demás serían presa fácil para un grupo mayor de hombres.

– ¿Desde cuándo hay navíos tripulados por…?

– Debe tratarse de un barco negrero.

– ¿Amotinados?

– O liberados. No importa ser hombre o animal, ninguno quiere vivir enjaulado. Todo hombre lucha por su libertad, y eso es lo que habrán hecho ellos.

– ¿Y qué es lo que buscan de nosotros?

– Algo me dice que pronto lo averiguaremos. ¡Vayamos a la Santabárbara, miremos qué armas podemos utilizar!

Buscando entre barriles de pólvora, encontraron el baúl rescatado del The Reaper, el que tenía la armadura en su interior. Al parecer, lo habían salvado de las llamas.

– Se me ha ocurrido algo. – Dijo Tristán.

– Dime que no está relacionado con esto. –Respondió, señalando la armadura.

– ¿Crees que me servirá?

– Solo hay una forma de averiguarlo.

Tras varios largos minutos, Tristán se había enfundado la armadura.

– Deberías verte. – Se burló Alan.

– Dame la espada y uno de los espejos macizos. No sé si esto servirá de algo, pero los desconcertará, se lo pondrá difícil y nos hará ganar tiempo.

"¿Tiempo para qué?" Pensó Alan.

– En cuanto salga, atranca la puerta, y no abras bajo ninguna circunstancia, a no ser que te diga el nombre de nuestra madre completo. Esa será la señal. ¿Entendido? – Alan asintió. – Una cosa más. ¿Recuerdas cuando me marché de casa? – Alan volvió a asentir. – No me marché, me reclutaron a la fuerza. Una especie de orden llamada Quintaesencia, que defiende la seguridad del mundo conocido de las amenazas oscuras. Todo esto fue planificado, el hecho de encontrarlas. Era mi cometido desde el principio. Siento decepcionarte habiéndote ocultado secretos. Me resistí a ellos cuanto pude al principio, pero poco a poco comprendí después de ser testigo de ciertos acontecimientos, que nuestro mundo corre peligro continuamente. No imaginas la cantidad de amenazas invisibles que nos acechan.

Entonces Tristán, agarró con fuerza la espada; y utilizando el espejo a modo de escudo, se acercó a la puerta. Ésta se abrió con su ayuda, y se dispuso a subir a cubierta.

Alan se quedó petrificado, hundido en sus pensamientos. Comenzó a unir cabos y a entender ciertas situaciones. Tristán tuvo un accidente de joven en el bosque, cuando pasó corriendo cuando él y Paulo jugaban a los barcos piratas en aquel riachuelo. Siempre había tenido la impresión de que huía de algo o de alguien. Contempló el recuerdo de ese momento, desde entonces su hermano nunca volvió a ser el mismo, algo le pasó en el bosque aquel día, algo que lo cambió. Quizá el plan de Tristán desde el principio no fuera llevar a Isabel ante la corona española. Sino el de encontrarla y protegerla.

Salió de sus pensamientos.

Podían escucharse las fuertes pisadas a causa del peso del acero forjado de la armadura entre los golpes de los atacantes.

No sabía cuánto tiempo habría pasado, pero pronto comenzaron a golpear la puerta.

Alan se dirigió al compartimento donde estaban las mujeres enjauladas.

¿Qué podía hacer?

– Necesito tu ayuda. – Habló con la mayor calma posible a la mujer.

Ella lo miró mientras era liberada.

– Debe ser una situación de vida o muerte como para que confiéis en liberarme.

– Hemos sido abordados.

– Los disparos y golpes ya lo anunciaban, Alan.

– Ayúdanos por favor.

– ¿Cómo pretendéis que lo haga?

– Usad vuestra magia.

A ella se le escapó una risa sin fuerzas.

– ¿Qué hay de ella? – Preguntó, señalando a la otra mujer encarcelada.

– Después la liberaré, os lo prometo. Debo salvar a mi hermano como sea.

Entraron en la Santabárbara.

Se escuchó un gran estruendo, y poco después más golpes empezaron a sonar en la puerta.

– Ya están aquí. ¿Qué podemos hacer?

Un fuerte olor a madera quemada surgió desde el otro lado de la puerta. Una cortina de humo empezó a reptar por el umbral, como un fantasma hacia dentro.

Los golpes habían cesado.

– ¿Es pólvora lo que hay dentro de esos barriles? – Preguntó ella.

– Así es.

– Solo se me ocurre una opción. Preparad varios de ellos junto a esta pared. Y algo con lo que abrigarnos, vamos a pasar un poco de frío. Debemos darnos prisa una vez que estemos en el otro lado.

Alan la obedeció a ciegas.

Sabía que no quedaba mucho tiempo.

Habían prendido fuego al barco.

Pronto las llamas llegarían hasta los barriles de pólvora y entonces saltarían por los aires.

La mujer se acercó a la pared, recitando unas palabras mientras pasaba la mano sobre la superficie, dibujando formas invisibles que Alan no comprendía. Poco después se iluminaron las figuras y entre ellas, una especie de portal brotó después de un resplandor.

Al otro lado solo se veía hielo y nieve.

Un crepúsculo iluminaba suspendido en el tiempo, como pintado en un cuadro en la lejanía.

Todos los objetos sueltos de metal, comenzaron a desplazarse hacia el otro lado del portal, desapareciendo rápidamente, atraídos por algún tipo de fuerza invisible. Los collares de Alan salieron de su camisola y se quedaron vibrando de forma horizontal, queriendo soltarse de su cuello y salir disparados también.

– ¡Vamos! Pasa los barriles al otro lado. Y abrígate.

Alan la obedeció. Ambos se cubrieron con gruesas mantas.

Entonces, se fijó en el medallón ovalado que tiraba de su cuello, lo agarró, y por puro azar, vio en él el reflejo de la mujer, pero en el reflejo no era una mujer, era otra clase de criatura. Horrenda y esquelética; llena de largas puas recorriéndole la espina dorsal. Sus dedos se antojaban largos y finos como cuchillos.

Cerró los ojos, intentando recobrar la cordura.

Soltó el medallón, y este volvió a tirar de su cuello hacia el portal.

No comprendía nada de lo que estaba viendo.

Eran realmente brujas después de todo. O algo mucho peor.

Nunca lo hubiera creído de no verlo con sus propios ojos.

Una vez al otro lado, Alan vio una gigantesca torre negra de una especie de metal liso, como de piedra. No había inscripciones, grabados ni blasones.

– ¿Qué demonios es eso? ¿Dónde estamos?

– Eso es la Nekrófora. Estamos en el norte, donde los hombres aún no han llegado.

– ¿La qué?

– Después te lo explicaré. Ahora lleva los barriles hasta su base… Hacía tiempo que no la veía. – Añadió, con la añoranza del recuerdo secreto de unos tiempos pasados.

El frío era intenso. Pronto no podrían ni moverse por su causa.

Dejó seis barriles a los pies de la inmensa torre. Llevó un séptimo, entonces ella lo incitó a agujerear dos de ellos.

Los remaches de los barriles comenzaron a traquetear, intentando salir disparados hacia la inmensa torre.

– Ahora, rueda uno de los que has agujereado hasta El Centella, y asegúrate de que dejas un rastro de pólvora uniforme tras de ti.

Como le dijo, así hizo.

Estaba tiritando. El cuerpo comenzaba a no responderle. No sabía que pudiera hacer tanto frío. Nunca había salido de Jamaica.

– ¿En qué nos ayudará esto que estamos haciendo?

– ¡Hazlo! Después te lo explicaré todo.

Entró el barril a través del portal hasta el interior de El Centella.

– Aparta el barril. – Alan lo hizo. – Más aún, o explotaremos nosotros también. – Alan volvió a cumplir sus órdenes.

La mujer agarró una de las lámparas colgadas en las paredes y la estrelló sobre el rastro de pólvora.

Un fogonazo surgió y comenzó a quemarse, ardiendo toda hacia el otro lado, como un animal herido que huye despavorido.

– ¡Como arde el flogisto!

– ¿Flogisto? – Respondió ella, extrañada por tan peculiar palabra.

– Sí, la sustancia que representa todo lo que arde.

– Eso no existe, Alan. Las cosas arden por lo que hay en el aire. – Se fijó en la expresión de su rostro. – Si te explicara demasiado, podrías perder la cordura.

Vieron como la llama se acercaba hacia los barriles.

Poco después, una enorme explosión destrozó el hielo.

Una intensa ráfaga de viento llegó hasta ellos.

Poco a poco, vieron con asombro, como la inmensa torre era engullida por el hielo y desaparecía debajo de él.

Alan recordó entonces como la ciudad de Port Royal fue engullida por la arena y el mar.

La mujer se acercó al portal. Hizo unos movimientos de manos mientras recitaba más palabras en el idioma desconocido para Alan, y el portal se cerró.

Volvieron a ser conscientes del olor a madera quemada, y al humo que se filtraba por debajo de la puerta.

– ¿Qué sois en realidad?

– Hemos tenido muchos nombres... – Respondió ella tras unos segundos de silencio. – Los del norte nos llamaron Nornas; Urðr, Verðandi, y Skuld; cuando nos fuimos desplazando hacia el sureste nos llamaron Parcas; Nona, Décima y Morta; y los griegos Moiras; Cloto, Láquesis y Átropos. Aunque hubo quienes nos llamaban gorgonas. Pronto se nos convirtió en mito y leyenda con el paso del tiempo, y más tarde llegó el olvido.

– Entiendo. Lleváis aquí mucho tiempo.

– Demasiado. Ahora nos llaman Brujas. El ser humano teme todo aquello que desconoce y no entiende.

– Isabel, Celene y Anaïs.

– Así es. Esos son los nombres con los que ahora nos conocéis. El mundo cambia según el...

– ¿Reflejo? – Interrumpió Alan.

– Me temo que sí. El mundo cambia según el reflejo. Es una forma extraña de decirlo, pero sí, así es. Pero la realidad es mucho más extraña para vosotros. Somos iluminarias. Vigilantes. Guardianes. Tenemos dones, como el de la larga vida y crear portales hacia otros lugares. Pero esos dones no podemos utilizarlos si no es por verdadera necesidad.

– ¿Vigilantes de qué?

– Vigilantes del destructor de formas. Los que devoran el todo. Atrapados en la Nekrófora. Oculta en la cima del mundo. Su poder de atracción hacia la nada es tan fuerte, que intenta guiar toda forma de energía hacia ella. Por ese motivo, eso a lo que llamáis brújulas, señalan hacia ella. Hacia la muerte. Ahora permanecerá en las profundidades del océano congelado del norte.

– ¿Y esos destructores, de dónde vienen?

– De un mundo de oscuridad. Del vacío. Es un mundo que vuestros ojos no pueden ver. No son de carne y hueso. Se alimentan de todo cuanto tiene forma, de lo que se puede palpar. De toda forma de vida que emana energía.

– ¿Y esa Nekrófora, qué es entonces? ¿Una prisión?

– Algo así. Es un arca. Hace mucho tiempo, se dejó abandonada en el hielo, en un lugar al que el hombre no puede llegar, que no conoce, un lugar en que los antiguos egipcios pensaban que no existía la muerte. Basándose en qué las estrellas allí no se ocultaban cada mañana, no morían. Los egipcios conocían las estrellas circumpolares; a las que designaron como estrellas que no conocen la fatiga, y también como estrellas que no conocen la destrucción. A partir de sus observaciones, se identificaban los cielos del norte como una región en la que no podía existir la muerte, el país donde se gozaba de una vida eterna. Las estrellas no circumpolares, el sol y los planetas describen solo parte de un círculo, cortando al horizonte en dos puntos: el orto y el ocaso. El hombre al que llamáis Derek quiere encontrar la forma de llegar allí para liberarlos, con la falsa creencia de que podrá utilizarlos para gobernar el mundo. Los destructores no entienden de sumisión, son como bestias hambrientas, y si son liberados, no habrá nada que los detenga en este tiempo. No debemos permitir que abandonen su prisión, o este mundo se convertirá en una estrella oscura y caníbal, en un agujero negro tan oscuro como el azabache. Absorbiéndolo todo a su alrededor.

El frio se había disipado.

Alan retiró la manta que lo cubría.

– Intento comprender lo que dices… ¿y por qué os afectan todos esos símbolos?

– En realidad no ejercen ningún control. Eso es lo que habéis querido creer.

– ¿Y los espejos?

– Los espejos sí ejercen poder cuando convergen hacia nosotras, aunque es algo que desconocemos. Su reflejo no muestra el mismo mundo que ven tus ojos. Muestran como realmente somos. Una imagen demasiado estéril como para que la soporten vuestros ojos.

– Creo que estoy perdiendo la cabeza. – Añadió, mientras pensaba en el reflejo de ella que había observado en la pequeña piedra negra del colgante. – ¿Hay algún otro tipo de material aparte de la plata, que pueda reflejaros sin que sufráis ningún tipo de efecto?

– Esa es una pregunta un poco extraña.

– No más que toda esta situación.

– En realidad sí. La obsidiana puede reflejarnos sin que ejerza ningún tipo de efecto sobre nosotras, pero debe ser completamente negra. – Alan comenzó a andar de un lado a otro. – Tranquilízate… Verás… Fuera de aquí, entre los mundos, hay un inmenso vacío de fría oscuridad. Esos seres son habitantes de la nada. Habitan el vacío entre las estrellas. Buscan mundos a los que robar lo que vosotros llamáis quintaesencia para llenar su mundo. Fueron desposeídos hace mucho tiempo de ella, y están hambrientos. Necesitan la energía de vuestros cuerpos para rehacer su mundo... para renacer. Son caníbales.

– ¿Caníbales de espíritus... son demonios?

– Hace mucho tiempo, mi pueblo los encontró en forma de nube negra entre las estrellas, conseguimos encerrar muchos en la Nekrófora, a la gran mayoría de esa energía oscura. Después se envió a este mundo, mucho antes de que el hombre existiera. Dentro de poco se alineará la Nekrófora con los restos de su mundo, un gigantesco agujero que está cerca de la constelación del dragón. Como comprenderás, no podemos permitir que eso suceda.

– Me estás diciendo... que tu pueblo... es decir... tu raza, o como quiera que pueda llamarse, es nómada de las estrellas.

– Algo así. Somos mucho más antiguos que los hombres. Nosotras tres fuimos consagradas a guardar la Nekrófora. Hay mundos ahí fuera que vuestra mente no entendería. Formas de vida que no pueden ver vuestros ojos. La energía es la fuente de toda vida; visible o no. Seré sincera contigo, Alan. Sabíamos de la construcción del móvil perpetuo, y de que conocían de nuestra existencia desde hace mucho tiempo. Nos dirigimos a esas islas con la única intención de que nos encontrarais, y al mismo tiempo, en el camino, se encontraran ciertos hombres. Después, todo dependía de que pusierais en nuestras manos las herramientas para hacer desaparecer la Nekrófora ante los ojos de los hombres de una forma lo más sencilla posible.

El humo estaba haciendo imposible respirar.

– No creo que necesitaras en realidad la ayuda de nadie. Teniendo en cuenta los embrujos de los que sois capaces.

– Como te he dicho, nuestro plan era hacer que se cruzarán en su camino ciertas personas. Incluido tú.

La puerta empezó a hincharse y a transformarse en carbón ennegrecido y llameante.

– ¿Qué podemos hacer? Vamos a morir aquí abajo.

– Ya no podemos salir por esa puerta. En cuanto el fuego la traspase, toda esta pólvora hará que nos convirtamos en ceniza. Teníamos todo planeado, pero las variables son infinitas y el libre albedrío de los hombres también. – Dijo ella. Entonces se dirigió al otro lado y liberó a su compañera. Volvió enseguida. – Solo nos queda una opción para salvar la vida. Sí. No me mires así. Tenemos el don de la larga vida. Vivimos más que los humanos, pero no somos inmortales.

La mujer volvió a hacer los mismos movimientos y a recitar las palabras que poco antes había dicho junto a la pared.

Se abrió otro portal.

Esta vez su interior era oscuro, como la noche sin estrellas más oscura que hubiera visto en su vida.

– No nos queda tiempo, Alan. Debemos salir de aquí.

– Pero… ¿y mi hermano y los demás?

– Lo primero es salvar la vida. No hay otra opción.

– ¿Hacia dónde lleva ese portal esta vez?

– No te preocupes por eso, nos llevará a un lugar seguro.

Gotas de fuego empezaron a caer desde el techo, que comenzaba a arder sin tregua.

Un tablón cayó, golpeando a Alan en la cabeza.

Epílogo

César Rai

Despertó rodeado de la más absoluta oscuridad.

El corazón le golpeaba el pecho con fuerza.

"¿Qué ha pasado?" Se preguntó.

Se podían escuchar gotas de agua precipitándose sobre el suelo. El sonido de una penitencia, el castigo del cielo sin poder unirse a la tierra. Lágrimas de lluvia filtradas entre las rocas desde algún riachuelo subterráneo.

"¿Dónde estoy?"

– ¿Hay alguien ahí? – Preguntó en un susurro.

Solo un leve eco de su propia voz le respondió.

Teniendo el poder de desplazarse a cualquier parte a través de esos portales, era imposible imaginar dónde estaría ahora.

Recordó de nuevo su reflejo. Había besado los labios de ese ser a bordo de uno de los barcos. Había lavado su cuerpo desnudo. No permitían ver su verdadero aspecto por medio de algún hechizo. Creaban un espejismo para los ojos del hombre. Eran criaturas deformes, como alimañas surgidas de las peores pesadillas. Como súcubos. Por algún motivo no eran hostiles, a pesar de su verdadero ser. Ella lo dijo en contadas ocasiones. "Las apariencias engañan"

Intentó volver a centrar sus pensamientos.

Estaba en algún tipo de cueva, de eso estaba seguro.

Giró la cabeza, y vislumbró un leve resplandor a lo lejos.

Sintió un dolor intenso en el cráneo; se palpó, algo le había golpeado con fuerza. Miró sus dedos después, comprobando que la herida seguía abierta y emanaba algo de sangre.

Se incorporó, y se dispuso a buscar el origen de la fuente de luz. Debía tratarse de una salida. Al menos esperaba que así fuera.

Al llegar a ella, descubrió que ésta daba a un acantilado junto a un mar enfurecido. Esa debía ser la oscuridad que veía más allá del portal pero, ¿dónde estaba ella? ¿Lo habría introducido allí, abandonándolo a su suerte?

Pensó durante unos segundos.

Debía ser agradecido después de todo. Le había salvado la vida, y no tenía por qué hacerlo. Podía haberlo dejado morir en las entrañas del Centella.

Estaba anocheciendo en el exterior.

Buscó la manera de descender, y así lo hizo.

El viento golpeaba con fuerza sobre la pared rocosa.

Bajó con mucho cuidado. No podía resbalar, o se estrellaría contra las rocas. Todo estaba húmedo. Se hirió en las rodillas, y en sus manos afloraron cortes a causa de algunos salientes afilados como cuchillas.

Cuando consiguió llegar abajo, desde unos quince metros de altura, suspiró aliviado. Se secó el sudor de la frente con el dorso de la mano y respiró profundamente.

Caminó entre las rocas hasta llegar a una pequeña playa. No había cocoteros ni palmeras. Ningún bosque o selva alrededor.

No conocía ese lugar.

Tampoco parecía haber rastro de vida humana.

Estaba perdido, pero al menos conservaba la vida. Era lo más importante. Si se pierde la vida, se pierde todo.

Caminó sobre la arena húmeda, marcando sus huellas sobre ella.

Pronto se pondría el Sol.

En su camino encontró una desgastada caracola.

Cuan caprichoso es el destino, pensó. Colocar una caracola en su camino para evocar los recuerdos de su hogar, de su familia.

La agarró, sentándose después sobre la arena.

Una fina ola iba y venía rozándole los pies. El agua estaba fría, pero le aliviaba en cierto modo. Hacía calor, pero un calor diferente al que estaba acostumbrado. Estaba claro que se encontraba en otras latitudes desconocidas.

Se quedó observando la caracola en silencio.

La pegó a su oreja derecha, y escuchó el ruido del mar. Aquel espantoso ruido ya no surgía de ella. Tampoco era la misma que le regaló su abuelo, eso estaba claro.

Pensó en todo.

¿Qué extraña aventura estaba viviendo? Pero esta no había terminado. Tenía la cierta impresión de que solo acababa de comenzar.

Debía encontrar a su hermano, asegurarse de que siguiera con vida. Esos seres camuflados de mujeres ya no importaban. Solo una prioridad golpeaba su mente como un martillo sobre un yelmo. Descubrir qué misterios escondía su mundo. Lugares desconocidos serían descubiertos antes o después; tesoros escondidos, debían ser encontrados; presencias del mal, acabarían reducidas y olvidadas. Todo misterio debía ser resuelto. Pero alguien debía encargarse de ello. Se había ganado una batalla al ocultar esa extraña Nekrófora en las entrañas del océano bajo el hielo, pero aún la guerra contra las fuerzas oscuras podía perderse.

Observó como el Sol agonizaba en el horizonte, arrinconado con sus últimos resplandores. Como la fiera herida que exhala sus últimos suspiros.

Un único pensamiento le sobrevino de pronto. Intenso como el calor del Sol en el día más caluroso del año, como los colores más vivos de las alas de una mariposa.

Debía encontrar esa orden, a la que pertenecía su hermano.

Pensó en esa palabra.

– Quintaesencia. – Susurró.

Mientras se perdían los últimos rayos de luz en la lejanía, y la oscuridad comenzaba a gobernar el mundo que percibían sus ojos; plagándolo de seres imposibles más allá de la imaginación.

www.ingramcontent.com/pod-product-compliance
Lightning Source LLC
Chambersburg PA
CBHW061928170626
46813CB00006B/2337